FSC
www.fsc.org
MIX
Papier aus verantwortungsvollen Quellen
Paper from responsible sources
FSC® C105338

BARBARA ACKSTEINER

# IRINA UND DER STREUNER

ROMAN

## Impressum

Bibliografische Information der Deutschen Nationalbibliothek: Die Deutsche Nationalbibliothek verzeichnet diese Publikation in der Deutschen Nationalbibliografie; detaillierte bibliografische Daten sind im Internet über http://dnb.dnb.de abrufbar.

Herstellung und Verlag: BoD – Books on Demand, Norderstedt
ISBN: 978-3-757821104

# Inhalt

# KAPITEL EINS

## DIE GRAUE DECKE

In dichten Flocken fiel der Schnee herab zur Erde und es sah nicht so aus, dass der Schneefall bald aufhören würde. Obendrein war es bitterkalt.

Die Menschen, die hastig durch die Bummelallee liefen, sahen dabei kaum nach rechts und links. Wenn doch, dann blieben sie mit ihren Einkaufstüten in den Händen vor Schaufensterscheiben stehen, betrachteten die Auslagen, um hinterher in einem der Geschäfte zu verschwinden. Kurz danach kamen sie mit einer weiteren Tüte in der Hand aus dem Laden wieder heraus und liefen weiter.

So war es auch nicht verwunderlich, dass sie der Frau, die an eine Häuserwand gelehnt auf einer Decke saß, nicht eines Blickes würdigten. Neben ihr lag ein Hund, den sie mit einem Stück der grauen Decke zugedeckt hatte und der aufmerksam das Treiben beobachtete. Ab und zu blickte der Hund die Frau an und legte für einen Moment seine weiße Schnauze auf ihre angewinkelten Beine.

Als es zu dämmern begann, wurde es für sie Zeit ihre Notunterkunft aufzusuchen. Behutsam streichelte sie über das struppige, nasse Fell ihres Hundes und wischte ihm dabei mit der bloßen Hand den Schnee ab, der auf ihm und der alten, grauen Decke lag.

»Hugo, wir wollen los. Komm, steh auf. Ich weiß ja, dass dir das schwerfällt, aber nachher kannst du dich wieder hinlegen.«

Man merkte dem alten Hund an, dass er nur mit größter Kraftanstrengung aufstehen konnte. Aber als er es geschafft hatte, schüttelte er sich kurz und schmiegte sich an die Beine der Frau.

»Du musst aber von der Decke runtergehen, Hugo. Ich muss die doch noch zusammenfalten. Komm, geh ein paar Schritte weiter.«

Der Hund hatte jedes Wort verstanden. Er nahm die Pfoten von der grauen Wolldecke runter und passte genau auf, was sein geliebtes Frauchen jetzt machte.

Nachdem die junge Frau die wenigen Münzen eingesammelt hatte, die einige Passanten lieblos auf die alte Decke geworfen hatten, faltete sie diese sorgfältig zusammen. Aber wenn man sah, wie ordentlich sie mit der alten, verschlissenen Decke umging, musste diese wohl eine ihrer wertvollsten Besitztümer sein. Nachdem sie sich das wärmespendende Teil unter den Arm geklemmt hatte, verließen die Frau und der Hund den Platz.

Mittlerweile hatte auch der Schneefall aufgehört, worüber sich besonders die Frau freute. Denn so würde ihr Hund nicht noch nasser werden. Na ja, um sich selbst machte sie sich nicht allzu viele Gedanken. Sie war es schließlich gewohnt, dass sie tagtäglich Wind und Wetter ausgesetzt war. Aber ihr Hugo?

Sie wusste nicht viel von ihm. Eigentlich gar nichts. Noch nicht einmal seinen richtigen Namen wusste sie! Die Frau schaute zu ihrem vierbeinigen Begleiter hinunter. Und während sie über seinen Kopf strich, hätte sie zu gern gewusst, wie er wirklich hieß, wie er gerufen worden war, bevor sie ihm den Namen Hugo gegeben hatte.

Aus ihren Gedanken wurde sie gerissen, als eine Frau sie lautstark anranzte. »Können Sie Ihren hässlichen Köter nicht anleinen? Aber nein, Sie sind bestimmt auch eine von denen, die die Kacke ihres Hundes einfach überall liegenlassen. Na ja, so wie Sie und der Köter aussehen! Sie passen richtig gut zusammen! Nun gehen Sie mir schon aus dem Weg! Gehen Sie endlich zur Seite. Weg da!«

Als die Fremde, die elegant gekleidet war, ihren Arm hob und ihr einen Stoß geben wollte, fing Hugo bedrohlich an zu knurren. Noch ehe sie ihr Vorhaben in die Tat umsetzen konnte, stellte sich Hugo schützend vor sein Frauchen, fing lauter an zu knurren und fletschte die Zähne.

»Der Köter ist nicht nur hässlich, der ist sogar noch gemeingefährlich!«, fauchte die garstige Frau und versuchte jetzt nach dem Hund zu treten.

Nun wurde aus Hugos bedrohlichem Knurren ein furchterregendes. Jedoch als er zähnefletschend auf die Keifende zugehen wollte, hielt Irina ihren Hund zurück. Daraufhin ließ die zornige, aufgetakelte Frau die beiden in Ruhe und zog zeternd ihrer Wege.

Jetzt beugte sich Irina zu ihrem Hund hinunter, gab ihm einen Klaps auf die Flanke und lächelte ihn an. »Hugo, so kenne ich dich ja gar nicht. Und was die zu dir gesagt hat, das stimmt nicht. Du bist ein wundervoller Hund, du bist mein bester Freund! Du hast mich doch verstanden, oder? Komm, Hugo, lass uns weitergehen, bevor es wieder zu schneien beginnt.«

Humpelnd lief der alte Hund nun neben ihr her. Ab und zu musste er stehenbleiben, weil er nicht weiterlaufen konnte. Aber immer, wenn Hugo verschnaufen musste, blieb auch die Frau stehen. Liebevoll streichelte sie dann über seinen Rücken und redete ihm gut zu. Wenig später lief er hinkend weiter, möglichst eng an der Seite der Frau.

Dass die beiden sich vertrauten, war unübersehbar. Seien es die Blicke, die sie miteinander tauschten oder die kleinen Zärtlichkeiten, die der Hund der Frau zeigte, indem er nicht von ihrer Seite wich. Außerdem waren da noch die zahlreichen Streicheleinheiten, die der altersschwache Hugo zwischendurch von ihr erhielt.

Alle paar Meter beugte sich die Frau zu dem Hund hinunter, nahm eine Pfote nach der anderen in ihre Hand und entfernte mit der anderen die kleinen Eisklümpchen, die sich zwischen seinen Ballen gebildet hatten. Dankbar leckte der Hund dann über die Hand seines Frauchens und sah sie mit treuen, glanzlosen und trüben Augen an.

Beobachtet wurden die beiden schon seit einiger Zeit von einem jungen Pärchen, das mit einem jungen Hund, den sie an der Leine hatten, unterwegs war. Und weil die hübsche Frau und der junge Mann fast jeden Tag mit ihrer Fellnase die Bummelallee entlangliefen, war ihnen die Frau mit ihrem Hund schon seit mehreren Tagen aufgefallen.

Beeindruckt waren sie, dass die Frau nicht ein einziges Mal Passanten angebettelt hatte. Sie bat nicht um Geld und sie zeigte auch nicht kummervoll auf ihren altersschwachen Hund, um so das Mitleid der Umherlaufenden zu erhaschen. Auch lag kein Schild neben den beiden, auf das sie etwas geschrieben hatte.

Sie saß nur da, mit gesenktem Blick, denn sie schien sich zu schämen. Aber wenn man nicht blind und herzlos war, konnte man sehen, dass sie ihren Hund sehr lieben musste. Denn die alte, graue Decke teilte sie sich mit ihm. Denn erst, wenn er auf der verschlissenen Decke lag und sie ihn mit einem kleinen Zipfel etwas zugedeckt hatte, setzte sich die Frau neben den Hund.

Das alles sah auch heute wieder das junge Pärchen, und

sie ertappten sich dabei, dass sie sich unwohl fühlten. Ihr Hund war vergnügt, fidel und freute sich seines Lebens. Sie selbst waren gesund, hatten ein warmes Dach über dem Kopf, verdienten gutes Geld und konnten sich viele Wünsche erfüllen. Vielleicht wäre ihnen die Frau auch gar nicht weiter aufgefallen, wenn sie ohne den Hund an der Häuserwand gelehnt und auf ihrer Decke gesessen hätte.

Aber als sie mitbekommen hatten, dass die Obdachlose von einer herausstaffierten Fremden beschimpft wurde, die dem Hund sogar einen Fußtritt verpassen wollte, da überlegten sie, ob sie nicht eingreifen müssten. Doch noch ehe sie zu Ende gedacht hatten und handeln konnten, lief die wütende Frau auf einmal weiter.

Als kurz darauf diese Person an Yve und Niklas vorbeirasen wollte, blieb sie abrupt bei ihnen stehen und sah das Pärchen mit wutverzerrtem Gesicht an.

Dann drehte sie sich um, zeigte mit einer Hand in die Richtung und wetterte: »Das! Das, da hinten, das ist eine Bestie! Beißen wollte mich der hässliche Köter! Einsperren müsste man beide …, die Frau und das gefährliche Viech!«

Anhand der schrillen, lauten Stimme und ihres Gesichtsausdruckes konnte das Pärchen erkennen, dass sie sehr erbost war. Denn ihr Gesicht war zornrot und sie fuchtelte wild mit den Händen, bevor sie auf- und davoneilte und endgültig im Getümmel verschwand.

Die junge Frau und ihr Begleiter sahen einander an. Das, was sie gerade erlebt hatten, verschlug ihnen die Sprache. Sie konnten nicht glauben, dass über einen mittellosen Menschen und ein Tier, die beide niemanden etwas getan hatten, derartiges gesagt werden würde. Und doch war es gerade passiert!

Wie auf Kommando suchten die Augen des Paares wieder nach der Frau und dem Hund. Endlich entdeckten sie

sie. Sie sahen, dass die Frau mit dem Hund sehr langsam die Bummelallee entlangging. Dabei fiel ihnen auf, dass sie immer und immer wieder den Hund streichelte, wenn er stehen blieb. Sie waren ein Herz und eine Seele.

Zu gern hätten Yve und Niklas der Frau und dem Hund geholfen, aber wie? Während sie sich grübelnd ansahen, entfernte sich die Frau immer weiter von ihnen. Und als sie wieder nach ihr Ausschau hielten, waren sie und ihr Hund inmitten der Menschen untergetaucht.

Traurig schaute sich das Paar an. Gleichzeitig machten sie sich Vorwürfe, dass sie ihr in den Tagen zuvor nicht eine kleine Spende zukommen ließen. Auch hatten sie die Frau nicht ein einziges Mal angesprochen.

Nichts hatten sie unternommen, gar nichts!

Heute fragten sie sich jedoch, warum sie die Frau und den Hund all die Tage zuvor ignoriert und den beiden jegliche Aufmerksamkeit verwehrt hatten. Aber warum nahmen sie sie ausgerechnet heute wahr?

Hatte das Schicksal die Hand im Spiel? Sollte es so sein? Wollte es etwas anderes damit bezwecken? Oder war es letztendlich Vorsehung? Jetzt zum bevorstehenden Jahreswechsel?

# KAPITEL ZWEI

## IN DER STADT

Krümel hatte am Silvestermorgen den Schalk im Fell. Denn kaum, dass er sein Körbchen verlassen hatte, sauste er durch die Wohnung und kläffte, als wenn er einen Eindringling vertreiben wollte. Noch lauter fing er an zu bellen, als es an der Eingangstür schellte.

»Willst du wohl still sein!«, maßregelte der Herr der Wohnung seinen völlig durchgeknallten Hund.

Doch der dachte gar nicht daran!

Er kläffte, kläffte, kläffte …

Erst als die Hausherrin ihn im Nacken zu fassen bekam und energisch sagte: »Krümel, Ruhe! Schluss jetzt!«, hörte er auf zu bellen und lief schuldbewusst ins Wohnzimmer.

In der Zwischenzeit hatte Niklas durch den Türspion geschaut und die Eingangstür geöffnet. Vor ihm stand ein breitschultriger Mann mittleren Alters der demonstrativ einen Blick auf das Namensschild warf, das an der Klingel angebracht war.

Noch bevor Nik etwas sagen konnte, deutete der Fremde hinweisend auf das Schild. »Dann sind Sie also Herr Lehmann? Niklas Lehmann? Richtig?«

»Guten Morgen, ja, der bin ich. Und was möchten Sie am frühen Morgen von mir? Ich kenne Sie nicht.«

»Morgen, Herr Lehmann, ich will mich nur kurz vorstellen. Ich habe die Wohnung unter Ihnen gemietet und bin ab dem 1. Januar Ihr neuer Hausgenosse. Und damit Sie wissen, mit wem Sie es in Zukunft zu tun haben: Ich bin Leon Greber und Security-Mitarbeiter!«

Dass die Wohnung in dem Zweifamilienhaus befristet auf drei Jahre vermietet werden sollte, das hatte der Haus- und Wohnungseigentümer, Herr Schmietts, dem Ehepaar Lehmann zwar erzählt, aber zu welchem Zeitpunkt und wer der neue Mieter sein wird, das stand in dem nachfolgenden Brief nicht drin. Und fragen konnten sie ihn nicht mehr, weil Thorsten Schmietts bereits in New York war.

Jedoch in diesem Moment, als der neue Mieter vor ihm stand, überkam Nik ein ungutes Gefühl. Denn der breitschultrige Mann, der ihm gegenüberstand, machte nicht gerade einen friedfertigen und soliden ...

Seine Frau holte ihn in die Realität zurück. »Nik, wer hat denn eben geklingelt?« Schon stand sie neben ihm.

»Yve, das ist Herr Greber. Er zieht unten in die Wohnung von Thorsten Schmietts ein. Und das, Herr Greber, ist meine Frau.« Nik zog seine Frau bei diesen Worten an sich heran.

Sie reichte dem neuen Mieter die Hand. »Guten Tag, Herr Greber, auf eine hoffentlich gute Hausgemeinschaft!«

»Tach, Frau Lehmann. Na ja, dann will ich aber davon ausgehen, dass diese gute Hausgemeinschaft nicht jeden Tag durch derart lautes Hundegebell gestört wird. Sonst, und darauf können Sie sich verlassen, lernen Sie mich von einer ganz anderen Seite kennen!«

Dann wandte sich der Neue ab und ging grußlos und übel gelaunt runter zu seiner Wohnung. Es dauerte nur Sekunden, dann hörten Niklas und Yve, dass er seine Tür mit einem ohrenbetäubenden Knall zuschlug.

Nachdem das Ehepaar die eigene Wohnungstür hinter

sich geschlossen hatte, sahen sie sich entsetzt an.

»Kannst du mir mal verraten, was der Typ von uns wollte? Und wie ist der denn drauf gewesen?« Yve stieß ihren Mann an. »Du, das war doch keine Vorstellung, für mich klang das eher wie eine Drohung.«

Genauso hatte es Niklas auch empfunden. Aber das wollte er seiner Frau auf gar keinen Fall sagen.

Stattdessen nahm er sie in seine Arme und sagte beschwichtigend: »Der Kerl befindet sich im Umzugsstress. Wir sollten schnell vergessen, was er gesagt hat. Warten wir ab, was die nächsten Tage mit sich bringen. Sag mal, was wollen wir heute noch unternehmen?«

Yve schaute ihren Mann an. Sie war stinksauer, dass der neue Mieter ihr die Stimmung vermiest hatte. Ausgerechnet heute an Silvester!

»Du sagst ja gar nichts«, stellte ihr Mann fest. »Ich denke, wir wollten noch mal in die Stadt gehen, um für uns Heringssalat, Brötchen und die mit Pflaumenmus gefüllten Berliner zu besorgen.«

Geistesabwesend nickte Yve.

»Und? Was heißt das Nicken jetzt?« Er zog seine Frau noch einmal zu sich heran und gab ihr einen Kuss auf die Wange.

»Das heißt, dass wir uns jetzt beeilen müssen, denn sonst ist der Heringssalat ausverkauft. Du weißt ja, der ist bei unserem Fleischer immer heißbegehrt.«

»Ausverkauft? Hast du etwa keinen vorbestellt?«, wollte er wissen.

»Nein, das habe ich in diesem Jahr vergessen. Aber die haben für Silvester sowieso viel mehr zubereitet. Nik, ich räume schnell auf, dann können wir los. Mache dich schon fertig, ich bin gleich startklar. Ich muss mir nur noch meine Stiefel und die Winterjacke anziehen, das geht ruckzuck.«

»Na großartig! Jetzt fehlt bloß, dass wir dieses Jahr keinen Heringssalat mehr bekommen.«

»Nik, nun fange du nicht auch noch an zu meckern! Es reicht mir für heute. Mir läuft ein Schauer nach dem anderen über den Rücken, wenn ich daran denke, was sich gerade vor unserer Tür abgespielt hat. Der Greber hat mir echt Angst gemacht! Hast du ihm dabei mal in die Augen gesehen? Eiskalt, richtig Furcht einflößend haben die ausgesehen. Hast du denn gar nicht bemerkt, wie der mich gemustert hat? Von oben bis unten, von unten bis oben! Ich kam mir vor, als wenn der mich mit seinen Blicken ausgezogen hat. Widerlich, einfach nur widerlich!«

»Du hast ja recht, Mausi. Er hat dich nicht aus den Augen gelassen. Aber es kann natürlich auch an seinem Beruf liegen, dass er alle Menschen taxiert, die er nicht kennt. Du hast ja gehört, er ist Sicherheitsbeamter. Wenn das so ist, dann kann das nur zum Vorteil sein, dass so einer bei uns im Haus wohnt. Aber lass uns nicht mehr über ihn reden, das ist der Vorfall nicht wert. Weißt du was, ich gehe mit Krümel schon vor die Tür, ist das okay für dich?«

»Ist es, mach das. Aber trotzdem mag ich den Mann nicht! Und warum hat der nur mich so gemustert, und dich nicht? Nee, nee, Nik, mit dem stimmt was nicht, das sagt mir mein Bauch!«

»Du und dein Bauchgefühl! Ich lach mich schlapp. Wenn ich da an Krümel denke! Hat dir dein Bauch damals nicht auch gesagt, dass er bestimmt so groß wie ein Golden Retriever wird?« Foppend sah Nik seine Frau an.

Dann nahm er Krümel auf den Arm, streichelte ihn ausgiebig und flüsterte ihm ins Ohr: »Ja, und was ist aus dir geworden? Eine freche, kleine Fußhupe! So viel zu deinem Frauchen und zu dem, was ihr Bauch zu ihr gesagt hat, als wir dich gesehen und aus dem Tierheim abgeholt haben.«

Er hatte kaum das letzte Wort ausgesprochen, da flog ihm schon sein Schlüsselbund entgegen.

»Du Stänker!«, kicherte Yve. »Jetzt mach bloß, dass du mit Krümelchen rauskommst! Ich beeile mich.«

In Windeseile zog sie sich ihre Winterjacke an und schlüpfte in die Stiefel. Nachdem sie sich noch ihr Stirnband über die Ohren gezogen hatte, betrachtete sie sich kurz im Spiegel. Danach eilte Yve hinaus zu ihrem Mann, der draußen in der Kälte auf sie wartete.

Eine halbe Stunde später hatten sie das Fleischerei-Fachgeschäft erreicht. Während Yve zum Einkaufen ins Geschäft ging, musste Niklas mit Krümel draußen warten.

Drinnen tummelten sich zwar einige Kunden, aber es ging zügig voran. Als Yve an der Reihe war, freute sie sich, dass der Heringssalat noch nicht ausverkauft war. Sie äußerte ihre Wünsche und die freundliche Fleischereifachverkäuferin verpackte alles sorgfältig. Dann gingen beide zum Kassenbereich, wo Yve die Ware bezahlen musste. Während die Verkäuferin alle Beträge in die Kasse eingab, stutzte Yve auf einmal.

»Mir ist noch etwas eingefallen, was ich noch haben möchte. Aber ich kann das ja erst bezahlen.«

»So machen wir das!«

Als sie das bereits Eingekaufte bezahlt und es in ihrem Beutel verstaut hatte, ging sie mit der Verkäuferin zurück zur Verkaufstheke.

Yve zeigte auf ein Paar Würstchen. »Bitte geben Sie mir davon zwei Paar und einen kleinen Becher Heringssalat. Ach so, und wenn Sie noch Rindermarkknochen hätten, möchte ich davon drei oder vier.«

Nachdem die Verkäuferin das bejaht hatte, holte sie einige Knochen aus dem Kühlraum und packte danach alles fein säuberlich in Papier ein.

Anschließend bezahlte Yve, legte die Ware zu den bereits gekauften Sachen in ihren Einkaufsbeutel und verließ zügig das Geschäft.

»Hast du alles bekommen?«, fragte Nik seine Frau.

»Na klar. Jetzt müssen wir nur noch zum Bäcker. Ich möchte Brötchen und Berliner kaufen. Und wenn wir das erledigt haben, will ich zur Bummelallee gehen.«

»Was willst du da denn? Allzu lange können wir uns mit Krümel aber nicht mehr in der Stadt aufhalten, er läuft nicht gern zwischen all den Menschenbeinen hindurch.«

»Ich weiß, Nik. Aber ich möchte der Frau und dem Hund heute etwas geben. Die beiden sind mir seit gestern nicht mehr aus dem Kopf gegangen. Weißt du, beide tun mir leid …, besonders heute. Es ist doch Silvester!«

»Von mir aus. Aber du musst damit rechnen, dass sie gar nicht da sind. Nicht, dass du hinterher enttäuscht bist.«

»Mag sein, dann muss ich mich damit eben abfinden. Aber zumindest habe ich es versucht!«

Mittlerweile waren sie beim Bäcker angekommen und Yve kaufte zuerst ein, was sie für sich und ihren Mann haben wollte. Dann ließ sie sich noch zwei Brötchen und zwei Berliner, gefüllt mit Pflaumenmus, in einzelne Tüten einpacken. Zufrieden und mit einem ‚Guten Rutsch' verließ sie den kleinen Bäckerladen.

Als Yve wieder auf dem Bürgersteig stand, sah sie sich um. Doch weder ihren Mann noch Krümel konnte sie entdecken. Dabei waren gar nicht mehr so viele Menschen unterwegs.

Während sie mit den Bäckereitüten in den Händen dastand, dachte sie nach. *Sollte er etwa schon vorgegangen sein? Ohne sie, zu der Frau und ihrem Hund? Nein, das würde er nie-*

*mals machen! Nur, wo waren Nik und Krümel?*

Allmählich bekam sie kalte Finger. Denn den anderen Einkaufsbeutel, in den sie jetzt gerne die Tüten getan hätte, hatte sie zu Hause ihrem Mann in seine Jackentasche gesteckt. Und da steckte der Beutel jetzt gut, während ihre Finger so langsam zu Eiszapfen wurden.

Es half nichts! Sie musste noch einmal in den Bäckerladen gehen und sich dort eine Einkaufstasche kaufen. Froh war Yve erst, nachdem sie im Geschäft die vier Tüten in der Papiertragetasche verstaut hatte und nun mit freien Händen das Lädchen verlassen konnte.

Draußen vor der Tür steckte sie ihre eiskalten Hände schnell in die Jackentaschen, damit sie wärmer werden konnten. Abermals hielt sie Ausschau nach ihrem Mann und Krümel. Dann sah sie die beiden.

Endlich standen sie sich gegenüber. Yve gab ihrem Mann einen Schubs. »Sag mal, wo warst du denn? Ich stehe mir hier die Beine in den Bauch, habe eiskalte Hände, und du bist mit Krümel einfach weggegangen. Was hast du denn da unterm Arm?«

»Das?« Nik musste schmunzeln. »Das habe ich gerade gekauft!«

»Super Antwort! Nun weiß ich ja, was du da unterm Arm hast. Du Witzbold.«

»Ich war mit Krümel im Zoogeschäft und habe für den Hund der Frau eine wärmende Decke gekauft. Wir haben gestern doch gesehen, dass er nur mit einem kleinen Stück der grauen Decke zugedeckt war. Wenn du der Frau was gibst, dann soll der Hund eben von mir was bekommen!«

»Ach, Nik, das hätte ich dir nun gar nicht zugetraut. Ich lieb dich so! Los jetzt, lass uns zu den beiden gehen!«

Glücklich hakte sich Yve bei ihrem Mann unter. Dann gingen sie mit ihrem Krümel in Richtung Bummelallee.

# KAPITEL DREI
## HERZENSSACHE

Je näher sie der Bummelallee kamen, umso mehr Menschen eilten ihnen entgegen. An ihren Gesichtern konnten Yve und Niklas erkennen, dass die meisten von ihnen gehetzt waren.

Und wenn sie genau hinsahen, wusste das Ehepaar, dass in den Tragetaschen nur Silvester-Raketen sein konnten. Denn zahlreiche Holzstiele sahen daraus hervor. Und die Kinder, die neben den Erwachsenen herliefen, waren jetzt schon außer Rand und Band. Einige von ihnen durften sogar voller Stolz und Vorfreude die prall gefüllten Tüten tragen. Und ab und zu warfen die Kleinen auch schon mal Knallerbsen auf den Straßenbelag.

Obwohl die Lehmanns die Kinder verstehen konnten, fanden sie das Knallen nicht so gut. Denn jedes Mal, wenn eine kleine Erbse einen Knall von sich gab, zuckte Krümel zusammen und sein kleiner Körper fing an zu zittern. Er hatte fürchterliche Angst! Silvester war für ihren Hund kein angenehmer Tag, und die Nacht sowieso nicht.

Nachdem es zum wiederholten Mal geknallt hatte, stieß Yve ihren Mann an. »Nimm Krümelchen doch auf den Arm. Siehst du nicht, was er für Angst hat?«

»Du hast gut reden. Guck mal, wie der aussieht! Sein Fell unterm Bauch ist klitschnass und dreckig obendrein.

Weißt du, wie meine Sachen hinterher aussehen? Wir sollten uns beeilen, dass wir wieder nach Hause kommen.«

»Mein Gott, Nik, dann gebe ich deine Jacke eben in die Reinigung. Nun nimm ihn schon hoch! Schau, da sitzt die Frau ja. Und der Hund liegt auch wieder neben ihr auf der Decke.«

Niklas gab sich geschlagen. Er beugte sich zu Krümel hinunter und hob die nasse, schmutzige Fußhupe hoch. Aber nicht, weil er einsah, dass seine Frau recht hatte. Oh nein! Das machte er nur, weil er aus dieser Entfernung nicht einschätzen konnte, wie der große Hund der Frau auf Krümel reagieren würde.

Siegessicher und mit einem frechen Gesichtsausdruck grinste Yve ihren Mann an. »Siehste, geht doch!«

»Und, was meinst du, Mausi? Soll ich die Fußhupe nun auch noch unter meine Jacke nehmen?«

Yye fing an zu lachen und knuffte ihn an. »Doofmann! Du sollst zu Krümelchen nicht immer Fußhupe sagen! Aber wenn er friert, ich habe nichts dagegen, wenn du ihn dort wärmen willst!«

Jetzt trennten sie nur noch wenige Meter von der Frau.

Auch heute saß sie wieder mit angewinkelten Beinen auf der grauen Decke, hatte ihren Rücken an die Häuserwand gelehnt und streichelte gedankenverloren ihren Hund. Erst als Yve und Niklas mit Krümel auf dem Arm direkt vor der Frau und ihrem Hund standen, blickte sie zu ihnen hoch.

Yve erschrak! Dass die Frau noch so jung war, damit hatte sie nicht gerechnet. Yve fiel sofort auf, dass sie sehr hübsch war, stahlblaue Augen hatte, ihre Haare unter einer Pudelmütze verborgen waren, und dass die Frau sie und Niklas errötend anlächelte.

»Ich heiße Yve. Und das ist mein Mann Niklas. Und der Hund auf seinem Arm, das ist unser Krümel.« Vorsichtig, und dabei den großen Hund der Frau im Auge behaltend, reichte Yve ihr jetzt die Hand.

Merkwürdig war, dass der alte Hund ganz ruhig liegen blieb und anscheinend keinerlei Notiz von ihr, ihrem Mann und Krümel nahm. *Das kann doch unmöglich derselbe Hund sein, der erst gestern noch sein Frauchen vehement beschützt und die Zähne gefletscht hat,* schoss es Yve durch den Kopf. *Nein, ich kann mich nicht so irren, der friedlich daliegende Hund ist heute zu 100% kein anderer.*

Ehe sie noch weitergrübeln konnte, zeigte die Frau auf den Hund mit der schneeweißen Schnauze, der seinen Kopf hautnah an ihre Beine gelegt hatte. »Das ist mein Hugo und ich bin Irina. Aber Sie brauchen vor ihm keine Angst zu haben. Hugo weiß ganz genau, wer es gut mit ihm und mit mir meint.«

»Oh! Sie heißen also Irina. Was für ein schöner und ausgefallener Name!«, entfuhr es Nik.

»Danke!« Verlegen sah sie Niklas an.

Plötzlich versuchte der Hund aufzustehen. Als er es endlich geschafft hatte, ging er langsam und humpelnd auf Nik und Krümel zu.

»Er tut Ihnen und Ihrem Hund nichts«, sagte die Frau mit leiser Stimme. »Hugo will Ihren Hund nur begrüßen, er mag andere Hunde. Na ja, eigentlich mag er alle Tiere. Allerdings nicht alle Menschen …«

»Dann hat Ihr Hugo bestimmt schlechte Erfahrungen gemacht, oder?«, wollte Yve wissen.

Die Frau nickte und senkte den Kopf.

Als Yve merkte, dass sie nicht darüber reden wollte, sah sie Hugo hinterher. Inzwischen stand der, mit seiner Rute wedelnd, neben ihrem Mann und begrüßte Krümel, indem er ihn mit seiner kalten, feuchten Nase anstupste.

»Hugo freut sich! Sehen Sie das?«, rief Irina und dabei fingen ihre Augen vor Freude an zu strahlen. »Er wedelt sogar mit seiner Rute! Das hat er schon lange nicht mehr gemacht! Sie wissen gar nicht, was das für mich bedeutet. Ich dachte nämlich, dass sich mein Hugo über nichts mehr freuen kann.«

Dann wischte sich die Frau die Tränen, die ihr über die Wangen liefen, mit dem Ärmel ihrer Jacke ab und rief ihren treuen, alten Hund wieder zu sich heran.

Während er hinkend zurück zu seinem Frauchen lief, stand sie von ihrer Decke auf, und als Hugo bei ihr war, streichelte sie ihn überglücklich. Es war ein Bild, das Yve und Niklas zu Herzen ging.

Ehe die beiden etwas erwidern und ihr die Geschenke überreichen konnten, hörten sie, wie die junge Frau zu ihrem alten Hund mit der schneeweißen Schnauze sagte: »Wenn du schon aufgestanden bist, dann werden wir auch gleich nach Hause gehen. Warte, Hugo, ich muss nur noch unsere Decke zusammenfalten und mitnehmen.«

Darauf sah sie das Ehepaar an und meinte: »Wissen Sie, er kann schlecht aufstehen. Warum soll er sich noch einmal quälen. Außerdem will ich mit ihm von hier weg sein, bevor die Knallerei zunimmt. Denn davor hat Hugo fürchterliche Angst. Nein, er gerät sogar in Panik. Das alles möchte ich ihm gern ersparen. Hoffentlich hat ihr Kleiner nicht auch solche Angst.«

Jetzt bückte sie sich. Und als sie sich ihre graue Decke wieder unter den Arm geklemmt hatte, reichte sie Yve und Niklas die Hand. »Danke, dass Sie mit mir geredet haben. Hugo und ich wünschen Ihnen und Ihrem Hund, dass das neue Jahr gut für Sie wird. Auf Wiedersehen.«

»Halt, warten Sie bitte!« Yve hielt ihre Hand fest.

»Habe ich was Falsches gesagt? Oder Sie verärgert?« Irina schaute sie verstört an.

»Um Gottes Willen, nein!« Schnell drückte Niklas der völlig perplexen Frau ein Päckchen in den Arm. »Aber wir möchten Ihnen noch etwas geben. Hier, das ist eine Decke für Ihren Hugo!«

»Das ist ... « Mit aufgerissenen Augen sah sie Niklas an. »Das ist eine Decke für Hugo? Wirklich? Oh, wie schön. Danke, ich danke Ihnen!«

Ruckartig drehte sie ihren Kopf in eine andere Richtung, denn es war ihr offensichtlich peinlich, dass ihre Augen feucht wurden. Erst als sie sich wieder gefangen hatte, drehte sich Irina wieder um. Aber als Yve ihr dann auch noch die Tragetasche überreichte, in der sich die Würstchen, der Heringssalat, die Rindermarkknochen, die Brötchen und Berliner befanden, liefen dann doch Tränen über ihr bildhübsches Gesicht.

»Wo …, womit habe ich das denn verdient? Sie kennen mich doch gar nicht«, stammelte die Frau und sah Nik und Yve voller Dankbarkeit an.

Hugo, der instinktiv bemerkte, dass etwas geschehen sein musste, was sein Frauchen aus der Fassung gebracht hatte, fing plötzlich an zu winseln und zwängte sich demonstrativ zwischen Irina und Yve.

»Ist alles gut, Hugo! Ist alles gut. Sie tun dir und mir nichts, im Gegenteil. Du hast jetzt auch eine Decke, eine die nur dir gehört.«

Nur Krümel, den Nik immer noch auf seinen Armen trug, schien alles egal zu sein. Ihm ging es gut, er fror nicht und der große Hund tat ihm nichts. Also knipste er seine Knopfaugen wieder zu und schlief weiter.

Nun erzählte Niklas der jungen Frau auch, dass sie und ihr Hund ihm und seiner Frau schon seit Tagen aufgefallen sei, und dass sie ihr zum Jahreswechsel unbedingt eine kleine Freude machen möchten. Und dass das für ihn und Yve eine Herzensangelegenheit wäre.

Sichtlich berührt hatte die Frau den Worten des Ehepaares gelauscht. Sie konnte sich nicht mehr daran erinnern, wann es zuletzt ein Mensch so gut mit ihr und Hugo gemeint hatte.

Gerade als sie sich nach diesem Gespräch voneinander verabschieden wollten, knallte in der Nähe ein Böller. Krümel zuckte zusammen, zitterte wie Espenlaub und Nik hatte Mühe, ihn wieder zu beruhigen.

Was allerdings daraufhin geschah, konnten Yve und ihr Mann nicht glauben. Der Hund der Frau, warf sich zu Boden, fing an zu jaulen, winselte vor Angst und in seinen Augen spiegelte sich eine blanke Panik wider.

Irina ließ alles fallen, was sie in den Händen hatte, dann fiel sie auf ihre Knie und rutschte ganz nah an ihren Hund heran. Nun redete sie mit sanfter Stimme auf ihn ein und strich dabei über sein Fell.

Es dauerte eine gefühlte Ewigkeit, ehe Hugo wieder auf seinen vier Pfoten stand. Er hechelte, die Zunge hing ihm aus dem Maul und immer und immer wieder sah er mit angsterfüllten Augen sein Frauchen an, gerade so, als wollte er ihr sagen: *Hilf mir doch*!

Erst nachdem sich der Hund wieder etwas beruhigt hatte, bückte sie sich und hob alles auf, was vor ihr auf dem Boden lag.

Dann schaute Irina Yve und Niklas an. »Sie müssen wissen, Hugo hat Grausames erlebt. Wäre er ein Mensch, dann würde es heißen, dass er ein Knall-Trauma hat. Entschuldigen Sie bitte, aber ich muss gehen. Hugo und ich müssen unsere Unterkunft erreicht haben, bevor noch so ein lauter Böller gezündet wird. Danke für alles und Gottes Segen fürs neue Jahr – für Sie und Ihren knuffigen Hund.«

»Für Sie auch, Irina! Sehen wir uns wieder? Wo wohnen Sie denn? Dürfen wir Sie ein Stück begleiten?« Yve sah die Frau fragend und bittend zugleich an.

»Nein, nein!« Erschrocken schüttelte Irina den Kopf. »Ich …, ich gehe allein. Ich wohne mit anderen Mittellosen in einem ausrangierten Bauwagen. Oh ja, ich würde mich freuen, wenn wir uns eines Tages wiedersehen würden. Noch bin ich hier. Machen Sie es gut!«

Dann drehte sie sich schnell um und ging mit ihrem immer noch verstörten und hinkenden Hund die Bummelallee hinauf.

Eine Weile blickten Niklas und seine Frau den beiden hinterher. Sie konnten sehen, dass auch heute der Hund sehr oft stehen blieb, bevor er humpelnd weiterlaufen konnte. Und weil es jetzt auch noch zu schneien anfing, musste für den alten Hund das Laufen durch den Neuschnee besonders beschwerlich sein.

Als die Frau und der Hund aus ihrem Blickfeld verschwunden waren, griff Yve nach der Hand ihres Mannes und zog ihn mit sich mit. »Los, Nik, nun komm schon. Lass uns auch nach Hause gehen. Wenn das so weiterschneit, dann bravo!«

»Wer hat denn so lange gequasselt und konnte sich nicht loseisen? Du oder ich? Nun gib es schon zu, Mausi, du hättest doch am liebsten noch gewusst, wo und wie sie wohnt, oder warum hast du Irina gefragt, ob wir sie noch begleiten sollen?«

»Ach, nun hör schon auf! Dir haben die beiden doch auch leidgetan. Das sehe ich dir an deiner Nasenspitze an. Aber nee, das willst du nur nicht zugeben! Ich kenne dich! Noch was: Du solltest Krümel runterlassen, bevor wir zu

Hause sind. Sonst sind wir kaum in der Wohnung, dann muss er raus, weil die Blase drückt!«

»Stimmt, Mausi, da hast du ausnahmsweise recht.« Und ehe sich Krümel versah, stand er schon im Schnee, während Nik lachend meinte: »Hast du gehört, Fußhupe, nun musst du den Rest des Weges auf den eigenen vier Pfoten nach Hause laufen.«

»Doofmann!« Yve gab ihm einen kräftigen Knuff in die Seite. »Mensch, hör auf damit! Du sollst nicht immer Fußhupe zu ihm sagen!«

»Stimmt! Das tut deinem Krümelchen ja weh.«

»Witzbold! Los jetzt, lass uns endlich gehen!«

Yve war froh, dass ihnen beim Nachhausekommen der neue Mieter im Treppenhaus nicht über den Weg gelaufen war. Denn seit gestern bekam sie das Bild nicht mehr aus dem Kopf, als er vor ihrer Wohnungstür aufgetaucht war und sie wie ein Stück Frischfleisch beäugt hatte. Gleichzeitig ärgerte sie sich, dass sie gerade das Treppenhaus hochgeschlichen war und dabei inständig gehofft hatte, dass ihr Hund nicht zu bellen begann.

Erst als sie, Nik und Krümel in den eigenen vier Wänden angekommen waren, atmete Yve befreit auf. Zum Glück hatte ihr Mann von ihrer Anspannung nichts mitbekommen. Denn der hätte sie glatt für gaga gehalten.

Krümel, der war vom Laufen durch den Schnee so geschafft, dass er sich sofort in sein Körbchen legte und keinen Mucks mehr von sich gab.

Niklas und seine Frau genossen den Nachmittag, indem sie es sich richtig gemütlich machten. Sie aßen die Berliner, tranken dazu Kaffee und nebenbei lief der Fernseher. Sie schauten sich zum x-ten Mal ‚Dinner for One' an, während kurz vor dem bevorstehenden Jahreswechsel in regelmäßigen Zeitabständen auf die aktuelle Uhrzeit hingewiesen wurde.

Dann war es so weit!

Die Kirchenglocken fingen an zu läuten, zeitgleich wurden die ersten Raketen abgeschossen und der Himmel war übersät von Farben, Sternen und Gefunkel. Dennoch verlief die Silvesternacht im Vergleich zu den Jahren zuvor ziemlich ruhig. Die Knallerei hielt sich in Grenzen, sodass sich Krümel nicht verängstigt in der hintersten Ecke des Wohnzimmers verstecken musste.

Es war weit nach Mitternacht, als Yve und Nik sich ansahen und wie auf Kommando sagten: »Ich gehe jetzt ins Bett. Kommst du mit?«

Lachend erhoben sie sich vom Sofa. Dann verschwanden sie zusammen im Bad. Wenig später kamen beide wieder bettfertig gekleidet heraus und gingen kichernd ins Schlafzimmer.

Als sie eng aneinander gekuschelt im Bett lagen und Nik die Nachttischlampe schon ausgeknipst hatte, hörte er, dass seine Frau leise seufzte.

»Tut dir was weh, Mausi?«

»Nein, Nik. Ich musste gerade an Irina und ihren Hund denken. Wie alt mag sie wohl sein ...?«

»Lass uns morgen darüber reden. Wenn wir uns weiterhin den Kopf zerbrechen, dann machen wir die Nacht zum Tag. Wenn du willst, gehen wir gleich im neuen Jahr in die Stadt und dann kannst du ja noch einmal und etwas ausgiebiger mit ihr reden, okay? Aber jetzt lass uns schlafen. Oder wollen wir lieber noch etwas schmusen?«

»Letzteres, oh ja, das könnte mir gefallen!«, kicherte Yve und schmiegte sich ganz fest an ihn.

# KAPITEL VIER

## ZU VIEL DES GUTEN

Während sich Irina mit ihrem Hugo an der Leine ihren Weg durch die Menschen bahnte, die ihr in der Bummelallee entgegenkamen, musste sie an das Ehepaar und den kleinen Hund denken. Sie konnte es nicht fassen, dass es noch Menschen gab, die auf sie, »auf eine Obdachlose mit Hund« zukamen, ohne dass sie ihr nur lieblos ein Geldstück auf die verschlissene Decke warfen. Oder dass sie nur verächtlich ihren alten Hund beäugen wollten, um ihn obendrein auch noch als hässlichen Köter zu betiteln.

Doch das, was ihr vor wenigen Minuten an Wohlwollen und Freundlichkeit von Yve und Nik zuteilgeworden war, war fast zu viel für Irina. Denn an uneigennützige Gesten, daran glaubte sie schon längst nicht mehr. Den Glauben daran, den hatte sie verloren.

Und nun lief sie hier entlang mit einer neuen Decke für Hugo und einer Tasche voller Geschenke, die ihr das nette Paar überreicht hatte. Ohne dass dafür eine Gegenleistung von ihr verlangt wurde. Allein, wie sie mit Hugo gesprochen hatten, um ihn besorgt waren, als der Böller losging und er sich vor lauter Angst nicht mehr auf seinen Pfoten halten konnte! Das freundliche Ehepaar hatte ihr gezeigt, dass nicht alle Menschen grausam und verlogen waren.

Erst als ein Mann und sie sich versehentlich anrempelten, kam Irina wieder in der Realität an. Gerade als sie sich bei dem Mann für ihre Unachtsamkeit entschuldigen wollte, blieb er stehen und schaute zuerst sie und dann ihren Hund an.

»Entschuldigung, junge Frau, das wollte ich nicht. Aber das kommt davon, wenn man nicht hinsieht, wo man hinläuft. Ich hatte nur Augen für Ihren Weggefährten. Wissen Sie, immer ...«, er hörte kurz auf zu reden. »Immer, wenn ich einen älteren Hund sehe, muss ich an mein altes Mädchen denken. Meine treue Seele ist vor drei Wochen gestorben. Brunhilde hatte auch so eine weiße Schnauze wie Ihr Hund. Wie heißt der denn?«

»Hugo, das ist mein Hugo. Er kann nicht mehr richtig sehen und das Laufen fällt ihm sehr schwer.«

»Und warum helfen Sie ihm nicht?«, wollte der Fremde wissen und sah Irina mit gütigen Augen an. »Hm, kein Geld, um mit ihm zum Tierarzt zu gehen. Vermute ich richtig? Wie alt ist er denn?«

Mit hochrotem Kopf wandte sich Irina ab. Es war ihr unangenehm, dass der Mann, der bestimmt schon die siebzig Jahre überschritten haben musste, mit seiner Vermutung ins Schwarze getroffen hatte. Irina schämte sich, dass anscheinend jedermann ihr ansah, dass sie obdach- und mittellos war. Selbst dann, wenn sie nicht auf ihrer grauen Decke saß und Hugo neben ihr lag.

Dem Fremden entging nicht, dass sich die junge Frau sehr unbehaglich fühlte. Inzwischen ärgerte er sich auch maßlos, dass er ihr so unsensible Worte an den Kopf geworfen hatte. Einen Moment überlegte er, wie er das richtigstellen könnte.

Der alte Mann räusperte sich kurz, bevor er äußerte: »Sollte ich eben mit meiner Äußerung übers Ziel hinausgeschossen sein, tut es mir leid. Ich wollte Sie keinesfalls verletzen, das dürfen Sie mir glauben. Ich muss in Zukunft besser überlegen, was ich sage. Kommen Sie mit Ihrem Hund friedvoll ins neue Jahr und gute Besserung für Ihren Hugo!« Prüfend blickte er die junge Frau an.

Weil Irina die versöhnlich klingenden Worte guttaten, drehte sie sich wieder zu dem älteren Mann um und erwiderte leise: »Danke. Wie alt mein Hugo ist, weiß ich nicht. Er hat mir das Leben gerettet, und ich ihm seins. Aber das ist eine andere Geschichte. Doch seit jenem Tag sind wir unzertrennlich. Aber wissen Sie, gerade deshalb schmerzt es mich, dass ich ihm seine Schmerzen beim Aufstehen und Laufen nicht nehmen oder zumindest etwas erträglicher machen kann. Ja, Sie haben es richtig erkannt! Mir fehlt das Geld, ich habe keins, um einen Tierarzt aufzusuchen und Medikamente für Hugo zu kaufen. Aber jetzt muss ich weiter, Hugo zittert, er friert. Die Kälte und Nässe sind nicht gut für seine Knochen. Ich wünsche Ihnen auch alles Gute fürs neue Jahr. Bleiben Sie gesund und danke für das nette Gespräch.«

Dann beugte sie sich zu ihrem Hund hinunter, streichelte seinen Rücken und während er dabei sein Frauchen mit seinen trüben Augen ansah, sagte sie zu ihm: »Weiter geht`s, Hugo. Komm, wir haben es gleich geschafft!«

Freundlich nickte Irina dem alten Mann noch einmal zu, und dann ging sie langsam weiter in Richtung Ende der Bummelallee.

Der Fremde blickte ihnen hinterher. Und als er sah, dass der humpelnde Hund stehen blieb, die Frau sich zu ihm hinunterbeugte, eine Pfote nach der anderen in ihre Hände nahm, um die Eisklumpen unter seinen Ballen zu entfernen, fasste er einen Entschluss.

Irina strich ihrem Weggefährten noch einmal über seinen Kopf, dann setzten sie ihren Weg fort. Was Irina nicht sehen konnte, war, dass der Mann ihnen eiligen Schrittes folgte und sich immer mehr näherte.

»Warten Sie! Bleiben Sie bitte mal stehen!«, rief er hinter der Frau her. Die Stimme kam Irina bekannt vor. Sie hielt inne und drehte sich um. Dann sah sie, dass der Fremde direkt auf sie zueilte.

Als sie sich gegenüberstanden, fackelte der Mann nicht lange. Er griff in seine Jackentasche, zog eine Visitenkarte hervor und drückte sie der Frau in die Hand.

»Tun Sie mir den Gefallen und suchen Sie gleich im neuen Jahr …« Er überlegte kurz. »Okay, ich schlage den 3. Januar vor. Bitte suchen Sie mit Ihrem Hund die Adresse auf, die auf der Karte steht. Ich melde Ihren Hugo dort heute noch an! Und was die Kosten anbelangt, die übernehme ich. Klingeln Sie einfach, es ist dann jemand da. Machen Sie das und nehmen Sie den Termin wirklich wahr! Ihrem Hund muss unbedingt geholfen werden!« Er lächelte sie freundlich an, drehte sich um und eilte davon.

Mit einem erstaunten Gesichtsausdruck stand Irina da und blickte ihm hinterher. Sie war unfähig, einen klaren Gedanken zu fassen. Denn was der Fremde gerade zu ihr gesagt hatte, musste sie erst einmal sacken lassen.

Immer noch hielt sie die Visitenkarte in ihrer geschlossenen Hand. Und während sie überlegte, ob sie das alles nur geträumt hatte, öffnete sie sie langsam. Aber als Irina las, was auf der kleinen Karte stand, stockte ihr der Atem.

*Tierarzt med. vet. Wolfgang Fuchs*
*Termin nach Vereinbarung*
*Rosenheckenweg 13 a-b*

Das war zu viel des Guten! Ohne auf die anderen Menschen zu achten, die noch immer in der Stadt unterwegs waren, ließ sie ihren Tränen freien Lauf!

Dann beugte sie sich zu ihrem altersschwachen, kranken Hund hinunter und vergrub schluchzend ihr tränennasses Gesicht in seinem Fell.

Hugo, der sein Frauchen genau kannte, spürte, dass die Tränen, die sie vergoss, keine der Trauer waren. Von daher blieb er geduldig neben ihr stehen. Und als Irina beim Aufstehen sah, dass er leicht mit seiner Rute zu wedeln begann, da wusste Irina, was sie tun würde. Gleich im neuen Jahr, am 3. Januar!

Nachdem sie ihrem Hund noch einmal gut zugeredet hatte, gingen beide ihres Weges. Was Irina nicht wusste, war, dass das Glück ihnen auch weiterhin hold bleiben sollte. Denn während sie langsamen Schritts ihre Unterkunft aufsuchten, wurden keine weiteren Böller oder andere Kracher mehr gezündet. Weil alles ruhig blieb, bekam ihr Hugo auch keine erneute Panikattacke.

Fünfzehn Minuten später erreichte Irina mit ihrem hinkenden Hund den ausrangierten Bauwagen.

Dieser stand fernab der Stadtmitte, am Waldesrand in der Nähe einer Großbaustelle, und war fußläufig gut zu erreichen. Das war wichtig für Irina. Denn weite Strecken konnte Hugo nicht mehr laufen.

Das merkte sie auch jetzt wieder, als sie vor den Stufen standen, die ins Innere des Wagens führten. Obwohl Irina ihrem Hund gut zuredete, die wenigen Stufen hinaufzugehen, blieb er regungslos davor stehen und schaute stattdessen sein Frauchen nur Hilfe suchend und mit glanzlosen Augen an. Sie merkte und sah ihm an, dass er große Schmerzen haben musste, denn bisher hatte Hugo die Stufen immer allein geschafft. Weil ihr Hund jedoch keinerlei Anstalten machte, es zu versuchen, ging Irina zunächst allein in den Bauwagen hinein.

Nachdem sie ihre ganzen Sachen abgelegt hatte und schnellstens wieder zu ihrem Hund gehen wollte, hörte sie beim Hinausgehen nur noch, dass Steffen sie fragte: »Was ist los? Kann ich dir irgendwie helfen? Und wo hast du denn Hugo gelassen?«

Eine Antwort blieb sie ihm schuldig. Als sie Sekunden später mit Hugo in ihren Armen wieder ins Innere des Wagens kam, stand Steffen schnell auf und lief auf sie zu. »Um Himmels willen, was ist passiert? Komm, ich nehme dir Hugo ab und bringe ihn zu seiner Lieblingsecke.«

Schon nahm er ihr den Hund ab und legte ihn behutsam auf seinen Schlafplatz. Besorgt sah Steffen zu dem alten Hugo hinunter. Dass er sofort seine Augen schloss und sich nicht mehr rührte, ihn nicht einmal begrüßte, beunruhigte ihn. Nein, so kannte er ihn nicht.

Inzwischen hatte sich Irina neben ihren Hund gekniet und streichelte ihn zärtlich. Dabei tropften unzählige Tränen auf sein Fell.

Als Steffen mitbekam, dass seine Mitbewohnerin zu weinen begann, legte er seine Hand auf ihre Schulter. »Komm, Irina, setz dich hin und dann erzählst du mir erst mal, was passiert ist. Dein Hugo schläft jetzt, lass ihm die Zeit, die er braucht, um wieder zu Kräften zu kommen. Wenn er jetzt auch noch spürt, dass du traurig bist, das ist nicht gut für ihn! Aber das muss ich dir ja nicht sagen, oder?« Daraufhin fasste er etwas energischer zu und zog Irina mit den Worten vom Boden hoch: »Nun komm schon, bitte steh auf!«

Obwohl Steffen nur neun Jahre älter war, tat sie das, zu was er sie gerade aufgefordert hatte. Denn dass er recht hatte, das wusste sie nur allzu gut. Ihr Hund brauchte jetzt seine Ruhe und das Gefühl, dass er nicht allein war. Aber Hugo durfte auf gar keinen Fall merken, dass Steffen und sie sich große Sorgen um ihn machten.

Als Irina mit verweinten Augen auf einem Stuhl saß und Steffen auf einer anderen Sitzgelegenheit Platz genommen hatte, griff sie nach seiner Hand. »Du bist ein wirklicher Freund, Steffen. Danke, dass du für mich und Hugo immer da bist. Aber sag mal, wo ist denn Tanja?«

»Tanja ist noch mal in die Stadt gegangen. Uns fehlen Margarine, Brot und Wasser. Sie wird sicherlich gleich wieder hier sein. Aber nun lenk nicht ab! Was ist mit Hugo? Erzähl, was ist passiert!«

»Heute ist viel auf mich eingestürmt. Ich weiß gar nicht, wo ich anfangen soll. Doch! Warte!« Irina stand auf, holte die Einkaufstasche, die Decke und legte alles auf Steffens Schoß. »Pack du aus! Ich weiß auch nicht, was in der Stofftasche ist.«

»Wie? Du weißt nicht, was du eingekauft hast?«

»Ich habe nichts eingekauft. Gar nichts. Alles, was du siehst, habe ich geschenkt bekommen. Auch die Decke. Sie ist für Hugo.« Bei diesen Worten ging ihr Blick zu ihrem geliebten alten Hund, der regungslos auf seinem Platz lag und von alldem nichts mitbekam.

Irina hatte auf einmal fürchterliche Angst, dass ihr treuster Freund sie alleinlassen könnte, weil er seinen letzten Weg über die Regenbogenbrücke antreten wollte. Dabei redete sie sich selbst ein, dass Hugo ihr das nicht antun würde ..., noch nicht! Er war nur kaputt. Spätestens dann, wenn er sich ausgeschlafen hatte und zu neuen Kräften gekommen war, würde er wieder aufstehen und es sich vor ihren Füßen bequem machen.

Schlagartig wurde sie aus ihren trüben Gedanken gerissen, als Steffen sie fragte: »Du hast was?« Ungläubig stierte er auf die gemusterte Decke. Dann riskierte er einen vorsichtigen Blick in die Einkaufstasche.

Obwohl es ihr verdammt schwerfiel, nahm sich Irina zusammen. Denn sie wollte nicht, dass nur durch ihr Stimmungstief Steffens Freude getrübt wurde. »Bitte pack aus, Steffen«, bat sie ihn stattdessen. »Ich möchte so gern wissen, was da drin ist!«

Irritiert holte er daraufhin ein Teil nach dem anderen aus der hellen Tragetasche heraus und legte alle Päckchen auf den kleinen, abgenutzten Holztisch. Mit großen Augen sah er Irina an. »Wer hat dir das denn geschenkt? Und warum? Das gibt es doch gar nicht. Mensch, Irina, guck mal, das ist ja alles vom Metzger! Und hier, in den Tüten ist noch was vom Bäcker! Ich bin sprachlos.«

»Heute ist ein richtiger Glückstag gewesen. Du solltest mich mal zwicken, denn glauben kann ich es immer noch nicht«, erwiderte Irina, während sie Steffen die kuschelige Decke vom Schoß nahm, damit zu Hugo ging und diese über ihn legte.

Als sie wieder auf ihrem Stuhl saß, begannen beide die Päckchen auszupacken. Bei jedem Teil, was zum Vorschein kam, sahen sie sich mit glasigen Augen an. Dass sie sich freuten, konnte man ihnen ansehen.

»Berliner!«, entfuhr es Steffen. »Und Brötchen, Heringssalat, Würstchen und sogar noch Knochen für deinen Hugo! Oh, wie toll ist das denn?«

»Und die Decke, die darfst du nicht vergessen!«, ergänzte Irina seine Aufzählung.

»Aber nun weiß ich immer noch nicht, wer dir das geschenkt hat und wo …«

Gerade als sie Luft geholt hatte und zu erzählen beginnen wollte, öffnete sich die Tür und Tanja kam keuchend hereingestürmt. Und nachdem sie völlig aus der Puste den Träger mit den Seltersflaschen, das Brot und den Margarinebecher abgestellt hatte, sah sie ihre Freunde fragend an. »Wie? Wer hat was geschenkt bekommen?«

»Irina muss heute das Los mit dem Hauptgewinn gezogen haben!« Grinsend deutete Steffen mit dem Zeigefinger auf den Tisch. »Mehr weiß ich auch noch nicht, aber das werden wir gleich erfahren. Mach schon, zieh dir die dicke Jacke und deine Stiefel aus, und dann setz dich zu uns.«

Noch nie zuvor hatte Tanja sich so fix ihrer Jacke und Winterstiefel entledigt und ihre Filzlatschen angezogen. Ihre Neugier war groß, sie wollte unbedingt wissen, wer der edle Spender war, der Irina diese Köstlichkeiten geschenkt hatte. Denn eins wussten alle: Niemals hätten sie sich so etwas kaufen können!

»Schieß los!« Tanja stieß ihre Mitbewohnerin an. »Ich platze gleich vor Anspannung!«

»Und ich erst!«, lachte Steffen. »Schließlich warte ich schon viel länger, dass sie es endlich verrät.«

Ohne große Umschweife und ohne etwas Wichtiges wegzulassen, berichtete Irina ihren Freunden jetzt, was sie erlebt hatte und wer ihr die vielen Lebensmittel und Hugos Decke geschenkt hatte.

Nun wanderte Tanjas Blick zu dem Hund. »Was ist denn heute mit ihm los?« Fragend sah sie ihre Freunde an. »Mensch, er hat mich ja gar nicht begrüßt. Irina, ist er krank?«

»Das weiß ich nicht. Hugo konnte heute noch nicht mal mehr die Stufen vom Bauwagen allein hochgehen. Er liegt da, seitdem wir hier sind, und er rührt sich überhaupt nicht.« Jetzt fing Irina an zu weinen.

»Ist denn unterwegs irgendetwas passiert, was ihn derart geschafft hat?«, wollte Tanja wissen.

Nun berichtete Irina von dem Böller und wie Hugo darauf reagiert hatte.

»Und da wunderst du dich, dass er neben der Spur ist?« Steffen stupste sie an. »Muss ich dich etwa daran erinnern, was das Knallen bei ihm ausgelöst haben könnte? Von dem Grauen muss sich dein Hund erst einmal erholen.«

»Steffen hat recht! Mensch, Irina, das ist zu viel für ihn gewesen. Wenn ich daran denke, was der arme Kerl alles durchgemacht hat ...! Mein Gott, ich bin heute noch zutiefst erschüttert.«

»Nein, Steffen, ich habe nichts vergessen. Gar nichts! Wie könnte ich auch ...« Betrübt sah sie zu Hugo. »Und wenn ich euch und Willi nicht kennengelernt hätte, wer weiß, wo wir beide heute wären. Ja, Tanja, es stimmt! Der laute Böller wird der Grund dafür sein, dass Hugo sich nicht von seinem Platz erhebt. Der Schock sitzt ihm noch im Fell. Aber da fällt mir gerade was ein.«

»Noch was?«, fragte Tanja und blickte sie mit großen Augen an.

Irina nickte und holte die Visitenkarte aus ihrer Hosentasche hervor. »Hier«, sie legte die Karte mitten auf den Holztisch, »da soll ich am 3. Januar mit Hugo hingehen. Das hat mir der ältere, freundliche Herr gesagt, der mir die Karte gegeben hat. Er meinte, da könnte Hugo vielleicht geholfen werden. Und die Kosten würde er übernehmen.«

Skeptisch hörten Tanja und Steffen zu.

Dann nahm Steffen die Visitenkarte in seine Hand und als er las, was darauf stand, sagte er mit ernster Stimme: »Da gehst du auf jeden Fall mit Hugo hin! Sonst kann ich dich nicht verstehen. Aber, wenn ich über alles nachdenke, dir müssen heute Engel auf Erden begegnet sein! Ist das der Tierarzt gewesen, der dir die Karte gegeben hat?«

»Ja, Steffen, ich werde mit Hugo zu der Adresse gehen, das bin ich ihm schuldig! Aber ich glaube nicht, dass der Mann der Tierarzt ist. Das hätte er mir doch gesagt. Oder?

Aber jetzt wünsche ich mir nur noch, dass Hugo sich wieder erholt und aufsteht.«

»Das hat er gehört!« Tanja lachte und gab Irina einen sanften Stoß. »Schau mal, er kommt zu uns!«

Nachdem der alte Hund Steffen und Tanja begrüßt hatte, lief er zu seinem Frauchen. Er blickte sie kurz an, dann legte er seine weiße Schnauze auf ihr Knie und begann sanft mit seiner Rute zu wedeln.

»Ach, mein Hugo, ich habe mir solche Sorgen um dich gemacht!«, flüsterte sie leise und strich liebevoll über seinen Kopf. »Aber von mir aus kann jetzt das neue Jahr kommen! Und wenn es so weit ist, bekommst du etwas Leckeres und wir auch.«

Wenig später lag er vor Irinas Füßen und beobachtete aufmerksam, was sich bis zum bevorstehenden Jahreswechsel im Bauwagen abspielte.

# KAPITEL FÜNF

## DAS NEUE JAHR

Gleich nach dem Frühstück holte Niklas die Hundeleine und rief Krümel zu sich. Nachdem er ihm das Halsband umgelegt und die Leine daran befestigt hatte, ging er zu seiner Frau, die sich gerade im Bad ihre Haare kämmte.

»Mausi, ich wollte dir noch sagen, dass ich jetzt mit Krümel eine Runde drehe. Er muss bestimmt sein Geschäft erledigen. Und wenn ich mit ihm zurück bin, dann rufen wir die Eltern an, um ihnen ein gesundes neues Jahr zu wünschen. Einverstanden?«

Yve drehte sich zu ihrem Mann um. »Eigentlich wäre es mir umgekehrt lieber. Also, dass wir zuerst telefonieren und dass du dann mit Krümel rausgehst.«

»Dann ist es ja Mittag!« Nik fing an zu lachen. »Bis dahin hat sich die Fußhupe ins Fell gepinkelt. Du weißt doch, dass ein Telefonat mit deiner Mutter und mit meinem Vater Stunden dauert. Nö, das geht nicht. Aber vielleicht beeilt er sich heute und schnuppert nicht überall und an allem herum.« Dann schaute er seinen Hund an und meinte beim Weggehen kichernd: »Auf geht es, Fußhupe, komm, wir beide gehen Gassi!«

»Unser Krümel ist keine Fußhupe!«, schimpfte Yve und rief ihm noch hinterher: »Vergiss die Beutel nicht, falls er einen Haufen machen muss.«

»In meiner Jackentasche habe ich noch welche«, erwiderte er und verließ mit dem Hund die Wohnung.

Was Niklas nicht bemerken konnte, war, dass der neue Mieter hinter seiner Wohnungstür stand und durch den Türspion schaute.

Als er kurz darauf hörte, dass hinter Nik die schwere Haustür ins Schloss gefallen war, eilte Leon Greber zum Küchenfenster. Seine Gesichtszüge verzogen sich hämisch als er sah, dass sich Niklas mit seinem Hund immer weiter vom Haus entfernte. Und als er dann auch noch fies zu grinsen begann, konnte das nur bedeuten, dass er nichts Gutes im Schilde führte.

Derweil hatte Yve das Bad verlassen und gerade als sie sich den Staubsauger holen wollte, klingelte es.

*Na, was hat er denn nun schon wieder vergessen? Bestimmt seinen Schlüssel,* schoss es ihr durch den Kopf. *Das ist so typisch mein Nik. Eines Tages kommt er zurück, weil er nicht mehr weiß, warum er überhaupt rausgegangen ist.* Kichernd drückte sie auf den Haustürsummer. Und ohne weiter abzuwarten, öffnete sie auch gleich die Wohnungstür einen spaltbreit und rief lachend: »Na du! Du hast bestimmt wieder deine Schlüssel vergessen, stimmt`s oder hab ich recht?«

Doch als sich die Tür dann mit einem kräftigen Ruck öffnete, wurde ihr mulmig zumute. Denn eins wusste sie, so würde ihr Mann die Wohnungstür niemals aufstoßen!

Noch ehe sie sie wieder zuschlagen konnte, stand bereits Leon Greber schmierig grienend im Türrahmen und glotzte sie besitzergreifend an. Als Yve ihn sah, gefror ihr das Blut in den Adern. Aber als sie spürte, dass die Angst sie zu übermannen drohte, stieß sie ihn zurück. Prompt stellte er seinen Fuß zwischen Tür und Türrahmen.

Daraufhin wuchs Yve über sich hinaus. »Betreten Sie immer unaufgefordert fremde Wohnungen, Herr ...?« Sie überlegte kurz. »Ihr Name ist mir entfallen. Ich erwarte, dass Sie unverzüglich Ihren Fuß aus meiner Tür nehmen!«

»Warum so borstig, meine Schöne? Ich will dir doch nur ein gutes neues Jahr wünschen!«

Yve war geladen und dachte: *Was bildet sich der widerliche Fatzke eigentlich ein?* Laut sagte sie jedoch: »Nachdem Sie das jetzt getan haben, ist wohl alles gesagt. Außerdem wüsste ich nicht, dass ich Ihnen das Du angeboten hätte. Fuß weg! Sofort! Sonst hole ich meinen Mann. Ich kann mir nicht denken, dass er Ihren Auftritt gutheißen wird.«

»Du holst sonst deinen Mann?« Schallend fing ihr Gegenüber an zu lachen. »Ich glaube kaum, dass er dich hört. Wollen wir es auf einen Versuch ankommen lassen, mein Täubchen? Komm schon, rufe ihn!« Bei diesen Worten drückte er gewaltsam die Tür auf und kam auf Yve zu.

Und als er dann auch noch versuchte, sie am Arm zu fassen, fiel ihr das Tierabwehrspray ein, das Nik irgendwann gekauft hatte. Yve wich schnell zurück. Dann griff sie geistesgegenwärtig nach dem Pfefferspray, das auf der Anrichte im Flur stand, hielt es ihm vors Gesicht und brüllte: »Raus hier! Sofort! Sonst ...!«

»Sonst was? Okay, für heute hast du das Spiel gewonnen. Aber es kommen Tage, an denen wir zusammen unser Spielchen fortsetzen. Von daher, mein Täubchen, ich kann warten, ich habe Zeit! Viel Zeit!«

Siegessicher und mit Augen, die zu Schlitzen zusammengekniffen waren, musterte er sie von oben bis unten. Und als Yve mit Erschaudern sah, dass ihm dabei der Sabber aus dem Mund lief, gab sie ihm einen kräftigen Stoß!

»Du hast Mut! Das gefällt mir«, zischte er leise. Dann kehrte er ihr den Rücken zu und ging schnaubend vor Wut zurück in seine Wohnung.

Jetzt knallte sie ihre Wohnungstür zu, lief zitternd ins Wohnzimmer und dachte: *Arschloch! So ein verdammtes Arschloch! Ich muss die Polizei anrufen! Aber ich habe ja keinen Zeugen. Es steht also Aussage gegen Aussage! Und das Schwein lügt sowieso. Ich warte auf Nik. Mal sehen, was er sagt.*

Dann warf sie sich mit dem Pfefferspray in ihrer Hand aufs Sofa und fing hemmungslos an zu weinen. Erst jetzt wurde ihr bewusst, was sich gerade abgespielt hatte. Denn dass der Mistkerl genau gewusst haben musste, dass sie in ihrer Wohnung allein war, schürte ihre Angst von Minute zu Minute.

Panik überkam sie. Und auf einmal wurde ihr speiübel. Gerade noch rechtzeitig konnte Yve das Bad erreichen. Hastig öffnete sie den Deckel, beugte sich über die Toilette und musste sich mehrmals übergeben.

Plötzlich hörte sie, wie sich jemand an der Wohnungstür zu schaffen machte. Doch als sie wahrnahm, dass ein Schlüssel ins Türschloss gesteckt wurde, um sie zu öffnen, hoffte sie inständig, dass das nur ihr Mann sein konnte.

Tränenüberströmt und immer noch am ganzen Körper zitternd, blieb sie im Badezimmer stehen. Denn die Angst, dass es doch der Kerl sein könnte, lähmte sie.

Yve war keines klaren Gedankens mehr fähig.

Erst als Krümel einige Male freudig ‚Wuff' machte, und sie Nik rufen hörte: »Mausi, wir sind wieder da!«, kam sie aus dem Bad und flog ihm geradewegs in die Arme.

Sie drückte ihr Gesicht an seinen Hals und stammelte: »Ich …, ich habe ja schon so auf dich gewartet!«

Während er herzhaft lachen musste und meinte: »Du tust ja, als sei ich eine Ewigkeit mit der Fußhupe weg gewesen«, spürte er, dass sein Hals nass wurde.

Schlagartig verstummte sein Lachen. Denn dass seine Frau weinte, beunruhigte ihn. Er drückte sie sanft von sich weg. Und als er in ihr schneeweißes Gesicht blickte, war ihm klar, dass während seiner Abwesenheit etwas passiert sein musste. Zeitgleich fragte er sich, was Yve derart aus der Fassung gebracht hatte. *Ist es ein Anruf gewesen? Sollte einem Elternteil etwas zugestoßen sein? Oder ist sogar …*

Noch während er darüber nachdachte, hörte er seine Frau stockend sagen: »Der Mistkerl, Nik, dieser widerliche Mistkerl! Er …, er war hier oben. Hier, bei mir, er stand schon im Flur! Und dann hat der Kerl …, er hat sogar versucht mich anzufassen!« Sie schluchzte und schüttelte angewidert den Kopf.

»Was erzählst du da?« Niklas zog Yve wieder an sich. »Und was hast du gemacht?«

»Da habe ich an das Pfefferspray gedacht, und beinah hätte ich auch draufgedrückt. Aber als er das gesehen hat, hat er es gelassen. Dann habe ich ihn zurückgestoßen!« Sie schluchzte. »Ich wollte, dass der Scheißkerl mich in Ruhe lässt und endlich verschwindet! Ist er dann auch. Aber Nik, aber er hat mich bedroht! Ich habe fürchterliche Angst gehabt. Das ist …, das ist ein richtig gefährlicher Schmierlappen. Und du hättest mal seine Augen sehen sollen. Der wusste sogar, dass du nicht da warst! Was soll ich bloß machen? Nik, sag mir, was soll ich tun? Ich …« Sie konnte nicht weitersprechen, weil ein heftiger Weinkrampf sie daran hinderte.

Mit blankem Entsetzen, ohne dass er Yve ein weiteres Mal unterbrochen hatte, hatte Niklas vernommen, was ihr widerfahren war. Je mehr sie erzählt hatte, umso aufgewühlter war er innerlich. Er bebte vor Zorn!

Dass der neue Mieter seine Frau hatte anfassen wollen und bedroht hatte, das ging entschieden zu weit!

Seine Gedanken überschlugen sich, während er mit seiner weinenden Frau langsam ins Wohnzimmer ging. Behutsam drückte er sie aufs Sofa. Dann setzte er sich neben sie, legte seinen Arm um Yve und zog sie zu sich heran.

Niklas suchte nach den richtigen Worten. So sehr er sich auch anstrengte, für das, was er gerade gehört hatte, fielen ihm keine ein. Stattdessen küsste er seine Frau und nahm sie ganz fest in seine Arme.

Wie lange sie zusammen schweigsam und einander festhaltend auf dem Sofa gesessen hatten, wussten sie nicht. Erst als Krümel sich bemerkbar machte, weil er sich unbeachtet fühlte, ließ das Gefühl der Ohnmacht nach, in dem sich beide befanden.

Yve beugte sich zu ihrem Hund hinunter, strich über sein Köpfchen und sagte leise: »Ich habe dich vorhin gar nicht begrüßt, mein Hundi. Das tut mir leid. Ich freue mich, dass du wieder da bist!«

Als wenn Krümel jedes ihrer Worte verstanden hätte, sprang er daraufhin zu seinem Frauchen aufs Sofa und holte sich einige Streicheleinheiten ab. Danach legte er sich auf die Decke, die zum Schutz auf einer der Sitzflächen lag, und machte seine Augen zu.

»Wieso hast du eigentlich die Tür aufgemacht?«, fragte Nik auf einmal seine Frau. »Du hast doch bestimmt gesehen, dass der vor der Tür steht. Oder hast du nicht durch den Spion geschaut?«

Ertappt senkte sie den Kopf. Denn Yve wusste nur allzu gut, dass sie einen Fehler gemacht hatte.

Ehe sie ihrem Mann beichten konnte, wie es überhaupt dazu kommen konnte, hakte er bereits nach: »Du sagst ja gar nichts. Hm, willst du wohl nicht?«

Mit leicht gerötetem Gesicht schaute sie ihn an. »Doch!

Weißt du, es hat geklingelt. Du warst ja kaum weg. Ich dachte, dass du deine Schlüssel wieder vergessen hast. Also habe ich auf den Haustüröffner gedrückt und auch gleich unsere Wohnungstür einen Spalt geöffnet. Ich konnte doch nicht ahnen, dass …«

Weiter kam sie nicht.

»Du hast was?« Niklas sah seine Frau entgeistert an. »Wie oft habe ich dir schon gesagt, dass du bitte immer erst durch den Spion sehen sollst, bevor du die Tür öffnest. Und was machst du? Yve, mir fehlen die Worte!«

»Ich weiß, dass ich unüberlegt gehandelt habe! Aber, Nik, ich dachte wirklich, dass du …« Ihre Augen füllten sich mit Tränen. »Als wenn das für heute nicht reicht, jetzt machst du mir auch noch Vorwürfe!«

Gerade als sie enttäuscht und weinend vom Sofa aufstehen wollte, hielt Nik sie am Arm fest und zog sie wieder zurück. »Entschuldige, Mausi, ich habe es nicht so gemeint. Aber wenn ich mir vorstelle, was hätte passieren können! Ich gehe jetzt zu dem Kerl runter und stelle ihn zur Rede. Kommt der mir blöd, dann poliere ich ihm die Fresse! Der hat es nicht anders verdient!«

»Nein! Nein! Nik, bitte tu das nicht! Glaube mir, der Greber hat eine verdammt kurze Zündschnur! Es bringt nichts. Außerdem ist er es auch nicht wert, dass du dich verbal mit ihm auseinandersetzt. Und körperlich bist du ihm sowieso nicht gewachsen. Er hat uns doch gesagt, dass er beim Security-Dienst arbeitet. Nik, ich lasse es nicht zu, dass dir was passiert. Bleib bitte hier und lass uns lieber überlegen, was wir stattdessen tun können. Schließlich will ich auch, dass sein Verhalten nicht ohne Konsequenzen bleibt. Dem Kerl müssen seine Grenzen aufgezeigt werden.« Yve redete sich immer mehr in Rage. »Ich trau mich allein ja gar nicht mehr vor die Tür! Öffnen werde ich auch keinem mehr! Und wer hat Schuld? Nur dieser Mistkerl …, und sein Täubchen bin ich erst recht nicht! Oh, ich könnte ihn …«

Als sie eine Pause machte, um nach einem richtigen Ausdruck zu suchen, nutzte Nik die Gelegenheit und ergriff schnell das Wort. »Nun hast du aber richtig Dampf abgelassen! Das ist gut, Mausi. Sehr gut sogar! Ich habe mich dazu entschlossen, nicht zu ihm runterzugehen. Aber wir sollten den Vorfall der Polizei melden. Du musst Anzeige erstatten. Wegen Hausfriedensbruch! Und weil er dich bedroht hat und dir körperlich zu nah gekommen ist. Wenn du das nicht machst, wer weiß, was noch passiert.«

Bei dem Wort Polizei zuckte sie zusammen.

»Ich soll den anzeigen?« Erschrocken blickte sie ihren Mann an. »Nik, das kann ich nicht. Wenn der Greber das erfährt, dann …! Der bringt mich um!«

Dass Yve wahnsinnige Angst hatte, sah er ihr an. Und weil das so war, wollte und musste Niklas ihr diese wieder nehmen. Er überlegte, wie und durch was.

Noch während er grübelte, sagte seine Frau: »Außerdem ist heute Neujahr. Da wird die Wache bestimmt nicht vollständig besetzt sein. Und anrufen werde ich da nicht. Bitte, lass uns eine Nacht darüber schlafen. Ich will jetzt auch nicht mehr über den Vorfall reden!«

Sie schmiegte sich an ihn und fing an zu weinen. Doch diesmal waren es Tränen der Erleichterung.

Niklas hielt sie fest umschlungen und flüsterte ihr ins Ohr: »Wir warten ab. Jetzt lassen wir das Thema ruhen, versprochen. Ich koche für uns einen Cappuccino und dann versuchen wir, dem ersten Tag im neuen Jahr doch noch etwas Erfreuliches abzugewinnen. Sage mir einfach Bescheid, wenn du weißt, was du machen willst. Ich stehe hinter dir, egal, zu was du dich auch durchringst.«

Daraufhin löste sich Yve aus seinen Armen und gab ihm einen innigen Kuss. »Danke, Nik! Ich liebe dich so. Gib mir Zeit, aber was du gesagt hast …«, sie hielt kurz inne, »ich werde es wahrscheinlich tun, aber nicht heute und auch nicht morgen. Ich mag nicht darüber sprechen. Aber das muss ich ja, wenn ich zur Polizei gehe.«

Nik strich ihr über die Haare. »Mausi, du wirst da nicht allein hingehen. Ich komme mit. Wir stehen das gemeinsam durch!«

Auf einmal stand er auf und ging in die Küche.

Wenig später kam Niklas mit zwei Cappuccinos zurück. Wortlos setzte er sich neben seine Frau, gab ihr einen Kuss und dann genossen beide das Heißgetränk.

Als sie ihre Becher ausgetrunken hatten, holte Yve das Telefon und dann riefen sie endlich ihre Eltern an und wünschten ihnen ein gesundes, neues Jahr.

Doch von dem, was sich am frühen Morgen zugetragen hatte, erzählten sie nichts. Weder Yve noch Niklas wollten ihre Eltern damit belasten.

Der Neujahrsnachmittag und -abend verlief trotz des einschneidenden Erlebnisses weitestgehend normal.

Was jedoch für Yve zu wahren Mutproben ausarten sollte, war, wenn sie und ihr Mann mit Krümel zum Gassigehen die Wohnung verlassen mussten.

Auf der einen Seite überkam sie große Angst, wenn sie daran dachte, dass sie in der ersten Etage an der Tür von Leon Greber vorbeigehen sollte. Auf der anderen Seite hatte sie Panik davor, dass er wieder vor ihrer Tür auftauchen könnte, wenn Niklas mit Krümel allein rausgehen würde. Nein, ohne ihren Mann konnte sie nicht in der Wohnung bleiben. Also überwand sie sich und ging mit.

Während sie an der Seite ihres Mannes die Stufen im

Treppenhaus hinunter- und später wieder hinaufging, begann jedes Mal ihr Herz wild zu schlagen.

Aufatmen konnte sie erst, wenn sie zusammen mit Nik und Krümel wieder in den eigenen vier Wänden war. Und dann wurde Yve auch ruhiger, weil sie ihren Mann in ihrer Nähe wusste und weil Krümelchen nicht kläffte, sondern entspannt in seinen Körbchen lag.

Kurz vor Mitternacht gingen beide ins Bett.

Alles ging gut, solange das Licht der Nachttischlampe das Schlafzimmer etwas erhellte. Aber nachdem sie sich einander gute Nacht gewünscht hatten und das Licht ausgeschaltet war, merkte Niklas, dass seine Frau nicht zur Ruhe kommen konnte. Ständig wälzte sie sich von einer Seite auf die andere. Als sie jedoch zu schluchzen begann, schlug er seine Bettdecke zur Seite und rutschte innerhalb von Sekunden hinüber zu ihr ins Bett. Ohne etwas zu sagen, drückte er sie fest an sich, strich zärtlich über ihr glühend heißes Gesicht und küsste sie auf die Stirn.

Gleichzeitig verfluchte er den Mann, der seiner Frau das angetan hatte. *Wenn ich den zwischen die Finger bekomme! Er muss sich vor mir in Acht nehmen. Wie dreist ist das, dass er zu Yve Täubchen sagt? Vielleicht hätte ich dem Dreckskerl doch zeigen sollen, wo der Hammer hängt.* Während er seinen Gedanken freien Lauf ließ, hörte er auf einmal, dass Yve gleichmäßig ein- und ausatmete. Sie war in seinen Armen eingeschlafen.

Zu diesem Zeitpunkt konnte er noch nicht ahnen, dass das erst der Anfang von dem war, was noch folgen sollte.

# KAPITEL SECHS

## MYSTERIÖSE WUNDE

Die Silvesternacht und den Neujahrstag verbrachte Irina mit Hugo die meiste Zeit im Bauwagen. Zwar waren Tanja und Steffen auch zugegen, dennoch wäre sie am ersten Tag des neuen Jahrs sehr gern mit ihrem Hund etwas spazieren gegangen. Aber dass es ihm immer noch nicht besser ging, war dem armen Kerl deutlich anzusehen, wenn er sich von seinem Platz erhob. Und das tat er auch nur, wenn er sich entleeren musste. Denn dann kam Hugo – stark humpelnd und lustlos – zu ihr und blickte sie mit trüben und traurigen Augen an.

Irina schmerzte das Herz, als sie sah, wie er sich zuerst die paar Stufen hinunter- und wenig später wieder hinaufquälen musste. Gleichzeitig war sie dankbar, dass seit dem Neujahrstag in den frühen Morgenstunden Tauwetter begonnen hatte. Die Temperaturen stiegen stündlich, was ihr sehr entgegenkam.

Wenn es nämlich weiter geschneit hätte, hätte Irina nicht gewusst, ob sie mit ihrem Hund am 3. Januar zu der Adresse hätte gehen können, die ihr der alte, freundliche Mann in die Hand gedrückt hatte. Denn die Strecke bis hin zum Rosenheckenweg, die wäre für Hugo dann viel zu beschwerlich gewesen. Und das, obwohl das Ziel gar nicht allzu weit von ihrer Unterkunft entfernt war.

Doch sie wusste genau, dass ihr Hund den Weg in seinem augenblicklichen Zustand niemals schaffen würde, wenn er durch hohen Schnee laufen müsste. Aber je mehr es taute und je mehr Asphalt auf der Straße zum Vorschein kam, umso zuversichtlicher wurde sie.

Nachdenklich saß Irina auf dem klapprigen Holzstuhl und schaute ihren Hund an. Zu gern hätte sie gewusst, wie alt er war, wo und bei wem er vor ihr gelebt hatte, bevor sie sich seiner angenommen hatte und er sich ihrer. Dass er einiges durchgemacht haben musste, das konnte man ihm auch heute noch ansehen. Zwar war sein Fell längst nicht mehr so struppig und er wedelte inzwischen auch hin und wieder mit seiner Rute, wenn er sich freute. Allerdings verhielt er sich Fremden gegenüber nach wie vor äußerst misstrauisch.

Darum wunderte sie sich auch immer noch darüber, dass er sich dem jungen Ehepaar fast schon zutraulich genähert hatte. Ob das an dem kleinen Hund gelegen hatte, den der Mann auf dem Arm gehabt hatte, sie wusste es nicht und erklären konnte sie es sich erst recht nicht. Selbst als der ältere Herr ihr wenige Zeit später immer näher gekommen war und ihre Hand berührt hatte, um ihr die Visitenkarte zu übergegen, hatte Hugo nicht angefangen zu knurren. Dabei tat er das meistens, wenn Menschen sie berühren wollten, weil er sie seit jenem schlimmen Ereignis beschützen wollte.

Oh ja, Irina liebte ihren altersschwachen Hund mit jeder Faser ihres Herzens. Seitdem er ihr treuer Weggefährte war, wurde das Gefühl der Verbundenheit und dass sie einander bedingungslos vertrauen konnten, mit jedem Tag stärker.

Nun lag er da auf seinem Platz, zugedeckt mit der neuen Decke, die der Fremde Hugo geschenkt hatte, und schlief tief und fest. Der Gedanke, dass er eines Tages nicht mehr aufwachen könnte ..., sie mochte und wollte gar nicht daran denken.

Doch genau aus diesem Grund musste sie morgen auch mit ihm zu der Adresse gehen. Selbst dann, wenn sie ihn dort hintragen musste! Denn wenn jemand ihm helfen konnte, dann war das dieser Tierarzt.

»Woran denkst du?«, wollte Tanja wissen. »Du bist ja gar nicht bei der Sache.

Aufgewühlt von ihren eigenen Gedanken, drehte sie sich zu ihr um. »Hast du mich was gefragt? Oh, entschuldige bitte. In Gedanken war ich gerade bei Hugo. Heute gefällt er mir ganz und gar nicht.«

»Das habe ich gemerkt.« Verständnisvoll blickte Tanja Irina an. »Es ging darum, dass Steffen und ich uns überlegt haben, dass wir dich und Hugo morgen begleiten werden. Es ist wirklich besser und sicherer, wenn wir da gemeinsam hinlaufen und auch gemeinsam wieder nach Hause gehen. Was hältst du davon?«

Ungläubig schaute Irina ihre Freunde an.

Nachdem das Gehörte bei ihr etwas gesackt war, erwiderte sie: »Das kann ich nicht annehmen. Dann ist womöglich euer ganzer Tag versaut. Nein, ich werde mit Hugo allein gehen. Außerdem können wir da auch nicht zu dritt mit einem Hund erscheinen. Das macht keinen guten Eindruck. Vielleicht ist auch keiner da. Euer Vorschlag, dass ihr mitkommen würdet, freut mich sehr. Danke, Tanja, vielen Dank, Steffen.«

Kaum hatte Irina das letzte Wort ausgesprochen, sagte Steffen im energischen Ton: »Keine Widerrede! Wir kommen mit, ob du es willst oder nicht. Hast du schon vergessen, was passieren kann? Nee, du gehst da nicht allein mit

Hugo hin. Wir wollen schließlich wissen, dass du gut hinkommst und dass du auch wieder gut zurückkommst. Basta!«

»Genau, Steffen sagt es!«, kicherte Tanja. »Du hast gar keine andere Wahl. Ganz abgesehen davon könnten wir Hugo auch abwechselnd tragen, wenn er nicht mehr laufen kann. Und unseren Tag versauen? Was gibt es da schon zu versauen? Das tust du sowieso nicht. Was haben wir denn schon zu verlieren? Gar nichts. Im Gegenteil, wir können endlich mal etwas Gutes tun. Erst recht, wenn Hugo dadurch geholfen wird! Denn dann sind wir auch glücklich. Also, nun sag schon, wann wollen wir morgen früh los?«

Hugo, der das Wortgefecht zwischen Tanja, Steffen und Irina mitbekommen hatte, stand plötzlich von seinem Platz auf und ging zu seinem Frauchen. Er legte seine Schnauze auf ihren Oberschenkel und sah sie an. Aber als Irina in seine treuen, glanzlosen Augen blickte, hatte sie das Gefühl, als wollten sie ihr sagen: *Mach das. Nimm das Angebot von den beiden an. Geh nicht allein da hin, ich kann dich nämlich nicht mehr beschützen.*

Dass Hugo aufgestanden und zu ihr gekommen war, das deutete sie als ein Zeichen. Denn warum sollte ihr Hund sie sonst so angeblickt haben? Warum war er ausgerechnet jetzt aufgestanden? Irina war sich sicher, dass er ihr die Entscheidung abnehmen oder zumindest leichter machen wollte.

Sie beugte sich zu ihm hinunter. Als ihr Kopf seinen berührte, sie ihren in seinem Fell vergrub, tropften Tränen der Dankbarkeit, aber auch Tränen der Angst auf sein Fell. Erst als Irina ihren Kopf wieder hob, hinkte ihr Hund zurück zu seinem Platz und legte sich auf seine Decke.

Als Irina sah, dass Hugo ganz ruhig dalag, drehte sie

sich zu Tanja und Steffen um, und sagte mit belegter Stimme: »Okay. Wir gehen zusammen zu der Adresse. Aber ich möchte nicht zu spät da sein, aber auch nicht zu früh. Wenn wir gegen zehn Uhr losgehen, dann ist das, so glaube ich, eine ganz gute Zeit. Oder was meint ihr?«

Während Steffen beide Daumen nach oben hielt, meinte Tanja: »Da eiern wir gar nicht lang drum herum, so machen wir es. Plus/minus fünf Minuten, darauf kommt es nicht an. Jedenfalls sind wir dann spätestens viertel nach zehn da. Gut, dass du dich dazu durchgerungen hast. Aber wir wären dir sowieso gefolgt. Nicht wahr, Steffen?«

Mit einem breiten Grinsen im Gesicht nickte der nur.

Die Zeit bis zum Schlafengehen verging für Irina nur sehr schleppend. Zwar musste sie noch dreimal mit ihrem Hugo vor die Tür gehen, aber je dunkler es draußen wurde, umso nervöser wurde sie.

So sehr sie sich auch dagegen wehrte, die perfiden Gedanken ließen sie einfach nicht los! *Und wenn das morgen wieder nur eine Falle ist? Was ist, wenn er den alten Mann in Wahrheit nur als Lockvogel benutzt hat? Aber nein, er kann ja gar nicht wissen, wo ich mit Hugo untergetaucht bin. Ich muss viel ruhiger werden. Alles wird gut! Bestimmt!*

Oh ja, Irina wusste, dass sie dem Herrgott dankbar sein sollte, weil er den fremden Mann zu ihr geschickt hatte. Aber anstatt sich zu freuen, zermarterte sie sich mit absurden Gedanken das Hirn. Immer wieder überkamen sie Zweifel. Sie fragte sich, ob das, was sie morgen vorhatte, auch richtig war.

Erst als sie in ihrem Bett lag und durch das kleine Fenster hinauf zum Himmel blickte, die unzähligen Sterne funkeln sah, wurde ihr ganz warm ums Herz.

Irina faltete ihre Hände und betete: *Danke, lieber Gott,*

*dass du es mit Hugo und mir so gut meinst. Wenn ich dich um etwas bitten darf, dann hätte ich nur noch einen Wunsch. Mach, dass der Arzt ihm helfen kann. Er ist so ein guter Hund. Nimm ihm bitte seine Schmerzen, aber hole ihn nicht zu dir …*

Während Tränen über ihre Wangen kullerten, blieb ihr Blick am erleuchteten Sternenhimmel hängen. Jedoch als sie begann die Sterne zu zählen, fielen ihr plötzlich die Augen zu und sie schlief ein.

Ihr Gebet und Gott hatten anscheinend geholfen. Denn der Schlaf verscheuchte endlich die Furcht, die sie vorm nächsten Tag hatte.

»Hast du gut geschlafen?«, fragte Steffen Irina, als sie am Frühstückstisch saßen.

»Na ja, es ging. Ich habe viel nachgedacht. Hoffentlich kann Hugo geholfen werden. Als ich vorhin kurz mit ihm draußen gewesen bin, ist er auf jeden Fall etwas besser gelaufen.«

»Zum Glück ist der Schnee weg. Okay, noch nicht der ganze, aber fast. Aber jetzt müssen wir uns sputen. Es ist schon halb zehn Uhr!«, mahnte Tanja und erhob sich von ihrem Stuhl.

Von nun an ging alles schnell.

Irina leinte ihren Hund an. Danach gingen die drei mit ihm los. Die Entfernung bis zum Rosenheckenweg schaffte er, ohne dass er getragen werden musste. Zwar humpelte er bei jedem Schritt und sie mussten des Öfteren stehen bleiben, doch wenn er etwas verschnauft hatte, lief er langsam weiter.

Nach einer guten Viertelstunde standen sie schon vor dem Haus mit der Nummer 13 a-b. An dem Holzzaun war ein altes weißes Blechschild angeschraubt. Darauf stand in verblasster schwarzer Schrift:

*Tierarzt med. vet. Wolfgang Fuchs*
*Termin nur nach Vereinbarung*
*2x klingeln*

Gleich neben dem Schild war die Klingel angebracht. Irina überlegte, ob sie klingeln sollte. Was sie hinter dem Zaun erwarten würde, das konnte sie nur erahnen.

Von hier, wo sie gerade alle standen, war das Haus zwar zu sehen, aber wirklich vertrauenserweckend sah es nicht aus. Es lag versteckt hinten im Garten und war umgeben von hohen Bäumen, Sträuchern und Büschen.

Zu dieser Jahreszeit, in der alle Zweige und Äste keinerlei Laub trugen, machte das alles einen gespenstischen Eindruck. Lediglich das Grün der hohen Koniferen und Buchsbäume gaben dem Ganzen einen gewissen Charme.

Tanja und Steffen sagten kein Wort, sondern begutachteten das Haus samt Grundstück. Insgeheim waren sie froh, dass sie Irina begleitet hatten. Während sie alle schweigend dastanden und sich Gedanken machten, wusste Irina nicht, ob sie weinen oder lachen sollte.

Normalerweise hätte sie schon längst und ohne zu zögern auf die Klingel gedrückt. Doch das konnte sie nicht! Denn auf einmal erinnerte sie sich an dieses schreckliche Vorkommnis und an das, was ihr und Hugo passiert war. Das ließ sie erschaudern.

Als Irina vor Angst heftig zu zittern anfing, ihr Herz so wild zu schlagen begann, dass sie jeden Herzschlag im Hals spürte, da stupste Hugo sie plötzlich mit seiner kaltfeuchten Schnauze an.

Sie beugte sich zu ihm hinunter, strich sanft über seinen Kopf und blickte ihn an. Und als sie dabei in seine treuen braunen Augen sah, kam es ihr erneut so vor, als sagten sie zu ihr: *Frauchen, trau dich. Uns passiert nichts. Der Fremde hat ein gutes Herz. Klingle!*

Und als wenn die Magie ihre Hand im Spiel hätte, drückte sie jetzt zweimal auf den Klingelknopf. Nachdem sie das getan hatte, ging es ihr viel besser. Wie durch ein Wunder hörte ihr Zittern auf und ihre Panik hatte sich in Luft aufgelöst. In sich ruhend, drehte sie sich nun zu ihren Freunden um, drückte Steffens Hand und dann nahm sie Tanja in ihre Arme.

Schon ertönte der Summer. Ängstlich drückte Irina die verrostete schmiedeeiserne Türklinke runter. Knarrend öffnete sich die leicht verzogene alte Holztür. »Ich gehe da jetzt rein. Bitte drückt uns die Daumen«, sagte sie leise.

Nachdem sie die Tür wieder hinter sich geschlossen hatte, ging sie langsam mit ihrem hinkenden Hund auf einem Schotterweg entlang zum Haus.

Sie war mit Hugo schon einige Meter gelaufen, da hörte sie Tanja rufen: »Unsere Daumen sind gedrückt. Toi, toi, toi, Irina!«

Und Steffen schrie noch: »Mach dir keine Sorgen, wir warten hier auf dich!«

Irina drehte sich zu ihren Freunden um und winkte ihnen zu. Kurz darauf verschwand sie mit Hugo hinter wildgewachsenen Büschen und Sträuchern.

Dann stand sie vor dem Haus.

Von hier machte es gar nicht mehr so einen gruseligen Eindruck. Die Fassade war zum Teil von wildem Efeu überwuchert, aber das passte sehr gut zu dem naturbelassenen Grundstück.

Verwunschen sah alles um sie herum aus. *So sieht es also in der Märchenwelt aus,* dachte Irina gerade, als Hugo sie aus ihren Gedanken riss, weil er an der Leine zog. Aber als sie sich zu ihrem Hund umdrehte, weil sie wissen wollte, was mit ihm los war, stand sie dem Mann gegenüber, der ihr am Silvestertag die Visitenkarte gegeben hatte. Dass ihr Hugo jetzt sogar mit seiner Rute wedelte, irritierte Irina so sehr, dass sie nur sprachlos dastand und kein Wort sagen konnte. Dass sie unfähig war, einen Schritt auf ihn zuzugehen, weil sie die Situation überforderte, konnte der ältere Herr ihr ansehen.

Also kam er mit einem Lächeln im Gesicht auf sie zu. »Schön, dass Sie gekommen sind.« Er reichte ihr die Hand. »Guten Tag und ein gesundes neues Jahr wünsche ich Ihnen und Ihrem Hund.«

Zu gern hätte Irina darauf etwas Freundliches erwidert, aber als sie sah, dass der Fremde die Hand nach Hugo ausstreckte, stockte ihr der Atem. Und noch bevor sie rufen konnte: *Nein, halt! Tun Sie das nicht. Er lässt sich von Männern nicht anfassen! Er beißt ohne Vorwarnung zu,* war es schon zu spät. Denn da strich der ältere Mann schon über Hugos Rücken.

Während er das tat, hörte Irina, wie er mit ganz ruhiger Stimme zu ihrem Hund sagte: »Ein feiner Kerl bist du! Und ein braver obendrein. Es wäre doch gelacht, wenn dir nicht geholfen werden kann.«

Dann wandte er sich wieder Irina zu, die völlig perplex neben ihrem Hund stand und die Welt anscheinend nicht mehr verstand. »Ich habe seinen Namen vergessen und Ihren auch. Das liegt am Alter. Verraten Sie mir die bitte noch mal? Mein Name ist Fuchs. Wolfgang Fuchs. Ich bin Tierarzt«, er lachte, »aber einer außer Dienst. «

»Guten Morgen«, Irina strich über den Kopf ihres Hundes. »Das ist mein Hugo und ich bin Irina. Ich wünsche Ihnen auch ein gesundes und gesegnetes neues Jahr, Herr Doktor.«

»Papperlapapp, nennen Sie mich einfach Fuchs. Denn der Doktor ist längst in Rente gegangen. Ich behandle nur noch wenige Hunde und Katzen. Eigentlich sind das alles meine alten Stammpatienten.«

»Sie wollen sich ganz bestimmt meinen Hugo ansehen, obwohl ich Ihnen kein Geld dafür geben kann? Ich habe keins.« Sie schaute ihn verlegen an. »Aber wenn ich wieder Arbeit habe, dann ..., dann werde ich versuchen, die Behandlung zu bezahlen. Das verspreche ich Ihnen.«

»Nichts versprechen! Ich erwarte auch später keine Bezahlung. Ihr seid mir Silvester aufgefallen. Und als ich gesehen habe, wie gut Sie zu dem alten Hund sind und wie schlecht es ihm geht, da konnte ich gar nicht anders. Aber jetzt sollten wir ins Haus gehen. Sie gehen zuerst mit ihm die Stufen hoch, dann kann ich schon mal sehen, wie er sie hochläuft.«

»Wenn er das überhaupt macht. Denn zwischenzeitlich musste ich ihn bei uns die paar Stufen hochtragen.« Als sie mit Hugo vor den sieben Steinstufen stand, redete sie ihm gut zu, ihr zu folgen.

Unterdessen beobachtete der Tierarzt jede seiner Bewegungen ganz genau. Und das, was er sah und dabei dachte, sollte sich später bestätigen.

Oben vor der Eingangstür angelangt, blieben beide stehen und warteten auf Doktor Fuchs.

Nachdem er die Tür geöffnet hatte, betrat er zusammen mit Irina und ihrem Hund das Haus. Wider Erwarten war es hier drinnen sehr hell. Nichts erinnerte an das Äußere. Etliche Tierbilder hingen an den weiß gestrichenen Wänden. Viele davon, das konnte sie erkennen, waren mit Widmungen versehen.

Was ihr außerdem ins Auge fiel, waren die Grünpflanzen, die entweder auf den Fensterbänken standen oder in Ampeln gepflanzt an der Zimmerdecke hingen. Nach einer Tierarztpraxis sah es hier nicht aus.

Als wenn Wolfgang Fuchs Irinas Gedanken lesen konnte, fragte er in die Stille hinein: »Sie haben es sich hier drinnen wohl ganz anders vorgestellt?«

»Wenn ich ehrlich bin, ja.«

»Und wie?«, wollte er wissen.

Sie schaute ihn errötend an. »Irgendwie anders. Eher so, wie es draußen bei Ihnen aussieht. Aber auch mehr nach einer Tierarztpraxis.«

Der Tierarzt a. D. musste schallend lachen. »Ihre Ehrlichkeit imponiert mir. Sie dachten also, dass hier drinnen das blanke Chaos auf Sie wartet. Doch noch sind wir nicht da angekommen, wo wir hinmüssen.« Abermals fing er an zu lachen. »Na dann! Folgen Sie mir mit Hugo ins Allerheiligste, in das Behandlungszimmer.«

»Herr Doktor, ich ...«

Er unterbrach Irina. »Hm, ich meine mich daran zu erinnern, dass wir so verblieben sind, dass der Doktor weggelassen wird, oder sollte ich mich irren?«

Jetzt musste Irina kichern. »Stimmt! Sie irren sich nicht. Es ist mir gerade wieder eingefallen, Herr Fuchs.«

Dann drehte sie sich zu ihrem Hund um, der sich inzwischen hingelegt hatte, und rief ihn zu sich heran. »Komm, Hugo, steh auf. Komm mit.«

Während er sich erhob, entging den geschulten Augen des Tierarztes nicht, dass er das nur unter größter Kraftanstrengung schaffte und dass er dabei Schmerzen hatte.

In diesem Augenblick bereute er nicht, dass er ihm helfen wollte. Aber dass es dem alten Hund gesundheitlich so schlecht ging, damit hatte er beim ersten Aufeinandertreffen nicht gerechnet.

Als sie im Behandlungszimmer standen und Hugo unruhig wurde, ging Irina in die Knie und legte ihren Kopf an seinen. Mit sanfter Stimme redete sie auf ihn ein. Dann legte sie eine Hand unter seinen Kopf. Und mit der anderen kraulte sie ihn hinter seinen Ohren.

Es war ein Anblick, bei dem sich der Tierarzt nichts inständiger wünschte, als dass er dem kranken, alten Hund helfen könnte. Weil er Hugo jetzt nicht noch weiter beunruhigen wollte, stellte er sich in eine Ecke des Zimmers, verhielt sich ganz ruhig und wartete ab.

Es dauerte noch eine ganze Weile, ehe sich Hugo entspannt hatte. Irina kannte ihren Hund so gut, dass sie genau wusste, wann sie ihn vom Boden hochnehmen und auf den Behandlungstisch stellen konnte, ohne dass er in Panik geriet.

Als das geschafft war, näherte sich Wolfgang Fuchs ganz langsam dem Hund. Das tat er, indem er dabei entweder mit ihm oder mit seinem Frauchen redete. Er durfte und wollte das Vertrauen, dass Hugo ihm gegenüber bei der Begrüßung schon gezeigt hatte, nicht leichtfertig aufs Spiel setzen. Geduld hieß jetzt das Zauberwort! Und die hatte er.

Erst als sich Hugo auch hier von ihm anfassen und auf dem Tisch streicheln ließ, ohne dass er bei den Berührungen zu knurren begann, weil er diese als Bedrohung empfand, war das Eis gebrochen. Hugos Instinkt musste ihm signalisiert haben, dass ein Mann neben ihm stand, der es gut mit ihm meinte. Und dass sein Frauchen nicht einen Schritt von seiner Seite wich, während der Tierarzt vorsichtig seinen Körper abtastete, gab ihm die Sicherheit, die er benötigte, um diese Prozedur zuzulassen.

Nachdem sich Wolfgang Fuchs jede Auffälligkeit des Hundekörpers angesehen hatte, untersuchte er eine Stelle genauer. Was er dabei entdeckte, gefiel ihm nicht, und das konnte er sich auch absolut nicht erklären. *Darüber muss ich mit Irina sprechen,* dachte er.

Ein letztes Mal strich er dem Hund übers Fell und dann sagte er zu Irina: »Mehr möchte ich heute nicht machen. Ich will seine Geduld nicht überstrapazieren. Sie können Hugo wieder vom Tisch runternehmen. Aber ich habe noch eine Frage, bevor ich Ihnen sage, was mir aufgefallen ist und was ich vorschlagen würde. Das machen wir nicht hier, dafür gehen wir wieder in die Diele. Da fühlt sich der alte, kranke Kerl wohler.«

Nachdem Hugo wieder auf dem Fußboden stand und Wolfgang Fuchs sich seine Hände gewaschen hatte, verließen sie das Behandlungszimmer.

Wenig später hatten sie wieder die große Empfangsdiele erreicht, wo sie zuvor gewesen waren. Wie selbstverständlich legte sich Hugo auf den Platz, auf dem er schon einmal gelegen hatte.

Innerlich musste Wolfgang Fuchs schmunzeln, weil sich der fremde Hund anscheinend bei ihm wohlfühlte. Wenn da nur nicht diese Wunde wäre!

»Bitte, Irina, setzen Sie sich.« Er zeigte auf einen grünen alten Cocktailsessel, der in der Diele stand, und setzte sich selbst in den roten.

»Wie geht es Hugo? Ist er sehr krank?« Fragend schaute sie den Tierarzt an.

»Bevor ich Ihre Fragen beantworte, muss ich Ihnen eine Frage stellen. Und ich erwarte, dass Sie mir die Wahrheit sagen!«

»Ich habe keinen Grund, Sie anzulügen. Was möchten Sie von mir wissen?«

»Ich will wissen, was das für eine Wunde ist, die ich bei Ihrem Hund entdeckt habe! Und wie er sich die zugezogen hat. Das ist nicht nur eine kleine Verletzung gewesen, habe ich recht? Sagen Sie es mir! Außerdem ist sie noch nicht vollständig verheilt und hat sich etwas entzündet. Wenn ich Ihrem Hund helfen soll, dann raus mit der Sprache! Den Kopf werde ich Ihnen bestimmt nicht abreißen.«

Irina schlug ihre Hände vors Gesicht und dachte: *Wäre ich nur nicht hierhergekommen! Was soll ich ihm denn sagen? Er wird es mir nicht glauben ...*

»Was ist los? Ist es so schlimm?«, hörte sie ihn fragen. »Ich könnte Ihr Großvater sein, mein Kind. Ich will Ihnen und Ihrem Hund helfen, nicht schaden. Hören Sie, ich möchte helfen!«

»Wirklich? Und Sie holen auch nicht die Polizei?«

»Warum sollte ich die denn holen? Also liege ich mit meinem Verdacht richtig, nicht wahr?«

Jetzt konnte Irina ihre Tränen nicht mehr zurückhalten. Sie nickte, stand auf, ging zu ihrem Hund und setzte sich zu ihm auf den Fußboden. Und während sie seinen Körper liebkoste, stammelte sie unter Tränen: »Hugo wollte mich doch nur beschützen. Ich konnte nichts machen, er hat einfach auf ihn geschossen! Ich dachte, dass er tot ist, aber ...« Ihre Stimme versagte. Sie konnte nicht weiterreden.

Fassungslos hatte Wolfgang Fuchs zugehört. Dass das aber stimmen musste, passte zu der Wunde. Ihm war nämlich klar, dass diese nur durch einen Streifschuss entstanden sein konnte. Er fragte sich nur: Warum?

Langsam erhob er sich aus seinem Sessel, ging zu Irina und zog sie vom Boden hoch. »Kommen Sie! Bitte setzen Sie sich wieder gemütlicher hin und dann erzählen Sie mir in aller Ruhe und möglichst ganz ausführlich, was passiert ist und wie lange das schon her ist. Ich verspreche Ihnen, dass das Gespräch unter uns bleibt!«

Inzwischen hatte sich Irina wieder so weit gefangen, dass sie nicht mehr weinte. Doch als sie sich in den Sessel setzen wollte, dachte sie an Tanja und Steffen, die draußen in der Kälte auf sie warteten.

»Herr Fuchs, auf dem Gehweg warten meine Freunde auf Hugo und mich. Sie werden sich bestimmt schon Sorgen machen, weil wir nicht wiederkommen. Ich kann nicht länger bleiben. Es ist eine lange Geschichte!«

Doch damit gab er sich nicht zufrieden. Stattdessen hakte er nach: »Und wissen denn Ihre Freunde, was Ihnen und Hugo passiert ist?«

»Ja, Tanja und Steffen wissen Bescheid.«

»Umso besser, dann gehen wir jetzt zu Ihnen und holen sie rein! Auf was warten wir noch.«

Minuten später, als alle in der Diele standen, öffnete der Tierarzt eine Tür, hinter der sich die warme Wohnstube befand. Er winkte ihnen zu. »Bitte kommen Sie rein und setzen sie sich!«

Zögernd setzten sie sich aufs Sofa und dann sahen sie sich in dem großen Zimmer um. Das Feuer im Kamin prasselte und Irina, Tanja und Steffen kamen sich vor, als wären sie im Paradies. Wann sie zuletzt auf einem Sofa gesessen hatten und ihnen so eine menschliche Wärme zuteilgeworden war, daran konnten sie sich beim besten Willen nicht mehr erinnern.

Wenig später, als Irina zu erzählen begann, reichten die Vormittagsstunden nicht aus …

# KAPITEL SIEBEN

## IM TREPPENHAUS

Niklas, der seit Neujahr mit Engelszungen auf seine Frau eingeredet hatte, dass sie eine Anzeige bei der Polizei erstatten solle, biss bei ihr auf Granit. Yve weigerte sich hartnäckig das zu tun.

In den letzten zwei Tagen hatte sich die Situation zwischen ihnen derart zugespitzt, dass Yve sofort aufsprang und aus dem Zimmer stürmte, wenn er die Themen Greber und Anzeige auch nur anschnitt.

Bevor sie heute hinter der Badezimmertür verschwand, drehte sie sich noch einmal zu ihm um und brüllte ihn an: »Hör endlich auf, mich zu bedrängen! Ich kann die Arschkrampe nicht anzeigen. Kannst du oder willst du mich nicht verstehen? Lass mich einfach in Ruhe, Nik! Lass mich in Ruh!«

Dann hörte Niklas, wie sich der Schlüssel im Türschloss drehte, sie hatte sich im Bad eingeschlossen.

Zu gern wäre er jetzt zu ihr gegangen und hätte an die verschlossene Tür geklopft. Er wünschte sich nichts mehr, als dass sie aufschließen würde und wieder aus dem Bad rauskäme. Aber er wusste, dass seine Frau das nicht tun würde. Auch nicht ihm zuliebe.

Obwohl er sich Sorgen um sie machte, weil er nicht wusste, was Yve im Bad tat, versuchte er ruhig zu bleiben und sich in Geduld zu üben. Doch beides war schier unmöglich. Die Nervosität und Unruhe ließen sich nicht verdrängen.

Während er wie ein Tiger im Käfig durchs Wohnzimmer lief, wurde ihm bewusst, dass er es dem neuen Mieter zu verdanken hatte, dass seine Frau seit Silvester nur noch ein nervliches Wrack war!

Von bösartigen Gedanken heimgesucht, lief er weiter auf und ab. *Den mache ich fertig! Wenn Yve nicht zur Polizei geht, dann mache ich das. Nein, so lasse ich den Hurensohn nicht davonkommen! Dieser Hackfresse muss ich einen Denkzettel verpassen. Dem sollte ich …* Zum Glück endeten an dieser Stelle seine gemeinen Gedankengänge. Denn Yve kam mit geschwollenen und geröteten Augenliedern wieder aus dem Bad heraus. Dass sie geweint hatte und verzweifelt war, sah Nik ihr an.

Und schon ärgerte er sich über sich selbst, dass er sie mit Worten bombardiert hatte, ihr keine Zeit ließ, dass Erlebte zu verarbeiten. Schließlich war es egal, ob sie heute oder erst in einer Woche zur Polizei gehen würde. Sie musste dazu bereit und vor allen Dingen in der Lage sein, darüber zu reden.

Er hoffte, dass seine Einsicht nicht zu spät kam, als er auf sie zuging und sie in seine Arme schloss. »Es tut mir leid, sehr leid. Bitte verzeih mir, dass ich dich vorhin schon wieder in die Enge getrieben habe. Mausi, ich verspreche dir, dass ich dich in Ruhe lassen werde. Du sagst mir Bescheid, wenn du weißt, was du tun oder lassen willst. Ich werde das akzeptieren. Egal, zu was für einem Schritt du dich entscheiden wirst. Ist das okay für dich?«

Während er das sagte, schlängelte sich Yves aus seinen Armen. Dann setzte sie sich aufs Sofa und sah mit leerem Blick aus dem Fenster.

Nach einer Weile schaute sie ihren Mann an, der mittlerweile neben ihr saß, ergriff seine Hand und meinte leise: »Nik, es ist ja nicht so, dass ich nichts gegen den Kerl unternehmen will. Ich trau mich nur nicht, Niklas. Hast du gehört? Ich trau mich nicht!«

Yve fing an zu weinen und er ließ es geschehen, ohne dass er ein einziges Wort sagte, obwohl er sie jetzt gerne ganz fest an sich gedrückt hätte. Doch dass das verkehrt war, sagte ihm in diesem Moment sein Verstand. Er musste abwarten. Und seine Geduld sollte diesmal belohnt werden.

Denn nachdem ihre Tränen versiegt waren, erzählte sie stockend weiter. »Immer, wenn ich an den Widerling denken muss, sehe ich seinen anzüglichen Blick, die aufgegeilten Augen, die mich mit lechzendem Verlangen ausziehen. Dann sehe ich den Sabber ..., der ihm dabei in den Mundwinkeln steht. Und dann sind da seine Hände, die er nach mir ausstreckt, die mich festhalten wollen! Ich höre ihn schwer atmen und ich habe immer noch die warnenden Worte im Ohr, die er mir beim Weggehen zu gezischelt hat.« Yve schüttelte angewidert den Kopf, bevor sie mit Nachdruck zu ihrem Mann sagte: »Niklas, ich habe Angst vor ihm, fürchterliche Angst. Wenn ich zur Polizei gehe ..., der bringt mich um! Ich werde diese Bilder nicht los! Sie haben sich in meinem Kopf eingebrannt! Wie ein Brandmal, dass ich nie wieder loswerde.«

Kaum dass sich Yve nach dieser Offenbarung schluchzend an ihren Mann gelehnt hatte, sprang sie plötzlich vom Sofa hoch. Sie rannte ins Bad, weil sie sich übergeben musste. Das passierte in den letzten zwei Tagen mehrmals. Zwar hatte sie das bis zu diesem Augenblick vor Nik verheimlichen können, doch diesmal gelang es ihr nicht.

Als seine Frau kurz darauf blass aus dem Badezimmer

herauskam, war er entsetzt und es keimte blanke Wut in ihm auf. Er musste sich mit aller Gewalt zur Ruhe zwingen, dass nicht erneut seine aufgestauten Emotionen mit ihm durchgingen.

Erst als sich Yve in einen der Sessel gesetzt hatte, sah sie ihn flehend an. »Bitte, Nik, gib mir noch etwas Zeit«, da wusste er, dass er ihr diese geben musste.

Zu gern hätte er darauf etwas Angemessenes erwidert, aber seine Kehle war wie zugeschnürt. Und weil er keinen Ton herausbrachte, stand er vom Sofa auf, ging zu seiner Frau, strich ihr über die Haare und nickte nur.

»Danke, Nik. Ich liebe dich so sehr!«

»Ich dich auch, Mausi!«

Die nächsten drei Tage gingen gottlob ereignislos an ihnen vorbei. Von daher bemühten sich beide so zu tun, als wäre alles wie immer. Yve war heilfroh, dass sie und ihr Mann noch Urlaub hatten und erst Ende Januar wieder zur Arbeit mussten.

Im Haus blieb es ruhig. Von Leon Greber sahen und hörten sie nichts. Es war gerade so, als hätte ihn der Erdboden verschluckt. Das war auch gut so! Denn so ganz allmählich reagierte Yve auch wieder auf die dummen Sprüche ihres Mannes. Entweder sie lächelte ihn verschmitzt an oder sie konterte mit einer passenden Antwort. Und weil Niklas das als ein positives Zeichen deutete, war er guter Dinge, dass sich das stark lädierte Nervenkostüm seiner Frau auf dem Weg der Besserung befand.

Als Yve tags darauf in der Küche hantierte und überlegte, was sie kochen sollte, hörte sie ihren Mann rufen: »Mein Magen knurrt! Wann gibt es denn endlich etwas zwischen die Zähne, und mit was für einem feinen Menü willst du deinen lieben Mann verwöhnen?«

Yve ließ das Geschirrtuch auf den Tisch fallen. Dann eilte sie kichernd ins Wohnzimmer, wo Niklas wie ein Pascha in seinem Sessel saß und die Tageszeitung las.

»Ach nee, der Herr des Hauses hat also Hunger. Und nach was gelüstet es ihn? Soll`s ein Vier-Gänge-Menü sein? Natürlich! Wie konnte ich das nur vergessen!« Yve nahm ihm die Zeitung weg. »Und wenn schon, dann möchte mein Herr Gemahl dazu bestimmt ein Glas Champagner, oder gar zwei?«

»Wie bist du denn drauf? Aber wenn du mich schon fragst, auf den Champagner verzichte ich gern, wenn ich stattdessen meine Lieblingsvorspeise bekomme und vernaschen kann: Dich!«, stichelte er zurück.

»Du hast wohl nicht alle Tassen im Schrank! Ich gehe jetzt in den Keller und hole Kartoffeln hoch. Dein Menü wird nämlich aus Pellkartoffeln, Quark, Butter und Salz bestehen. Na, hast du mitgezählt? Es sind vier Dinge! Und deine Vorspeise wird ein Glas Selter sein. Frischfleisch ist für heute aus!«

Sie verließ das Wohnzimmer.

Lachend rief er ihr hinterher: »Du bist ein Biest. Erst machst du mich heiß und gleich darauf erhalte ich eine kalte Abfuhr!« Er war glücklich, dass seine Frau heute endlich mal wieder so gut gelaunt und schlagfertig war.

»Ich bin gleich weg«, rief sie noch mal zur Tür hinein. »Wenn du mich suchst, ich bin im Keller und hole die allerwichtigste Zutat für dein Vier-Gänge-Menü hoch: Kartoffeln!«

Sie schnappte sich den kleinen Weidenkorb, nahm das Schlüsselbund aus dem Schlüsselkasten und verließ die Wohnung.

Leise vor sich hin pfeifend stand sie kurz darauf im Keller und nachdem nur die ausgesuchten kleinen Kartoffeln im Korb lagen, machte sie sich wieder auf den Weg in die erste Etage.

Doch gerade als sie im Erdgeschoss an der Tür von Leon Greber vorbeigehen wollte, ging die Tür auf und er stand nur mit einem hautengen, knappen Slip bekleidet vor ihr. Yve erschrak sich so sehr, dass sie fast den Weidenkorb fallen ließ.

Noch ehe sie sich von dem Schock erholen konnte, kam er auf sie zu, umklammerte ihr Handgelenk und zischelte: »Du entkommst mir nicht, mein Täubchen. Schöne Hupen hast du und einen richtig geilen Arsch. Dein Alter kann dich schließlich nicht ewig bewachen. Dann bist du dran!«

»Lassen Sie mich los! Loslassen, Sie Schwein! Sie sollen mich loslassen! Nik! Nik! Nik!«

Als sie laut und in Panik nach ihrem Mann rief, raunte er ihr noch zynisch zu: »Du bist ja eine kleine Wildkatze, das gefällt mir!« Hämisch grinsend ließ Leon Greber ihr Handgelenk los, tatschte über ihren Busen und verschwand dann sichtbar erregt hinter seiner Wohnungstür.

Zum Glück hörte sie nicht mehr, was er dabei vor sich hinmurmelte: *Mit der werde ich noch richtigen Spaß haben. Das nächste Mal kommt die mir nicht ungeschoren davon! Je widerspenstiger, je besser!*

Derweil stürmte Yve völlig durch den Wind und angeekelt mit dem Kartoffelkorb in der Hand die Stufen im Treppenhaus hoch. In der Hoffnung, dass ihr Mann ihr entgegenkommen würde.

Doch Niklas, der im Wohnzimmer saß und den Fernseher angeschaltet hatte, hatte das verzweifelte Rufen seiner Frau nicht wahrgenommen. Zwar wunderte er sich, dass sich Krümel plötzlich aus seinem Körbchen erhoben hatte und bellend zur Tür gelaufen war, doch das konnte für ihn nur heißen, dass sein Frauchen gleich durch diese reinkommen musste. So war es auch, aber anders, als Nik es sich vorgestellt hatte.

Erst als Yve die Wohnungstür aufgeschlossen, den Weidenkorb in der Küche abgestellt hatte und mit den Worten: *Dieser verdammte Saukerl!* vor ihm stand, wusste er, dass etwas passiert sein musste.

Er warf die Zeitung auf den Tisch und schnellte wie von einer Tarantel gestochen aus seinem Sessel hoch.

Nun ballten sich seine Hände zu Fäusten und er brüllte: »Hat der Greber dir was getan?« Sekunden später öffnete er die Hände wieder. Aufgebracht stand er vor seiner Frau und schüttelte sie bei den Schultern. »Yve, rede mit mir!«

»Nik, hör auf, du tust mir weh!«, schrie sie ihn an. Dann ließ sie ihren Tränen freien Lauf.

»Die Arschkrampe mache ich fertig! Der kann jetzt sein blaues Wunder erleben!« Noch ehe Yve ihn zurückhalten konnte, stürmte er aus dem Wohnzimmer hinaus.

Als er im Flur an der Garderobe vorbeilief und gerade nach dem Stockschirm greifen wollte, hielt ihn seine Frau am Arm fest. »Sei vernünftig! Bleib hier. Bitte, Nik, beruhige dich!«

Er drehte sich zu ihr um. »Ich? Ich soll mich beruhigen? Nein, das will ich aber nicht. Dem ziehe ich jetzt einen zweiten Scheitel!«

»Du weißt doch noch gar nicht, was passiert ist. Lass es! Der ist unberechenbar! Lass es sein! Bitte, komm mit, ich erzähle es dir.«

»Das kannst du mir hinterher erzählen! Jetzt nicht, Yve! Jetzt nicht!«

Obwohl Yve ihn anflehte, nichts Unüberlegtes zu tun, konnte sie Niklas nicht bremsen. Er war dermaßen außer sich, dass er die Tür aufriss und kochend vor Wut ins Erdgeschoss runterlief.

Kurz darauf klingelte er bei Leon Greber Sturm und brüllte: »Aufmachen! Komm schon raus, du miese Ratte!«

In der Zwischenzeit hatte sich Yve das Telefon geholt und stand zitternd damit im Treppenhaus, um im Notfall sofort die Polizei anrufen zu können. Die Angst, dass es nicht nur bei einer verbalen Auseinandersetzung blieb, sondern in eine handfeste Schlägerei ausarten würde, war hoch. Als sie daran denken musste, wie groß dieser Greber war, dann wusste sie, dass ihr Mann ihm kräftemäßig unterlegen war. Zumal es für sie den Anschein hatte, dass er ihnen gegenüber sowieso auf Krawall gebürstet war.

Niklas, der ununterbrochen gegen die Tür hämmerte und ihn dabei lautstark aufforderte, endlich rauszukommen, wurde immer zorniger. Denn was er auch unternahm, die Tür im Erdgeschoss öffnete sich nicht.

Was Nik und Yve nicht wussten, war, dass Leon Greber sich nach dem Übergriff in einer affenartigen Geschwindigkeit nur das Nötigste angezogen hatte und inzwischen fluchtartig das Haus verlassen hatte.

Dass es keinen Sinn machte, noch länger mit aller Kraft an die Tür zu wummern, musste Niklas letztendlich einsehen. Er klemmte sich den Stockschirm unter den Arm und ging, geladen und gereizt, hinauf in die erste Etage.

Als er den letzten Treppenabsatz erreicht hatte und seine Frau am Geländer stehen sah, fuhr er sie barsch an: »Du? Hier im Treppenhaus? Was soll das denn? Und überhaupt! Kannst du mir mal verraten, warum du das Telefon in der Hand hast?«

»Das?« Yve blickte auf das Telefon, das sie in ihrer Hand hielt. »Das …, das habe ich nur …, na ja, wenn was passiert wäre, wenn der dich zusammengeschlagen hätte, dann hätte ich die Polizei schnell anrufen können.«

»Ach nee, auf einmal! Denke, du willst nichts mit der Polizei zu tun haben? Sag es mir, wenn ich mich irre! Aus dir soll einer schlau werden! Zur Polizei hättest du an Silvester gehen sollen. Aber nein, da wolltest du ja nicht, aber jetzt! Jetzt, auf einmal! Und das, nur weil ich kurz ausgerastet bin? Weil ich rotgesehen habe? Muss ich das verstehen? Nein, tu ich nicht!« Dass Niklas mit diesen Worten weit übers Ziel hinausgeschossen war, wusste er, nachdem er das letzte Wort ausgesprochen hatte.

Als seine Frau daraufhin wortlos an ihm vorbeilief und sich im Schlafzimmer aufs Bett warf, schämte er sich bereits seiner Worte und fühlte sich hundeelend. Denn wie er dieses Fehlverhalten wieder ungeschehen machen sollte, war ihm schleierhaft.

Während er in der Küche aus dem Fenster blickte und überlegte, was er tun könnte, hatte seine Frau das Schlafzimmer verlassen und stand mitten in der Küche.

Nik drehte sich zu ihr um, als sie mit bebender Stimme zu ihm sagte: »Dass das unfair von dir gewesen ist, weißt du hoffentlich. Anstatt mich zu fragen, was überhaupt losgewesen ist, benimmst du dich wie ein Elefant im Porzellanladen! Du rast bewaffnet mit meinem Stockschirm zu dem Kerl runter, hämmerst wie von Sinnen da unten an seine Tür und brüllst so laut, dass sich Krümel sogar verkrochen hat! Mensch, Nik, was meinst du, wenn der die Tür aufgemacht hätte! Hast du auch nur ein einziges Mal dabei an mich gedacht? Nein! Weißt du eigentlich, wie viele Tode ich hier oben gestorben bin? Wohl kaum, denn sonst hättest du so einen gefährlichen Scheiß nicht gemacht! Ich bin stinksauer auf dich!«

In diesem Augenblick wusste Nik nicht, was er machen oder sagen sollte. Normalerweise hatte er damit gerechnet, dass seine Frau tränenüberströmt zu ihm kommen würde, von ihm in die Arme genommen und getröstet werden wollte. Doch nun stand sie äußerst gefasst vor ihm und las ihm die Leviten, und nicht eine einzige Träne kullerte dabei über ihre Wange.

Während er noch krampfhaft überlegte, was er darauf erwidern könnte, schob sie noch hinterher: »Ich gehe jetzt mit Krümel raus. Ich brauche unbedingt frische Luft. Wenn wir zurück sind, vielleicht hast du dich ja bis dahin wieder eingekriegt!«

Das hatte gesessen! Wie ein begossener Pudel sah er ihr hinterher, als sie die Küche verließ, zur Flurgarderobe ging und sich die Schuhe und ihre Jacke anzog.

Erst als sie Krümel das Hundehalsband umlegen wollte, kam wieder Leben in ihn. »Warte! Warte, Mausi, ich komme mit!«

»Brauchst du nicht. Ich will mich nicht weiter mit dir streiten. Für heute reicht es mir vollkommen!«

Inzwischen stand er direkt vor seiner Frau und während Nik sie an sich zog, sagte er entschuldigend: »Ich habe dir wehgetan. Das, was ich gesagt habe, ging unter die Gürtellinie. Es tut mir leid. Wirklich. Aber allein lasse ich dich jetzt nicht rausgehen, das kannst du vergessen. Mensch, Yve, ich habe doch Angst um dich!«

Einen Moment überlegte sie, ob sie ihrem Mann nicht sagen müsste, dass er sie gefälligst loslassen sollte, doch dann siegte ihr Herz.

Sie schob ihn zwar von sich weg, aber dann sah sie ihn an und meinte: »Du hast Angst um mich gehabt und ich um dich. Ich würde sagen, wir sind quitt. Aber dein Vier-Gänge-Menu bekommst du heute nicht. Ich möchte raus hier. Ich muss nachdenken!«

»Aber du nimmst mich mit, oder?«

»Okay, aber nur, wenn du mich nachdenken lässt!«

»Versprochen, Mausi! Ich fange von dem Thema nicht mehr an.«

»Wehe doch! Dann drehe ich postwendend um!«

Wenig später gingen Yve und Nik Händchen haltend und mit Krümel an der Leine durch den Stadtpark.

Beide hielten sich an ihr Versprechen und wechselten nur hin und wieder einige belanglose Worte. Aber man sah ihnen an, dass sie angestrengt nachdachten.

Ab und zu konnte man sogar sehen, dass wie aus dem Nichts kleine Grübelfalten auf Yves Stirn erschienen. Denn der Kampf, den gerade ihr Verstand und ihr Herz ausfochten, machte ihr arg zu schaffen. Während ihr der Verstand ständig ins Ohr brüllte: *Zeig ihn an! Geh endlich zur Polizei,* wisperte ihr das Herz zu: *Mach das! Aber nur, wenn du auch darüber reden kannst!*

Yve wägte sehr lange ab!

Schließlich kam sie zu einem Entschluss.

Als sie sich auf dem Heimweg befanden, blieb sie auf einmal stehen.

Fragend schaute Nik seine Frau an. »Ist was?«

Sie nickte. »Ja! Morgen ..., morgen früh gehe ich zur Polizei. Ich werde den Greber anzeigen. Begleitest du mich?«

»Was für eine Frage! Natürlich komme ich mit!«

Bevor sie jedoch weitergingen, drückte er sie zärtlich an sich und küsste sie.

# KAPITEL ACHT

## BLANKES ENTSETZEN

Dass Irina mit sich kämpfte und überlegte, ob sie dem Fremden vertrauen konnte, blieb dem Tierarzt nicht verborgen.

Im Laufe seines langen Lebens und dadurch, dass seit Jahrzehnten Menschen mit ihren kranken, vierbeinigen Weggefährten zu ihm in die Tierarztpraxis gekommen waren, hatte er gute Menschenkenntnis. Und jetzt, als er der jungen Frau in die Augen sah, wusste er, dass sie schon einmal bessere Zeiten erlebt haben musste. Auch, dass der große, alte Hund ihr bedingungslos gehorchte und wie sie mit ihm umging, zeigte ihm, dass sie ein gutes Herz hatte.

Er wollte ihr helfen und dem Hund sowieso. Doch ehe er ihr das sagen wollte, musste sie ihm glaubwürdig erzählen, was mit dem Hund passiert war.

Denn eine Schusswunde bei einem Hund? Nein, die hatte selbst er nur sehr selten behandelt. Und wenn doch, gehörte das Tier einem Jäger. Es handelte sich dann immer um einen Jagdunfall. Doch das konnte Wolfgang Fuchs bei Hugo ausschließen.

Aus seinen Gedanken wurde er gerissen, als Steffen zu Irina sagte: »Du musst dich nicht schämen. Schließlich hast du Hugo das Leben gerettet!«

»Nein, er meins!« Sie senkte den Kopf, weil keiner mitbekommen sollte, dass ihre Augen feucht wurden.

Dem Veterinärmediziner Wolfgang Fuchs war das allerdings nicht entgangen. Langsam erhob er sich, ging zum Wohnzimmerschrank und holte aus einer Schublade ein Päckchen Taschentücher heraus.

Als er dieses Irina überreichte und dabei ihre Hand berührte, sagte er leise: »Weinen Sie ruhig! Tränen können befreien. Bitte, vertrauen Sie mir, ich möchte Ihrem Hund helfen. Ich werde nichts unternehmen, was Ihnen oder ihm schaden könnte. Sie haben mein Ehrenwort. Das gebe ich Ihnen als Tierarzt und Menschenfreund!«

Daraufhin nahm sie einige Taschentücher aus der Packung, schnäuzte sich die Nase, hob den Kopf und setzte sich wieder aufrecht hin. »Danke, Herr Fuchs, dass Sie mir meine größte Angst genommen haben. Sie können ja gar nicht wissen, was Hugo mir bedeutet ..., alles! Ich will nicht, dass er mir deswegen weggenommen wird!«

»Wird er nicht! Irina, das wird er nicht!«, sagte er, während er sich wieder hinsetzte.

»Komm, gib dir einen Ruck!« Tanja gab ihr einen freundschaftlichen Klaps auf den Oberschenkel. »Erzähle ihm alles! Aber wirklich alles.«

Wolfgang Fuchs sah ihr an, dass sie sich schämte und anscheinend überlegte, wie und wo sie beginnen sollte.

Schließlich überwand Irina sich und sie begann stockend zu erzählen, was sich zugetragen hatte. »Wissen Sie, ich bin nicht immer ohne festen Wohnsitz gewesen. Aber nachdem meine Mutter und mein Stiefvater bei einem unverschuldeten Autounfall ums Leben gekommen sind, wollte ich weg. Die Erinnerungen haben mich erdrückt. Allein in dem kleinen Dorf in Polen fühlte ich mich wie eine Fremde. Meine Mutter hatte seinerzeit Deutschland mit mir verlassen und ist zu ihrer großen Liebe nach Polen ausgewandert. Ich war acht oder neun Jahre alt. Meinen leiblichen Vater habe ich nie kennengelernt. Und Mutter? Sie hat kein Wort über ihn verloren. Bis zu ihrem Tod hat Mama eisern geschwiegen. Aber ich darf nicht undankbar sein. Jacek, mein Stiefvater, ist immer gut zu mir gewesen. Zwar hat er mich nie mit meinem richtigen Vornamen angeredet, weil ihm der ‚zu deutsch' war, aber das hat mir nichts ausgemacht.«

»Dann heißen Sie also gar nicht Irina?«, wollte der Tierarzt wissen. »Wie ist denn Ihr richtiger Name?«

»Irene Neuschaus.«

»Na, Irina und Irene!« Wolfgang Fuchs musste lächeln. »Beide Namen ähneln sich und sind sehr schön. Nur dass Irina mehr nach polnischer Herkunft klingt.«

»Genau das wollte mein Stiefvater damit wohl bezwecken. Denn so wurde ich in der Schule von meinen Mitschülern und Schulfreundinnen nicht sehr oft gefragt, wo ich herkomme. Eigentlich verlief mein Leben in Polen in sehr geordneten Bahnen ..., bis zu dem Tag, an dem meine Eltern gestorben sind. Ich habe in einem Büro gearbeitet und mein eigenes Geld verdient. Somit konnte ich die Miete weiterbezahlen und durfte nach ihrem Tod in der Wohnung bleiben, die meine Mutter und Jacek gemietet hatten. Doch dann bekam ich eines Tages Post. Einen Brief von Karina, aus Deutschland.«

Fragend sah Herr Fuchs sie an. »Und wer ist diese Karina? Magst du es mir verraten?«

»Sie ist meine beste Freundin gewesen. Wir haben uns in Polen kennengelernt, weil wir die gleiche Schulklasse besucht haben. Doch viele Jahre später sagte sie mir eines Tages, dass sie nach Deutschland geht. Dort könnte sie in einer Agentur viel Geld verdienen. Das hat sie dann auch getan. Trotzdem haben wir uns nie so ganz aus den Augen verloren. Als ich ihr mitgeteilt habe, dass Mama und Jacek tot sind, schrieb sie mir daraufhin einen langen Brief. Von da an ging alles bergab. Was mir bis heute nachhängt, ist, dass ich Karina blind vertraut habe! Ich wollte es wohl nicht merken, dass das, was sie mir mitgeteilt hat, nicht stimmen konnte. Ich muss naiv gewesen sein! Warum ich ihren Zeilen vertraut habe, das habe ich mich inzwischen selbst gefragt. Bestimmt, weil ich in Polen allein und einsam war. Darum wollte ich endlich meine Freundin wiedersehen, sie wieder umarmen können und ich wollte auch wieder zurück nach Deutschland! Dahin, woher ich komme und wo meine Wurzeln sind.«

Der erfahrene alte Mann runzelte seine Stirn.

Was nun folgen könnte, ahnte er. Insgeheim hoffte er allerdings, dass er sich irren möge. Noch konnte er allerdings nicht wissen, dass sich seine Befürchtungen bestätigen sollten. Und nicht nur das, denn was sie noch berichtete, war weitaus schlimmer.

Jetzt erzählte Irina, dass Karina ihr bei etlichen telefonischen Kontakten zugesichert habe, dass ihr Chef sie ebenfalls einstellen würde und dass sie ein eigenes Zimmer bekommen würde. Eins, das sich direkt neben dem von Karina befand. Alles weitere und was sie machen müsste, das würde ihr Chef allerdings nur persönlich mit ihr besprechen wollen.

Irina musste schlucken. »Ich weiß ja, dass mir spätestens jetzt hätte klar werden müssen, dass das nicht ganz koscher sein konnte. Aber weil ich bis zu diesem Zeitpunkt noch dachte, dass mich Karina nie ins offene Messer rennen lassen würde, habe ich ihr gesagt, dass ich meine Arbeit und die Wohnung kündigen würde. Das tat ich dann auch. Drei Monate später bin ich nach Deutschland gereist. Dafür haben meine kärglichen Ersparnisse gereicht. Nur den Geldbetrag, den mir meine Mutter und Jacek hinterlassen hatten, den wollte ich so schnell nicht antasten. Etwas von meinem ersparten Geld war sogar noch übrig, nachdem ich alles bezahlt hatte: Die letzte Monatsmiete, meine Zugfahrt und noch so einiges. Ich hätte mich sogar noch für kurze Zeit über Wasser halten können, wenn es mit der Arbeit doch nicht funktioniert hätte. Herr Fuchs, ich weiß noch ganz genau, wie überglücklich ich war, als ich endlich wieder Muttererde unter meinen Füßen spürte. Erst da wusste ich, dass Deutschland meine Heimat ist! Und dass ich hier leben und bleiben will.« Ihre stahlblauen Augen füllten sich mit Tränen.

Dann blickte Irina zu ihrem Hund. Er lag ganz entspannt da und war eingeschlafen. Die Wärme und das Rundherum schienen ihm gut zu tun.

Jetzt stand Wolfgang Fuchs auf. Er holte vier Gläser und eine Flasche Selter. Er füllte die Wassergläser und gab sie Tanja, Steffen und Irina.

Als er sich mit seinem gefüllten Glas wieder hingesetzt hatte, fragte er: »Und was ist dann passiert, als Sie hier waren? Bestimmt nicht das, was Sie sich erhofft hatten, oder?«

Irina schüttelte den Kopf. »Nachdem mich Karina und ihr Chef vom Hamburger Hauptbahnhof abgeholt hatten und er mir erklärte, was meine Aufgabe sei und wieviel ich verdienen könne, war der Arbeitsvertrag von beiden Seiten aus schnell unterschrieben. Zumal mir Karina gesagt hatte, den gleichen habe sie auch, es sei alles okay, ich solle einfach unterschreiben. Mein Gott, war ich dumm! Eine Kopie von dem Arbeitsvertrag habe ich nie bekommen, obwohl mir Noël Reberg die zugesagt hatte. Später zeigte mir Karina mein Zimmer, welches pompös eingerichtet war, und lobte ihren Chef, mit dem sie anscheinend ein Verhältnis hatte, in den höchsten Tönen. Zu diesem Zeitpunkt und auch noch in den nächsten Wochen gab es nichts zu beanstanden. Ich wurde von ihm neu eingekleidet und für das Zimmer verlangte er keine Miete. Warum bin ich nicht darüber gestolpert?«

Sie schwieg eine Weile.

Dann erzählte sie weiter: »Außerdem bekam ich von Noël nach jedem erledigten Begleitservice zehn Prozent der vereinbarten Bezahlung, die er zuvor mit den Männern abgesprochen hatte. Zwar kam es mir merkwürdig vor, dass er immer öfter und mehr Männer für mich buchte, die ich begleiten sollte, aber weil das Geld stimmte, fragte ich nicht weiter nach. Erst als einer dieser gutbetuchten Männer meinte, dass wir für den heutigen Service in mein Zimmer gehen würden, wurde mir flau im Magen. Und als ich das rigoros ablehnte, drohte er mir, indem er meinte, dass das für mich nicht ohne Konsequenzen bleiben würde. Schließlich hätte er Noël für Sexspiele – mit diversen Extras – eine nicht unerhebliche Summe Geld gegeben. Dennoch blieb ich hart und ließ den Herrn einfach stehen und ging stattdessen zu Karina. Auf dem Weg zu ihr überkamen mich Zweifel. Ich hatte eine erste dunkle Vorahnung und fürchterliche Angst!«

Als Irina eine Pause machte und einige Schlucke Wasser trank, konnte Wolfgang Fuchs sehen, dass sie im Gesicht rot wurde. Sie tat ihm leid.

Gleichzeitig wollte er jedoch wissen, warum der Hund eine Schussverletzung hatte und wer dafür verantwortlich war. Um das zu erfahren, hakte er nach. »Sie brauchen sich nicht vor mir zu schämen. Auch wenn ich mir denken kann, was Sie tun sollten, ich möchte es aus Ihrem Mund hören. Den Grund kennen Sie: Hugos Wunde!«

Als er den Namen ihres Hundes erwähnte, fing sie an

zu weinen. Das erstaunte ihn. Denn bis jetzt hatte sie nicht eine Träne vergossen, obwohl das, was sie schon erzählt hatte, sehr traurig gewesen war. Allerdings, wenn es um ihren alten, kranken Hugo ging, dann wurde sie zu einem ganz anderen Menschen. Zu jemandem, der diesen Hund mit der schneeweißen Schnauze und mit seinen trüben Augen abgöttisch lieben musste.

Was Irina dann noch berichtete, nachdem sie sich die Tränen abgewischt und sich beruhigt hatte, war so furchtbar, dass Wolfgang Fuchs immer und immer wieder nur den Kopf schütteln konnte.

»Wissen Sie, Karina lachte mich nur aus, als ich sie um ihre Hilfe und ihren Rat gebeten hatte. Eiskalt ließ sie mich abblitzen. Richtig schockiert bin ich gewesen, als tags darauf Noël zusammen mit meiner Freundin bei mir im Zimmer auftauchten und mich daran erinnerten, dass ich einen Vertrag unterschrieben hatte. Mit Nachdruck wurde mir gesagt, dass in dem Schreiben fett gedruckt stehen würde, dass ich mich dazu bereit erklärt hätte, freiwillig alle sexuellen Wünsche der mir zugewiesenen Männer zu erfüllen.« Irina schluchzte leise und schloss für einen Augenblick die Augen.

Dem alten Mann brannte eine Frage unter den Nägeln. »Ich fasse es nicht! Ihre Freundin war bei dem Gespräch zugegen? Und sie hat Ihnen nicht geholfen, mit keiner Silbe?« Fassungslos schaute er Irina, Tanja und Steffen an.

»Nein, das hat sie nicht.« Mit Tränen in den Augen blickte Irina Herrn Fuchs an. »Sie hat mich nur ausgelacht und gemeint, ich solle mal nachdenken. Meine schicken Klamotten, das Zimmer und die Verpflegung müsste ich schließlich abarbeiten. Das konnte ich aber nicht! Niemals! Als ich am nächsten Tag einem betrunkenen Mann erneut meinen Dienst verwehrt habe, kam kurz darauf Noël zu mir ins Zimmer gestürmt und hat mich verprügelt. Wie ein Besessener hat er auf mich eingeschlagen. Und dann, als ich auf dem Boden lag, hat er mich an meinen langen Haaren aufs Bett gezerrt, mir die Kleider vom Leib gerissen und mich brutal vergewaltigt. Als er fertig war, holte er noch einmal aus, schlug mir mit der flachen Hand und voller Wucht ins Gesicht und meinte hohnlachend: *Nur, damit du nicht wieder vergisst, wie sowas geht! Nun weißt du es ja. Und wenn du das nächste Mal nicht spurst, wenn ich jemanden zu dir schicke, dann komme ich wieder. Aber nicht mehr allein, dann wird es ein richtig flotter Dreier!*« Irina schlug angewidert die Hände vors Gesicht.

Wolfgang Fuchs war fassungslos. Das Gehörte brachte sein Blut derart in Wallung, dass er sich zwingen musste, nicht die Beherrschung zu verlieren. Und als er Irina sah, die wie ein Häufchen Elend zwischen ihren Freunden saß, musste er handeln. Aber noch bevor er zu ihr sagen konnte, dass sie sich nicht länger quälen sollte, setzte Irina ihre Rede fort.

»Das Allerschlimmste war allerdings, als ich sah, dass Karina grinsend in der Tür stand und zugesehen hatte, als er mich …! Sie hat nicht mal versucht mir zu helfen! Und zurückgehalten hat sie ihn auch nicht. Dabei dachte ich, dass sie meine beste Freundin sei. Ihr habe ich blind vertraut! Aber als die beiden dann auch noch engumschlungen und kichernd mein Zimmer verließen, da wusste ich, dass ich hier nicht bleiben konnte. Wie lange ich nach der Vergewaltigung unter der Dusche gestanden habe, um die Entwürdigung und den Ekel loszuwerden, ich weiß es nicht. Doch als ich mich wieder angekleidet hatte, packte ich in Windeseile meine eigenen Kleidungsstücke in die Reisetasche, legte die Handtasche obendrauf, versteckte beide Teile im Kleiderschrank und wartete ab. Zum Glück kam Noël nicht mehr zurück und Karina auch nicht. Noch am gleichen Tag, bevor die Nacht über Hamburg hereinbrach, verließ ich unbemerkt mein Zimmer und das Haus. Als ich endlich im Freien stand, bin ich sofort losgelaufen! Wohin? Das war mir egal, ich musste nur weg von hier! In dieser Nacht bin ich um mein Leben gelaufen, und seitdem laufe ich, während die Angst zu meinem ständigen Begleiter geworden ist. Aber nicht nur die, auch mein Hugo! Wäre er nicht gewesen ...«

Irina stand auf, ging zu ihrem Hund, setzte sich neben ihn und während sie ihn streichelte, wurde sie von einem heftigen Weinkrampf heimgesucht. Als wenn er spürte, dass sein Frauchen Zuspruch benötigte, öffnete Hugo die Augen, hob seinen Kopf und legte ihn auf ihr Knie. Dann blickte er sie an und kurz darauf leckte er mit seiner warmen, feuchten Zunge einmal über ihre Wange. Gerade so, als wenn er ihr damit sagen wollte: *Weine nicht, bitte weine nicht. Ich bin da!* Dann schloss er seine Augen, nahm seinen Kopf von Irinas Knie wieder runter und schlief weiter.

Es war ein Bild, das Wolfgang Fuchs derart naheging, dass seine Augen glasig wurden. Dass er seine Emotion in diesem Moment nicht im Griff hatte, das kannte er von sich nicht. Schließlich hatte er in seinem Leben schon viel gesehen und erlebt.

Nach einer Weile erhob sich Tanja. Sie lief zu Irina, legte behutsam die Hand auf ihre Schulter und sagte leise: »Komm, setz dich wieder zu uns aufs Sofa. Lass Hugo schlafen, hier geht es ihm doch gut. Du brauchst dir keine Sorgen machen, wirklich nicht. Bitte, Irina, steh auf. Komm hoch.«

Während Tanja Irina hochzog und sich die Blicke von Steffen und dem Tierarzt trafen, beugte sich Steffen etwas vor und flüsterte ihm sichtlich bewegt zu: »Das ist längst noch nicht alles, was die beiden mitgemacht haben.«

Darauf erwiderte Wolfgang Fuchs zunächst nichts. Erst nachdem sich Irina und Tanja wieder aufs Sofa gesetzt hatten, sagte er: »Ich will Sie nicht länger mit meinen Fragen quälen. Sie müssen mir nichts mehr sagen. Ich merke doch, wie schwer es Ihnen fällt. Und dass Sie für Hugo nur das Beste wollen, das weiß ich sowieso!«

Dankbar blickte sie den alten Mann an. Obwohl es ihr unsagbar schwerfiel, meinte sie sacht lächelnd: »Doch, ich möchte Ihnen alles erzählen. Aber bitte entschuldigen Sie, wenn ich dabei meine Gefühle nicht verbergen kann.«

»Sie brauchen sich für nichts zu entschuldigen! Wenn Sie weinen müssen, mein Kind, dann weinen Sie. Wenn Sie nicht weiterreden können oder möchten, ist es auch gut. Das, was ich gehört habe, es ist grausam! Schockierend!« Aufgebracht schlug er mit der Hand auf die Sessellehne. Sofort entschuldigte er sich für den emotionalen Ausrutscher und fragte: »Soll ich denn mal Kaffee kochen?«

»Oh ja!« Steffen strahlte übers ganze Gesicht. »Einen richtigen frischen Bohnenkaffee, den haben wir schon lange nicht mehr getrunken!«

»Na, dann wird es aber höchste Zeit!« Ehe sich Irina, Tanja und Steffen versahen, war der Tierarzt schon aufgestanden und verschwand hinter einer anderen Tür.

Wenig später standen bereits Kaffeetassen, Zucker, Milchkännchen und Kekse auf dem Tisch. Und als er ein weiteres Mal hinausging und zurück ins Wohnzimmer kam, hatte er eine große Kaffeekanne in der Hand und stellte sie mit den Worten aufs Stövchen: »So, alles da. Aber einschenken kann sich jeder den Kaffee selbst. Ach so, die Kekse sind nicht nur zum Angucken da, sondern zum Zugreifen und Essen.«

Wolfgang Fuchs hatte es sich gerade wieder in seinen Sessel bequem gemacht, als er noch mal aufstand und erneut hinauseilte. Fragend schauten sie ihm hinterher.

Doch da kam er schon mit einer Schüssel voller Wasser zurück, die er vor Hugo auf dem Boden abstellte. »Für dich, falls du Durst hast!«

Danach setzte er sich in seinen Lieblingssessel, zwinkerte ermutigend seinen Gästen zu, trank den Kaffee und ließ sich einige Plätzchen schmecken.

Nachdem sich Irina, Tanja und Steffen bei dem Tierarzt bedankt hatten, genossen sie das heiße Getränk. Und als sie in die Kekse bissen, wussten sie nicht, wann sie zuletzt so ein köstliches Gebäck gegessen hatten. Sie kamen sich vor wie im Paradies.

Die Verschnaufpause kam für Irina im richtigen Augenblick. Während sie den Kaffee trank und dabei Wolfgang Fuchs in die Augen sah, wusste sie, dass sie hier und jetzt ihr Innerstes nach außen kehren konnte. Als wenn er ihre Gedanken lesen könnte, nickte er ihr in diesem Augenblick beruhigend zu.

Sie holte Luft, atmete tief ein und aus, bevor sie weitererzählte. »Ich bin in dieser Nacht sehr lange und planlos durch die Straßen gelaufen. Erst als ich an einem baufälligen und leeren Haus vorbeikam, bin ich stehen geblieben. Dann habe ich meinen ganzen Mut zusammengenommen und bin da hineingegangen. Ich wollte dort nur noch zur Ruhe kommen und den nächsten Morgen abwarten. Mir kam zugute, dass es zu dieser Jahreszeit auch des Nachts draußen warm blieb. Was ich allerdings nicht bemerkt hatte, war, dass mir ein Hund gefolgt sein musste. Denn als ich am anderen Morgen aufgewacht bin, lag neben mir nicht nur meine Reisetasche, sondern auch ein völlig verwahrloster Hund. Und von diesem Tag an ist er mir nicht mehr von der Seite gewichen. Weil er kein Halsband hatte und ich nicht wusste, wie der Streuner hieß, habe ich ihn Hugo genannt. Dass es für mich dadurch nicht leichter werden würde, eine Unterkunft für uns zu finden, wusste ich natürlich. Doch in diesem Punkt hatte ich Glück. Nachdem wir beide stundenlang umhergelaufen waren, entdeckte ich eine kleine Pension. Und in einem der Fenster habe ich ein Schild entdeckt. Darauf stand: Zimmer frei! Ich weiß noch ganz genau, wie sehr mein Herz geklopft hat, als ich auf den Klingelknopf gedrückt habe! Doch als sich die Tür geöffnet hat und ich in die gütigen Augen einer Frau blickte, fragte ich sie, ob sie mir das Zimmer vermieten würde, mit Hugo.«

Neugierig geworden sah der Tierarzt Irina an und dann ging sein Blick zu Hugo. »Und? Hat diese Frau Ihnen das Zimmer gegeben? Und konnten Sie die Unterkunft denn überhaupt bezahlen?«

Sie nickte und lächelte ihn an.

Nun berichtete Irina, dass Frau Mäusel sie und den Hund zunächst argwöhnisch in Augenschein genommen hatte. Aber als Hugo mit der Rute wedelnd auf sie zugelaufen war, war das Misstrauen gebrochen. Mit der Anmerkung: Du hast aber unbedingt eine Fellpflege nötig, hatte sie sie dann hereingebeten. Das Zimmer war klein, aber völlig ausreichend. Die Dusche und das WC waren direkt gegenüber. Für das Gästezimmer hatte sie nicht viel verlangt, sodass Irina nicht lange überlegen musste. Dass Zimmer hatte sie wochenweise bezahlt, und zwar von dem Geld, das in dem doppelten Boden ihrer Reisetasche versteckt war. Und das hatte sie auch nur, weil sie noch einige Möbel bei der Wohnungsauflösung hatte verkaufen können. Das Geld war ihre eiserne Reserve. Ihr Notgroschen –

gedacht gewesen für einen schöneren und besseren Neubeginn in Deutschland.« Irina schluckte. »In Deutschland bin ich zwar gut angekommen, Herr Fuchs, aber schöner? Nein! Auch besser war der Neubeginn in Hamburg nicht!«

»Was ich mich die ganze Zeit schon frage, wie sind Sie von Hamburg überhaupt hierhergekommen? Die Hafenstadt ist mit unserem verträumten Harzstädtchen nun gar nicht zu vergleichen. Bei uns gibt es keine Industrie, keine gut wirtschaftlichen Fabriken oder aber.«

»Ich weiß. Aber hier ...«, ihre Stimme zitterte. »Aber hier ..., hier bin ich doch geboren. Ich hatte großes Heimweh und wollte einfach wieder nach Hause.«

»Das wusste ich nicht. Bitte erzählen Sie weiter, Irina.«

»Bei Frau und Herrn Mäusel hatte ich es gut. Hugo verwöhnten sie und nach einiger Zeit sah auch sein Fell viel besser aus. Er blühte richtig auf. Ich studierte die Anzeigen, weil ich wieder einer Arbeit nachgehen wollte. Und dann, wenn ich die hätte vorweisen können, wollte ich mir eine kleine Wohnung mieten. Das war mein Plan. Doch daraus wurde nichts. Bis heute weiß ich nicht, wie mich Noël Reberg gefunden hat! Ich hatte ihn und Karina seit meinem Weglaufen nie wiedergesehen. Bis zu dem Tag, an dem ich mit Hugo im nah gelegenen Park einen Spaziergang gemacht habe. Er muss mich observiert haben lassen, da bin ich mir sicher. Wie hätte er sonst wissen können, dass ich immer zur gleichen Zeit hier unterwegs war. Und das auch nur, weil uns dann kaum Menschen begegneten. So war es auch an diesem Vormittag. Alles war friedlich, bis ich plötzlich von hinten an den Haaren gepackt wurde und die Worte hörte: *Habe ich dich endlich, du Schlampe.* Danach bekam ich einen schmerzhaften Hieb in den Rücken. Als Hugo Noël Reberg anknurrte und die Zähne fletschte, verpasste er ihm einen derartigen kräftigen Fußtritt, dass

Hugo zunächst außer Gefecht gesetzt war. Und ehe ich mich versah, schlug Noël auf mich ein, immer und immer wieder! Dann boxte er mir mit der Faust in die Magengrube und ich ging zu Boden.« An dieser Stelle hörte Irina abrupt auf zu reden. Sie zeigte auf Hugo und als sie das tat, kullerten Tränen über ihr hübsches Gesicht.

Herr Fuchs stand auf und holte aus einer Schublade eine Packung Papiertaschentücher. Er sagte kein Wort, als er diese Irina überreichte. Mit einem zaghaften Lächeln bedankte sie sich bei ihm. Danach wischte sie sich mit einem Taschentuch ihre tränennassen Wangen ab und schnäuzte hinterher leise hinein.

Anschließend setzte sie ihre Rede fort. Zunächst redete sie sehr leise, doch wenig später wurde ihre Stimme etwas lauter. »Wenn ich meinen Hugo damals nicht gehabt hätte, ich weiß nicht, was passiert wäre. Denn während ich wimmernd vor Noël Reberg am Boden lag und er mich an den Haaren hochziehen wollte, sprang Hugo ihn von hinten an und biss zu. Ruckartig und mit schmerzverzerrtem Gesicht ließ er mich los. Dann!« Irinas Stimme bebte vor Wut und Aufregung. »Dann zog er plötzlich eine Pistole aus seiner Jackentasche und schoss auf Hugo! Aufjaulend sackte er zusammen. Danach rührte er sich nicht mehr. Das Letzte, an was ich mich nur noch ganz dunkel erinnere, ist, dass nachdem der Schuss gefallen war, jemand schrie: *Hilfe, Polizei!* Was danach passiert ist? Ich kann es nicht sagen. Ich muss ohnmächtig geworden sein. Und als ich wieder zu mir kam …« Irina zitterte am ganzen Körper und ihre Stimme wollte ihr nicht mehr gehorchen. Und jedes Mal, wenn sie auch nur versuchte weiterzureden, brach sie in Tränen aus.

Erst als Hugo, der sein Frauchen schluchzen hörte, aufgestanden war und humpelnd zu ihr kam, wurde sie etwas ruhiger. Diesmal ging er nicht zurück auf seinen Platz, sondern legte sich nicht vor, sondern auf ihre Füße.

Wie zur Salzsäule erstarrt, saß Wolfgang Fuchs in seinem Sessel. Er konnte sich nur noch schwer zurückhalten. Denn das, was er gerade erfahren hatte, löste in ihm blankes Entsetzen aus!

Noch während er darüber nachdachte, wie es Irina danach ergangen war, sprach sie weiter. »Als ich wieder zu mir kam, war Noël weg. Und als ich mich etwas aufgerichtet hatte, sah ich Hugo bewegungslos im Gras liegen. Ich robbte auf allen vieren zu ihm. Er ..., er lag in einer Blutlache! Aber als er meine Hand auf seinem Körper spürte, schlug er für wenige Sekunden seine Augen auf. Hugo lebte! Ich musste ihm helfen! Ich wollte zu Frau Mäusel! Irgendwann stand ich wieder auf meinen Beinen. Aber wie ich meinen schweren Hugo überhaupt hochbekommen und mit ihm den Weg zu der kleinen Pension geschafft habe, Herr Fuchs, das kann ich nicht sagen. Ich weiß nur noch, dass mir kein Mensch begegnete und auch niemand half. Bis heute ist mir rätselhaft, wer nach dem Schuss nach der Polizei gerufen hat und warum die nicht gekommen ist. Richtig denken konnte ich erst wieder, als ich vor Frau Mäusel stand. Sie sah mich und Hugo völlig entsetzt an. Schließlich rief sie nach ihrem Mann, der mir Hugo abnahm und in die Küche trug. Nachdem er seine Wunde notdürftig versorgt hatte, fragten sie mich, was geschehen war. Ich erzählte ihnen alles, wo ich herkam, was ich seitdem erlebt hatte und was im Park passiert war.«

Irina griff nach ihrem Wasserglas, trank etwas Selter und erzählte mit Tränen in den Augen weiter. »Als Frau Mäusel mich fragte, was mit meinen schönen, langen Haaren passiert sei, fasste ich auf meinen Kopf. Doch da waren keine Haare mehr, nur noch Stoppeln! Noël Reberg muss sie mir abgeschnitten haben.«

Ohne Vorwarnung zog sich Irina ihre Mütze vom Kopf, und als Wolfgang Fuchs sah, was dieser Kerl ihr auch äußerlich angetan hatte, wurde er wütend, sehr wütend.

Gerade als er etwas Nettes zu ihr sagen wollte, setzte Irina – nun ohne Mütze auf dem Kopf – ihre Rede fort. »Die Haare, Herr Fuchs, das ist für mich zwar schlimm gewesen. Aber weitaus viel schlimmer war das, was er Hugo angetan hatte! Seitdem fühle ich mich schuldig, verdammt schuldig! Denn wäre ich nicht nach Deutschland gekommen, hätte ich Karinas Worten nicht geglaubt und wäre ich nicht so naiv gewesen, wäre ich bei Frau und Herrn Mäusel nicht eingezogen, wäre allen vieles erspart geblieben!«

Es vergingen mehrere Minuten des Schweigens.

Schließlich fasste sich Steffen ein Herz, erhob sich, ging langsam zu Irina und schloss sie fest in seine Arme. »Ich bin stolz auf dich, Irina! Stolz, weil du dir endlich mal alles von der Seele geredet hast, was du seit Monaten mit dir rumträgst, was dich Tag und Nacht quält! Das finde ich nicht nur großartig, dazu gehört verdammt viel Mut!«

»Danke, Steffen. Aber ohne dich, Tanja und Willi hätte ich es nicht geschafft. Ich bin euch, aber auch Ihnen, Herr Fuchs, von Herzen dankbar. Dankbar für alles!«

»Rede nicht solchen Blödsinn!« Tanja knuffte sie an. »Wir haben uns eben gesucht und gefunden. Ja, und nun ist aus uns ein echtes Dreamteam geworden!«

Die Stimme von Wolfgang Fuchs klang belegt, als er sich Irina zuwandte und fragte: »Und wie ging es weiter?«

Irina sah ihn an und zeigte auf ihren Hund. »Herr Mäusel wollte mit ihm sofort zum Tierarzt fahren. Aber das wollte ich nicht. Dass er feststellen könnte, dass es sich um eine Schusswunde handelte, war zu groß. Was sollte ich der Polizei sagen, wenn der Tierarzt sie rufen würde? Die Angst vor deren Fragen und dass womöglich Noël Reberg bei Mäusels auftauchen könnte, um sich an ihnen und an mir zu rächen, das durfte ich nicht zulassen. Letztendlich gab Herr Mäusel nach, und seine Frau und ich versorgten Hugos Wunde allein – so gut wir es konnten. Drei Wochen später, als es ihm endlich besser ging, sagte ich Frau Mäusel, dass ich ihr und ihrem Mann nicht länger zur Last fallen wolle. Und als sie fragte, was ich vorhabe, sagte ich, dass ich nach Hause möchte. Als mich Frau Mäusel fragte, ob ich zurück nach Polen wollte, verneinte ich das. Stattdessen erzählte ich ihr, dass ich in einer Kleinstadt im Harz geboren wurde, dort acht oder neun Jahre gelebt hatte und dass da meine Reise hingehen solle. Was dann geschah, grenzte fast an ein Wunder! Einige Tage später klopfte es an die Tür und dann betraten meine Gasteltern das kleine Gästezimmer. Herr Mäusel lächelte mich an und sagte mir, dass er in zwei Tagen mit seinem LKW in den Harz fahren würde, weil er dort Materialien hinbringen und abladen müsste. Und wenn ich möchte, würde er mich und Hugo mitnehmen. Ich musste nicht überlegen. Ja, und seitdem sind Hugo und ich hier.«

Aufmerksam hatte Wolfgang Fuchs ihren Worten gelauscht. Und erst als er sie wohlgesonnen ansah, huschte ein längeres, zaghaftes Lächeln über ihr Gesicht.

Abermals erhob sich Dr. med. vet. Wolfgang Fuchs von seinem Sessel und holte sich das Festnetz-Mobilteil.

Als er sich damit wieder hingesetzt hatte und bemerkte, dass Irina ihn erschrocken ansah, sagte er schnell, was er vorhatte. »Keine Angst, Irina! Ich wollte nur Pizza bestellen. Ich habe Hunger, ihr sicherlich auch. Oder? Salami mit Käse, mögt ihr die?«

Sprachlos sahen sie sich an.

Weil weder Irina, Tanja noch Steffen darauf etwas erwidern konnten, machte er Nägel mit Köpfen und bestellte kurzerhand vier Salamipizzen mit Käse.

Während er auf die Lieferung wartete, wollte er von Irina noch etwas wissen. »Wie haben Sie sich denn kennengelernt? Haben Sie am gleichen Tag eine Unterkunft gefunden? Und wo übernachten Sie mit Hugo?«

Jetzt wurde Irina puterrot im Gesicht. »Ich? Nein, Herr Fuchs, ich habe mir keine Unterkunft mehr leisten können. Meine Ersparnisse habe ich für das Zimmer ausgegeben und für Hugos Wundversorgung gebraucht. Die ersten vierzehn Tage haben wir im Freien verbracht und mal hier oder da übernachtet. Und als ich kein Geld mehr hatte, habe ich versucht von anderen Menschen etwas zu bekommen. Ich ..., ich habe nun ab und zu bettelnd in der Bummelallee gesessen. Das alles muss Hugo sehr zugesetzt haben. Die Wunde heilte nicht mehr und als er auch noch zu humpeln anfing ...! Und als ich an einem Tag wieder dasaß und nicht mehr wusste, wie es weitergeht, da sind auf einmal Tanja und Steffen auf mich zugekommen. Sie haben mich gefragt, ob ich nicht mit Hugo bei ihnen in dem ausrangierten Bauwagen wohnen will. Meine Einwände, warum ich ihr großzügiges Angebot nicht annehmen könne, ließen beide nicht gelten. Sie redeten so lange auf mich ein, bis sie mich weichgekocht hatten, und Hugo und ich mitgegangen sind. Sie muss der Himmel geschickt haben, denn wenige Tage später fiel bereits der erste Schnee und draußen war es bitterkalt. Tanja und Steffen – sie sind für Hugo und mich nicht nur Freunde, sie sind ...« Irina schlug ihre Hände vors Gesicht. Denn niemand sollte sehen, wie nah ihr das Erlebte ging.

Es klingelte im richtigen Augenblick.

»Das sind unsere Pizzen!« Wolfgang Fuchs eilte zur Tür und als er kurz darauf mit vier Pappkartons in den Händen vor ihnen stand, meinte er grienend: »Brauchen wir Teller und Besteck, oder wollen wir die so essen? Mit den Fingern? Was meint ihr?«

Wie auf Kommando riefen Tanja und Steffen: »So! Die essen wir mit den Fingern.«

»Prima, denn so esse ich sie auch am liebsten! Na dann, guten Appetit, lasst sie euch schmecken! Fangt an, bevor sie kalt wird. Und du, Irina, wie isst du deine Pizza?«

Irina, die sich emotional wieder gefangen hatte, blickte daraufhin den Tierarzt an. »Ich? Oh, für eine Pizza brauche ich keinen Teller und kein Besteck. Entschuldigen Sie, aber ich bin gedanklich nicht ganz bei der Sache gewesen. Guten Appetit, Herr Fuchs, und vielen Dank! Ich weiß gar nicht, womit Tanja, Steffen und ich das verdient haben.«

»Sagen wir mal so: Für Ihre Ehrlichkeit und weil Sie für den alten, kranken Hund da sind!«

Alter, kranker Hund!

Das waren die Stichwörter, die Irina an das erinnerten, warum sie mit Hugo überhaupt hier war.

Sie legte das Stück Pizza, das sie schon in ihrer Hand hielt, zurück in den Pappkarton und fragte den Tierarzt: »Herr Fuchs, und was hat Hugo denn? Ist er sehr krank? Können Sie ihm helfen? Und was kann ich dazu beitragen? Bitte sagen Sie es mir.«

Im Stillen hatte er gehofft, dass sie ihm die Frage erst später stellen würde, denn das, was er ihr sagen musste, war alles andere als erfreulich.

Er grübelte und dachte nur: *Ich muss Zeit schinden!* Deshalb antwortete er: »Wir sollten nun die Pizza essen, kalt schmeckt sie nicht. Und wenn wir damit fertig sind, dann, mein Kind, sage ich Ihnen, was ich festgestellt habe.«

Irina schaute ihn an und wenn sie seinen Gesichtsausdruck richtig deutete, dann ahnte sie, dass das, was er ihr zu sagen hatte, nichts Gutes war.

Angst beschlich sie! Große Angst! Doch die ließ sie sich nicht anmerken. Schließlich wollte sie Tanja und Steffen den Appetit nicht verderben.

Während sie bedrückt die Pizza aß, waren ihre Gedanken nur bei ihrem Hund. *Nachher, Hugo, nachher sagt er mir, was du hast …* Und als Irina ein weiteres Mal in ihre Pizza biss, hoffte sie, dass ihre Befürchtungen absurd waren.

Die Zeit, ehe das Gespräch stattfand, zog sich für sie in die Länge wie ein nicht enden wollendes Band.

# KAPITEL NEUN

## INNERE ZERRISSENHEIT

Mehrmals wurde Yve in dieser Nacht wach. Schweißgebadet und frierend stand sie dann auf, um sich ein frisches, trockenes Sleepshirt anzuziehen. Doch dann, wenn sie wieder in ihrem Bett lag, hatte sie das Gefühl, als wenn über ihr das Schwert des Damokles schweben würde.

So sehr sie sich auch die Helligkeit des Tages herbeisehnte, weil dann endlich die Dunkelheit der Nacht vorbei war, so sehr fürchtete sie sich anderseits vor dem Tagesanbruch. Denn seitdem sie sich dazu durchgerungen und ihrem Mann versprochen hatte, dass sie diesen Greber wegen sexueller Belästigung und Nötigung anzeigen wollte, ging es ihr mies. Richtig mies! Denn die Unruhe, die sie fest umklammert hielt, wollte einfach nicht weichen.

Natürlich wurde Nik auch immer wach, wenn seine Frau leise ihr Bett verließ, um sich umzuziehen. Sie tat ihm leid. Und nicht nur das. Es tat ihm in der Seele weh, dass sie in dieser Nacht wieder so rastlos war. Weil er sie aber auf gar keinen Fall darauf ansprechen wollte, krabbelte er kurzerhand zu ihr ins Bett und zog sie wortlos zu sich heran. Und als sie seine Nähe spürte, in seinen Armen lag, sich geborgen und sicher fühlte, konnte sie endlich ein- und bis zum Aufstehen durchschlafen.

Am nächsten Morgen waren Yve und Niklas schon zeitig aufgestanden. Als sie sich später am Frühstückstisch gegenübersaßen und sich den frisch aufgebrühten Kaffee und die Brötchen schmecken ließen, ergriff Yve plötzlich die Hand ihres Mannes. »Nik, dass du letzte Nacht nicht durchschlafen konntest, tut mir leid. Ich habe versucht leise zu sein, wenn ich aufgestanden bin. Aber weißt du«, sie sah ihn an, »ich bin am ganzen Körper klitschnass gewesen. Ich musste mir ein anderes Sleepshirt anziehen. Du legst dich nachher aufs Ohr und machst die Augen zu.«

»Du machst dir Gedanken um Dinge, die sowas von unwichtig sind. Ich bin fit wie ein Turnschuh. Und weil das so ist, gehe ich auch gleich mit der nervigen Fußhupe Gassi. Wenn ich mit Krümel zurück bin, dann können wir losgehen.« Prüfend blickte er sie an. »Oder hast du es dir inzwischen wieder anders überlegt?«

»Ich? Nein …, nein! Warum sollte ich?« Energisch widersprach sie ihm. Daraufhin erhob sie sich errötend von ihrem Stuhl und verließ den Raum.

Letztendlich war es genau das, was Niklas äußerst stutzig machte. Doch nachbohren wollte er nicht. Aber dass seine Frau auf diese Frage fast überreagiert hatte, gab ihm schon zu denken. Nik stand nun auch auf und ging zur Flurgarderobe. Während er sich seine Schuhe und die Jacke anzog, dachte er über das Verhalten seiner Frau nach: *Vielleicht habe ich es auch nur falsch interpretiert.* Ohne dass er es wollte, murmelte er vor sich hin: »Abwarten und Tee trinken!«

»Was hast du gesagt, Tee? Du möchtest Tee trinken?«, wollte seine Frau wissen.

Niklas zuckte zusammen. Dass sie das gehört hatte, war ihm peinlich. Schnell erwiderte er: »Eben nicht. Vielleicht nachher.«

Dann rief er Krümel und band ihm das Halsband um. Nachdem er die Leine daran befestigt hatte, ging er zu seiner Frau in die Küche, die gerade damit beschäftigt war, das schmutzige Frühstücksgeschirr in den Geschirrspüler zu stellen und meinte: »Mausi, wir gehen jetzt los! Die Schlüssel habe ich. Also nicht wieder die Tür öffnen, falls es klopfen oder klingeln sollte. Spätestens in einer halben Stunde bin ich mit der Fußhupe zurück. Wenn du bis dahin fertig bist, können wir anschließend gleich starten. Dann ist der Druck endlich weg und dir geht es hinterher bestimmt viel besser. Bis gleich!«

»Ja, bis gleich!«

Daraufhin ging Niklas zu seiner Frau und hauchte ihr einen Kuss auf die Wange. Als er sie jedoch ansah, wusste er, dass längst noch nicht alles in Sack und Tüten war.

Als Yve allein in der Wohnung war und zum Kleiderschrank ging, um ihre Sachen zu holen, kamen ihr Bedenken. Sie wusste nicht, ob es richtig war, wenn sie tatsächlich zur Polizei gehen und Anzeige erstatten würde. Die fürchterliche Angst, dass die Beamten bei Leon Greber auftauchen und ihn befragen könnten, saß ihr im Nacken. Denn wie er darauf reagieren würde, wusste sie nicht.

Während sie sich anzog, schoss ihr durch den Kopf: *Will ich das etwa durchgehen lassen, was der mir angetan hat? Habe ich schon vergessen, dass er mich angefasst und bedroht hat? Das wird doch nicht besser, eher schlimmer. Nee, ich muss zur Polizei gehen, anders geht es nicht. Außerdem wie soll ich es Nik sagen, dass ich es mir inzwischen schon wieder anders überlegt habe? Der tickt aus!*

Mit zitternden Händen zog sie sich um, während ihre innere Zerrissenheit von Minute zu Minute zunahm. Aufgewühlt verließ sie kurz darauf das Schlafzimmer.

Sie ging in die Küche. Dort nahm sie eine Flasche Selter aus dem Kühlschrank und trank etliche Schlucke daraus. Erst als sie die halbvolle Flasche wieder zuschrauben wollte, stellte sie erschrocken fest, was sie gemacht hatte. *Du Ferkel, was soll das denn? Aus der Flasche trinken, das geht gar nicht,* schimpfte sie sich selbst aus, während sie den Rest in ihr Wasserglas kippte. Danach stellte sie die leere Flasche in die Kiste, in der das Leergut gesammelt wurde.

Unruhig ging Yve ins Wohnzimmer, stellte sich ans Fenster und hielt nach Niklas und Krümel Ausschau. Noch konnte sie die beiden nicht sehen.

Sie blickte auf die Uhr. Ihr Mann war mit Krümel nun schon über dreißig Minuten weg. Von daher wusste Yve, dass er in den nächsten Minuten sicherlich die Wohnung betreten würde. Davor fürchtete sie sich. Denn wie sollte sie ihrem Mann plausibel erklären, dass sie doch nicht zur Polizei gehen wollte? Das würde er ihr bestimmt nicht verzeihen und erst recht nicht verstehen.

Sie grübelte, während sie das Wohnzimmerfenster verließ und langsam zur Flurgarderobe ging. *Ich werde mit Nik erst mal losgehen. Vielleicht schaffe ich es doch. Und wenn nicht, dann gehe ich da nicht rein!*

Mit einem flauen Gefühl im Magen zog sie sich ihre Winterjacke an. Dann wickelte sie sich den langen, selbstgestrickten Schal um den Hals und als sie dabei war sich ihre Stiefel anzuziehen, hörte sie, dass Niklas die Wohnungstür aufschloss und mit Krümel reinkam.

»Super, du bist ja schon startklar! Dann können wir los. Ich gehe nur noch mal auf die Toilette. Es dauert nicht lange. Oder willst du draußen auf mich warten?«

Ihr Herz klopfte heftig und ihre Stimme wollte ihr kaum gehorchen, als sie erwiderte: »Mach das. Ich gehe inzwischen runter, sonst wird es mir hier drinnen zu warm.

Ach nee, Nik, ich gehe doch nicht allein raus.«

In diesem Augenblick öffnete sich die Badezimmertür. »Brauchst du auch nicht, ich bin fertig.«

Kurz darauf gingen sie in Richtung Polizeistation. Je näher sie der Adresse kamen, umso nervöser und unsicherer wurde Yve. Abrupt blieb sie stehen.

»Was ist denn los?«, wollte ihr Mann wissen.

Sie druckste rum. »Sei nicht böse, Nik, aber ich kann ihn nicht anzeigen. Es geht nicht, ich habe höllische Angst. Wenn der das erfährt. Nein, nein! Nein, das will ich nicht.«

In diesem Moment dachte Niklas, dass ihn der Schlag traf! *Hat sie nicht gestern noch gesagt, sie will den Kerl anzeigen. Und jetzt? Sie ändert ihre Meinung wie eine Fahne im Wind! Mal so, mal so. Sie schafft mich! So langsam reicht`s mir.* Er wusste nicht, ob er lachen, weinen, böse sein müsste oder besser schweigen sollte. Fürs Letztere entschied er sich, wenn auch nur vorsichtshalber.

Als er gar nichts sagte, drückte Yve seine Hand und flüsterte leise: »Nik, sei mir nicht böse. Kannst du mich nicht verstehen? Du bist nicht immer zu Hause. Was ist, wenn du weg bist und er mir auflauert? Meinst du nicht, dass die Polizei ihn zur Stellungnahme vorladen wird, wenn eine Anzeige gegen ihn vorliegt? Spätestens dann, glaub mir, erfährt der Greber, wer ihn angezeigt hat und warum. Oder bist du anderer Meinung?«

Sprachlos stand Nik da und schaute seine Frau an wie eine Kuh wenn's donnert. Er konnte und wollte sie nicht verstehen.

»Bitte, Nik, sag doch etwas!«, flehte sie ihn an.

»Mir fällt dazu nichts mehr ein. Und ich begreife es auch nicht. Der Kerl hat dich begrabscht, du traust dich nicht mehr an seiner Tür vorbeizugehen, aber du willst die

Füße stillhalten. Es ist deine Entscheidung. Ich kann sie nicht verstehen, aber ich muss sie wohl oder übel akzeptieren. Ehrlich, Yve, ich habe es pappedickesatt, noch weiter und immer wieder aufs Neue darüber mit dir zu diskutieren. Lass uns nach Hause gehen.« Schon drehte er sich auf dem Absatz um und ging los.

Yve wusste, dass er stinksauer war. Angewurzelt blieb sie zunächst stehen, ehe sie wie ein geprügelter Hund ihrem Mann folgte. Als sie ihn erreicht hatte, schob sie vorsichtig ihren Arm unter seinen. Erleichtert war sie, dass er es geschehen ließ.

Schweigend gingen sie weiter, während sie den eigenen Gedanken nachhingen. Denn sowohl Nik als auch Yve wussten genau, dass die Emotionen gerade mit ihnen durchgegangen waren. Nur das vor dem anderen zuzugeben, fiel beiden schwer.

Als sie beim Bäcker vorbeikamen, nutzte Nik die Gelegenheit, um die Grabesstille zu unterbrechen. Er blieb stehen und fragte sie: »Wollen wir uns Kuchen mitnehmen? Eine Platte Streuselkuchen, da hätte ich Appetit drauf. Dafür lassen wir heute einfach das Mittagessen ausfallen. Was meinst du?«

Yve bedeutete es sehr viel, dass ihr Mann wieder mit ihr sprach. Glücklich und mit einem Lächeln im Gesicht schaute sie ihn an. »Oh ja, das ist eine gute Idee. Streuselkuchen würde ich auch gerne mal wieder essen. Aber wenn du nichts dagegen hast, lass uns nicht sofort nach Hause laufen. Ich möchte zuvor noch in die Bummelallee gehen. Zu Irina und ihrem Hund. Wir haben ihr doch versprochen, dass wir noch einmal miteinander reden.«

»Klar, das können wir machen. Geh rein und kaufe zwei Platten. Eine kannst du ihr dann ja geben.«

»Du bist ein Schatz!«

Als Yve wieder aus dem Bäckerladen herauskam und zwei Kuchenpakete in der Hand hielt, eilte sie auf ihren Mann zu. Ehe er wusste, wie ihm geschah, küsste sie ihn und sagte: »Weißt du eigentlich, wie sehr ich dich liebe?«

Dann gingen beide in Richtung Bummelallee.

Nachdem sie etliche hundert Meter gelaufen waren und Yve schon von Weitem Ausschau nach Irina gehalten hatte, stieß sie ihren Mann an. »Siehst du sie? Ich nicht. Sieh mal, da, wo sie sonst immer mit dem Hund gesessen hat, sitzt jetzt ein alter Mann. Das ist komisch. Und was machen wir jetzt?«

»Bevor wir die Bummelallee absuchen, schlage ich vor, dass wir zu ihm gehen und ihn einfach fragen. Vielleicht kann er uns sagen, wo sie ist.«

»Ja. Das ist eine gute Idee, das machen wir. Hoffentlich weiß er, wo wir Irina finden können.«

Als sie sich dem alten Mann immer mehr näherten, der in einem alten, abgetragenen Mantel und mit Ohrenschützern versehen auf dem Pflaster saß, wurde der Kloß in Yves Hals immer dicker. Und nicht nur das. Denn sie ertappte sich dabei, dass sie zuvor immer weggesehen oder die Straßenseite gewechselt hatte, wenn sie bettelnden Obdachlosen nicht ausweichen konnte.

Doch seit dem Tag, an dem sie mit Irina gesprochen und den alten, kranken Hund gesehen hatte, sah sie diese Menschen mit ganz anderen Augen. Jetzt fragte sie sich, was für ein Schicksal wohl dahintersteckte und was sie dazu gezwungen haben musste, ein Leben auf der Straße zu führen.

Erst als sie direkt vor dem auf dem kalten Pflaster sitzenden Mann standen und als sie Nik sagen hörte: »Guten Morgen, wir möchten Sie gern etwas fragen«, wurde Yve aus ihren Gedanken gerissen.

Der Alte blickte zu den beiden hoch. »Und was?«

Yve erschrak, als sie sah, dass seine Gesichtsfarbe aschgrau war und dass seine dunklen Augen von noch dunkleren und tiefen Augenringen umrandet waren. Selten war sie sprachlos, aber in diesem Augenblick brachte sie kein einziges Wort heraus. Erst als der Alte seine Hand hob und seine Frage wiederholte, wich ihre Erstarrung.

Jetzt beugte sich Yve ein wenig zu ihm runter und hielt ihm ihre Hand zur Begrüßung entgegen. Ungläubig ergriff er sie und nachdem er ‚Morgen' gemurmelt hatte, verschwand seine schrumpelige, kalte Hand schnell wieder in der Manteltasche.

»Können Sie mir bitte sagen, wo ich die junge Frau finden kann, die hier sonst immer mit ihrem Hund auf einer grauen Decke gesessen hat?«

»Irinchen? Meinen Sie Irina und Hugo?«

»Ja, die suchen wir!«

Nik und Yve merkten, dass der Obdachlose überlegen musste. Er legte eine Hand auf seinen Kopf. Aber als er den schüttelte, konnte das nichts Gutes bedeuten.

»Jetzt, wo Sie mich nach ihr gefragt haben!« Der Alte sah die beiden an. »Stimmt, sie ist seit Neujahr nicht mehr hier gewesen. Und den Hund habe ich auch nicht gesehen. Beide waren seitdem nicht mehr hier auf ihrem Stammplatz. Deshalb habe ich mich hier hingesetzt. Ist etwas geschützter. Sollten Irinchen und ihr Hugo aber wiederkommen, gehe ich woanders hin.«

»Wissen Sie denn, wo Irina sein könnte?« Yve sah ihn erwartungsvoll an. »Oder haben Sie eine Ahnung, wo sie mit ihrem Hund vielleicht hingegangen ist?«

»Habe ich nicht! Ich vermute, dass sie weitergezogen ist. Davon kann man sich kaum etwas zu essen kaufen.« Er zeigte mit der Hand auf die Blechdose, die vor ihm stand und in der sich nur wenige Cent- und Eurostücke befanden. »Und wenn man auch noch einen Hund satt bekommen will, das haut auf Dauer nicht hin. In einer größeren Stadt, da kommen täglich doch mehr Menschen vorbei, die mal etwas in die Büchse werfen. Na ja, dafür lebt man hier weitaus ruhiger. Außerdem muss ich bei Tag und Nacht nicht auf der Lauer liegen, weil ich wie ein Schießhund auf meine wenigen Habseligkeiten aufpassen muss.«

Während er das erzählt hatte, sah Yve, dass neben ihm an der Hauswand zwei prall gefüllte Plastiktüten standen, in denen wohl sein ganzer Besitz verstaut war.

Yve spürte ganz genau, dass in seinen Worten nicht nur Schwermut, sondern auch Resignation lag. Letzteres sagte ihr auch, dass der Alte schon viele Entbehrungen hatte hinnehmen müssen. Und dass er sich inzwischen, wenn auch notgedrungen, an ein Leben auf der Straße längst gewöhnt hatte.

Auf einmal merkte sie, dass Niklas sie umfasste und sagte: »Wir müssen weiter. Komm, lass uns gehen.«

Dann zückte er seine Geldbörse, holte einen fünf Euro-Schein daraus hervor und legte dem alten Mann diesen in seine faltige Hand.

»Oh, danke! Wenn Sie Irina finden, grüßen Sie sie bitte von mir, von ihrem alten Willi! Sagen Sie ihr, dass ich ihren Platz warmhalte.«

»Das machen wir gern! Ach so, der Kuchen ist für Sie. Auf Wiedersehen.«

Als Yve ihm das Päckchen überreicht hatte, grinste Willi sie an und stellte unverblümt klar: »War wohl eher für Irina gedacht. Aber ich lasse ihn mir auch schmecken. Für mich ist gerade Ostern und Weihnachten. Danke, junge Frau, und schönen Tag noch!«

Laut lachend rief sie ihm im Weggehen noch zu: »Dito,

Willi, und guten Appetit.«

»Junge Frau, den werde ich haben! Ganz bestimmt.«

Daraufhin drehte sich Yve zu ihrem Mann um und als sie nach seiner Hand greifen wollte, hörten sie, dass jemand auf einer Mundharmonika das Lied spielte:

*Dieses Lied ist nur für dich,*
*wenn du es hörst,*
*dann denk an mich …*

*Gaby Albrecht / Songwriter: Bernd Meinunger / Willy Klueter*

Ihre Köpfe schnellten in die Richtung, aus der die Melodie kam. Und dann sahen sie Willi, der ihnen auf seiner Mundharmonika spielend zuzwinkerte.

Mit Tränen in den Augen winkten Yve und Niklas ihm ein letztes Mal zu, dann drehten sie sich wieder um und gingen händchenhaltend heim.

Obwohl draußen kein Schnee mehr lag, inzwischen jedoch ein eisiger Ostwind wehte, kamen beide eine halbe Stunde später total durchgefroren zu Hause an.

Krümel kam sofort aus seinem Körbchen und sauste freudig bellend auf sein Frauchen und Herrchen zu.

»Du, Yve, ich gehe mit der Fußhupe gleich noch eine Gassi-Runde. Wenn du willst, kannst du in der Zwischenzeit ja schon Kaffee kochen.«

»Okay, so machen wir das. Aber du sollst zu unserem Krümelchen nicht immer Fußhupe sagen! Das tut ihm doch weh! Hast du deine Schlüssel?«

»Das tut ihm weh! Ihm oder dir? Ich lach mich schlapp. Wenn ich Krümel zu ihm sage, weiß er gar nicht, dass ich ihn meine. Die Schlüssel?« Nik griff in seine Jackentasche, zog sie heraus und zeigte sie seiner Frau. »Jau, hier sind sie. Wir gehen jetzt, aber lange sind wir nicht weg.« Schon verließ er die Wohnung.

In der Zwischenzeit, in der Nik mit der Fußhupe Gassi

ging, kochte Yve Kaffee und schnitt die Platte Streuselkuchen in Stücke.

Fünfzehn Minuten später waren beide wieder zurück. Nik machte Krümel die Leine und das Halsband ab. Als er seine Schuhe in den Schuhschrank gestellt, die Jacke ausgezogen und an die Flurgarderobe gehängt hatte, stöhnte er auf. »Mein Gott, ich bin echt fertig. Für heute reicht es. Vor die Tür bewege ich mich keinen Schritt mehr. Hast du den Kaffee fertig?«

»Ja gleich, der Tisch ist gedeckt. Geh doch schon ins Esszimmer und setz dich hin. Nicht, dass du vor lauter Schwäche noch umfällst!«

»Du Scherzkeks! Es macht dir wohl Spaß, dass du dich auf meine Kosten amüsieren kannst? Na warte, Rache ist bekanntlich süß!«

Kurz darauf saßen sie zusammen am Esszimmertisch, tranken den Kaffee und ließen sich den frischen Streuselkuchen schmecken. Alles schien zwar wie immer, dennoch war die Stimmung anders. Bedrückt.

Es dauerte nicht lange, dann fragte Nik seine Frau: »Und was gedenkst du jetzt zu tun? Willst du alles weiter so schleifen lassen oder hast du dir nochmal Gedanken gemacht, wie es jetzt weitergehen soll?«

»Das habe ich.«

»Wow! Da bin ich aber gespannt. Darf ich denn erfahren, zu was für einem Ergebnis du gekommen bist?«

»Nik, sag mal, was hältst denn du davon, wenn wir Thorsten Schmietts informieren. Vielleicht könnte der ..., na ja, ich weiß nicht, aber vielleicht könnte er mit seinem Mieter ein ernstes Wort reden.«

»Keine schlechte Idee. Darüber werde ich nachdenken«, erwiderte ihr Ehemann.

»Du kennst Thorsten und du kannst doch wirklich gut mit ihm reden. Wenn du ihn anrufst und ihm die Sachlage hier schilderst, ist es besser, als wenn du ihm eine Mail schreibst. Er hat sich doch bestimmt Nachweise von dem Greber geben oder zeigen lassen, bevor er ihm seine Wohnung vermietet hat. Pass mal auf, wenn der gar kein Security-Mitarbeiter ist, sondern uns angelogen hat.«

»Darüber habe ich auch schon nachgedacht. Ja, du hast recht. Ich sollte Thorsten in New York anrufen und ihn fragen, was er über den Kerl weiß. Vielleicht sagt er es mir, sicher bin ich mir natürlich nicht. Aber jetzt lass uns in Ruhe unseren Kaffee genießen.«

Nachdem Yve den Kaffeetisch abgeräumt hatte, ging sie zurück ins Wohnzimmer. Als sie sah, dass Nik auf dem Sofa Platz genommen hatte, setzte sie sich neben ihn und stieß ihn an. »Du! Hast du schon darüber nachgedacht?«

»Über was?« Er legte seine Stirn in Falten. »Ach so, darüber. Na klar, ich werde gegen Abend mit ihm telefonieren. Bis dahin kannst du dir Gedanken machen, was ich ihm sagen und was ich ihn fragen soll. Nicht, dass du hinterher wieder sagst, ach, hättest du …!«

Daran, wie er mit ihr sprach und was er sagte, merkte sie, dass er immer noch verschnupft war.

»Du bist noch sauer auf mich, oder?«

»Na ja, wenn du mich schon fragst, bin ich.«

»Nik, wenn ich heute zur Polizei gegangen wäre und hätte ihn angezeigt«, sie zögerte. »Glaub mir, wenn der das rausgekriegt hätte …, der hätte mich totgeschlagen!«

»Du übertreibst mal wieder maßlos! Aber das Thema ist durch. Wir machen es so, wie du gesagt hast. Ich werde nachher mit Thorsten sprechen. Danach wissen wir mehr oder auch nicht. Wenn einer was unternehmen kann, dann ist er es. Schließlich ist es sein Haus und seine Wohnung.

Und so gut sollte er uns kennen, dass er weiß, dass wir nicht übertreiben und erst recht nicht lügen.«

Dass das Thema damit für ihn beendet war, zeigte er seiner Frau deutlich, indem er demonstrativ seinen Laptop anschaltete, der vor ihm auf dem Couchtisch stand, und die Mails checkte.

Obwohl Yve neben ihm saß und sie ihn gern noch etwas gefragt hätte, ließ sie es sein. Denn immer, wenn sie ihn von der Seite anschaute und ihm eine Frage stellen wollte, verließ sie der Mut. Niklas tat so, als wäre sie nicht da.

Beim besten Willen konnte sich Yve nicht daran erinnern, dass sie sich in den sechs Ehejahren jemals so alleingelassen und unverstanden vorgekommen war. Klar, es gab auch Streitigkeiten zwischen ihnen. Meistens ging es um irgendwelchen Firlefanz. Aber diese Meinungsverschiedenheiten waren stets schnell vom Tisch und wurden auch nicht aufs Neue aufgewärmt. Aber diesmal ...!

Sie dachte nach.

Dabei kam sie zu dem Ergebnis, dass sie, seit dieser Leon Greber ins Haus eingezogen war, nur noch wegen ihm diskutierten und sich stritten. Und das immer und immer wieder. Yve konnte es nicht glauben, dass ihre überaus glückliche Ehe seitdem eine ganz andere Richtung einzuschlagen drohte. Eine, die ihr nicht gefiel. Sie wollte deshalb noch einmal mit ihrem Mann über das unliebsame Thema sprechen, denn so konnte und durfte es nicht weitergehen. Sie wollte es nicht zulassen, dass ihre Ehe wegen diesem Kerl womöglich in die Brüche ging.

Als wenn Niklas die Gedanken seiner Frau lesen konnte, klappte er plötzlich seinen Laptop zu und schob ihn zur Seite. Dann sah er sie forschend an.

Daraufhin fackelte Yve nicht lange, sondern sagte: »Wir müssen reden, Nik! Ich habe nachgedacht.«

»Worüber?«

»Über uns, den Scheißkerl unter uns, über das einmal Hü- und dann wieder Hottsagen. Und darüber, dass wir einander einfach wieder mehr verstehen müssen. Ich dich und du mich!«

Was folgte, war ein gefühlsbetontes, nervenaufreibendes, aber auch ein beiderseits einsichtsvolles Gespräch.

Im Nachhinein wussten beide, dass diese Aussprache schon längst überfällig gewesen war. Denn das, was jetzt an bislang Ungesagtem auf den Tisch kam, hatten sie zuvor unter den Teppich gekehrt. Mag sein, dass das aus Unverständnis und Feigheit passiert war oder weil sie den anderen nicht unter Druck setzen wollten.

Niklas war erleichtert, dass sie sich ausgesprochen hatten. Er rückte näher an seine Frau heran und drückte sie an sich. »Du, Yve, das nächste Mal reden wir eher. Soll ich dir sagen, was ich jetzt mache? Ich schreibe Thorsten eine E-Mail. Er soll sich bei uns melden, wenn er Zeit hat. Was hältst du davon?«

»Sehr gut. So stören wir ihn nicht, falls er gerade in einer Besprechung ist. Ich bin gespannt, was er sagt und wie er darauf reagiert. Nik, möchtest du was trinken?«

»Eine Tasse Kaffee nicht, aber auf ein gut gekühltes Weizenbier hätte ich Bock.«

»Oh, da habe ich auch Appetit drauf, bin schon weg. Du kannst ja derweil die Mail schreiben.«

Yve verschwand in der Küche. Während sie das Bier langsam in die Gläser laufen ließ, lächelte sie. Dass sie sich mit ihrem Mann hatte aussprechen können, ohne dass sie sich diesmal mit gegenseitigen Vorwürfen bombardiert hatten, darüber war sie unsagbar dankbar und sichtlich erleichtert.

Als Yve wenig später die Biergläser auf den Wohnzimmertisch gestellt hatte, sagte Nik zu ihr: »So, die Mail ist raus. Nun heißt es abwarten, bis sich Thorsten meldet.«

Gegen Abend klingelte bei Lehmanns das Telefon.

Als Niklas aufs Display sah, wusste er anhand der Auslands-Vorwahlnummer sofort, dass der Anrufer nur Thorsten Schmietts sein konnte.

»Lehmann, guten Abend.«

»Hallo, Niklas, ich habe Ihre Mail bekommen. Sie baten um einen Anruf, weil sich Ihre Frau vor Leon Greber fürchtet? Was ist der Grund dafür?«

Präzise und dennoch in möglichst knappen Sätzen erzählte Nik seinem Vermieter, was sich seit Silvester zugetragen hatte. Nichts ließ er aus. Auch nicht, dass Krümel Silvester gebellt hatte und dass Leon Greber daraufhin wütend zu ihnen hochgekommen war. Außerdem erzählte er ihm auch, dass Leon Greber sich bei diesem ersten Kennenlernen nicht gerade von einer freundlichen Seite gezeigt hatte. Eher von einer bedrohlichen. Aber dass er kurz darauf seine Frau sexuell belästigt und massiv bedroht hatte, das hätte das Fass zum Überlaufen gebracht.

»Ich fasse es nicht!« Thorsten Schmietts schien außer sich zu sein. »Niklas, und das, was Sie mir gerade erzählt haben, ist alles seit Silvester passiert?«

»Ja! Thorsten, wir kennen uns, und nicht erst seit gestern. Von daher nehme ich an, dass Sie uns glauben. Wir waren heute Vormittag schon auf dem Weg zur Polizei und wollten Anzeige erstatten. Doch Yve hat einen Rückzieher gemacht, weil sie Angst hat. Nun wollten wir Sie fragen, was Sie von dem Mann wissen. Uns gegenüber hat er sich nämlich als Security-Mitarbeiter ausgegeben und vorgestellt. Doch das, was er gemacht hat und was er beruflich tut, das passt nicht zusammen. Fakt ist, dass Yve sich nicht mehr an seiner Wohnungstür vorbeitraut.«

»Ich bin natürlich bestürzt über das, was Sie mir berichtet haben. Ich kann Ihnen nur sagen, dass Herr Greber auf mich einen seriösen Eindruck gemacht hat. Er sagte mir, dass er beruflich für ein halbes Jahr hier sei und dass von daher meine Wohnung, die ich befristet und vollständig möbliert vermiete, für ihn wie gerufen komme. Er hat umgehend die Mietkaution bezahlt und auch gleich drei Monatsmieten im Voraus. Nachdem ich das jetzt weiß, werde ich auf keinen Fall den befristeten Vertrag nach Ablauf der sechs Monate verlängern. Darauf gebe ich Ihnen und Ihrer Frau mein Wort. Morgen werde ich mit meinem Bruder Kontakt aufnehmen, der soll den feinen Herrn mal genauer unter die Lupe nehmen. Und wenn wieder etwas vorkommt, dann, Niklas, rufen Sie mich sofort an! Sollte ich beruflich unterwegs sein, sprechen Sie auf den AB. Ich rufe schnellstmöglich zurück.«

»Danke, Thorsten, dass Sie sich gleich gemeldet haben. Es beruhigt Yve bestimmt etwas, wenn sie weiß, dass er bald wieder ausziehen wird. Wir wünschen Ihnen noch einen schönen Abend.«

»Den wünsche ich Ihnen beiden auch. Bye!«

»Tschau!«

Yve, die das Gespräch mitgehört hatte, atmete auf und sagte mit Tränen in den Augen: »Gott sei Dank hat Thorsten ihm die Wohnung nicht für die drei Jahre vermietet, die er geschäftlich in New York ist. Ich bin so froh, dass sein Bruder vor Ort ist und dass er sich jetzt darum kümmern soll.« Dann schlang sie ihre Arme um den Hals ihres Mannes, schmiegte sich an ihn und fing vor Erleichterung an zu weinen.

»Alles wird gut, Mausi, alles wird gut! Ganz bestimmt. Ich bin echt gespannt, ob Thorstens Bruder etwas über ihn in Erfahrung bringt. Jetzt decken wir schnell zusammen den Abendbrottisch, essen was und anschließend sollten wir mit der Fußhupe noch eine Runde laufen. Und wenn wir davon zurück sind«, Niklas küsste seine Frau, »dann machen wir es uns richtig gemütlich!«

»Oh ja, das machen wir! Nik, aber wir gehen mit Krümel nur kurz raus, okay? Ich freue mich nämlich schon aufs Kuscheln.«

»Ich mich auch!« Daraufhin ließ sie ihren Mann los und wischte sich ihr tränennasses Gesicht mit dem Ärmel ihres Pullovers ab. Und während sich Yve vom Sofa erhob, dachte sie: *Endlich! Endlich ist mein Nik wieder der Nik, den ich kenne und den ich von ganzem Herzen liebe.*

# KAPITEL ZEHN

## SCHLIMME DIAGNOSE

Bevor Wolfgang Fuchs Irina berichten konnte, wie es um ihren Hund stand, fing der leise an zu winseln.

»Du musst wohl vor die Tür, Hugo?« Irina sah ihn an. Dann fragte sie den Tierarzt, ob sie mit ihrem Hund in den Garten gehen dürfte.

»Natürlich, das Grundstück ist groß genug. Gehen Sie und lassen Sie sich Zeit. Unser Gespräch läuft schließlich nicht weg.«

Wenn er ehrlich mit sich selbst war und in sich hineinhorchte, dann war er froh, dass dadurch die Zeit noch etwas rausgeschoben wurde, ehe er ... Wolfgang Fuchs wurde aus seinen Gedanken gerissen, weil sich in diesem Augenblick Hugo erhob.

Von nun an beobachtete der Tierarzt jede seiner Bewegung. Wie er aufstand und wie er langsam davonhumpelte. Dabei sah er, dass der Hund große Schmerzen haben musste. Doch das, was er nachher Irina sagen musste, bereitete ihm jetzt schon Bauchweh. Okay, als Tierarzt hatte er schon sehr vielen Tierbesitzern Trauriges mitteilen müssen, aber bei Hugo und seinem Frauchen sah es anders aus, weitaus folgenschwerer.

Für Tanja und Steffen, denen die Sorgenfalten auf Wolfgang Fuchs` Stirn nicht entgangen waren, konnten diese nur heißen, dass er ihrer Freundin nichts Gutes mitzuteilen hatte.

Kaum dass Irina mit ihrem Hund das Zimmer verlassen hatte, fragte Tanja ihn: »Es steht wohl nicht gut um Hugo, Herr Fuchs?«

Er schüttelte nur den Kopf, aber sagte kein Wort.

Es dauerte nicht lange, schon kam Irina mit ihrem stark hinkenden Hugo wieder rein. Nachdem er etwas Wasser aus dem Napf gesoffen hatte, legte er sich gleich wieder hin. Irina ging noch einmal zu ihm, beugte sich hinunter und strich Hugo sanft über sein Fell. »Braver Hund! Du bist der Allerbeste.«

Als sie zwischen Tanja und Steffen auf dem Sofa saß, sah sie den erfahrenen Tierarzt fragend an. Nur schwer konnte er ihrem sorgenvollen Blick standhalten und doch musste er für einen Moment seine aufflackernden Emotionen vergessen. Jetzt war ausschließlich der Tierarzt a. D. gefragt! Und der war nun an der Reihe, ihr die ganze Wahrheit zu sagen.

»Herr Fuchs, sagen Sie mir, was Hugo hat. Ich halte das Warten und die Ungewissheit nicht mehr aus.«

»Das kann ich verstehen. Und weil ich nachvollziehen kann, wie es in Ihnen aussieht, Irina, will ich auch nicht lange um den heißen Brei herumreden.«

Irinas Augen wurden feucht, als sie ihm die Frage stellte: »Ist Hugo denn sehr krank?«

»Schwer krank, mein Kind. Leider.«

In diesem Augenblick, als sie Hilfe suchend nach Steffens Hand griff, wich aus ihrem Gesicht jegliche Farbe.

»Und was hat er?«

Bevor Wolfgang Fuchs antworten konnte, sah er, dass Tanja ihre Hand noch auf die von Irina und Steffen legte. Dass sie einander verbunden waren, zeigte diese Geste.

Zunächst noch etwas zaudernd erzählte er Irina und ihren beiden Freunden, was er bei Hugos Untersuchung festgestellt hatte. »Na ja, mir fällt es nicht leicht, Ihnen sagen zu müssen, dass …, dass ihr Hugo sehr krank ist.«

Er hüstelte. Dann redete er weiter. »Dass der große Hund an HD leidet, das habe ich gesehen, als Sie mit ihm die Bummelallee entlanggelaufen sind. Diese Hüftgelenksdysplasie hat er schon länger. Jedoch ein Leben auf der Straße, wo er Wind und Wetter ausgesetzt ist, macht ihm zusätzlich das Leben schwer. Irina, verstehen Sie das nicht als Vorwurf! Damit will ich nur sagen, dass gerade die nasskalte Witterung Gift für seine Gelenke ist. Solch eine Hüftgelenksdysplasie und die damit verbundenen Schmerzen sind vergleichbar mit …, hm, als wenn ein Mensch an schwerer Arthrose erkrankt ist. Und damit Hugo einigermaßen schmerzfrei laufen kann, dafür gebe ich Ihnen nachher Tabletten mit. Zwar wird er keine Rennen mehr absolvieren können, aber die Humpelei und die höllischen Schmerzen hören auf. Na ja, weitestgehend, davon gehe ich aus.«

»Dass Sie mir für Hugo Tabletten mitgeben wollen, das ist so lieb. Aber …«, Irina musste schlucken, während sie mit den Tränen kämpfte, »aber ich kann die nicht bezahlen. Erst, wenn ich wieder eine Arbeit gefunden habe. Dann zahle ich alles in Raten zurück, Herr Fuchs.«

»Ich habe doch bereits gesagt, dass ich von Ihnen kein Geld haben möchte. Schon vergessen, mein Kind?« Er lächelte sie an und seine Augen strahlten dabei unsagbar viel Güte aus.

»Nein, das habe ich nicht. Es ist mir aber peinlich.«

»Schluss jetzt! Peinlich muss Ihnen nichts sein, ich helfe Hugo gern. Doch das ist leider nicht alles. Es gibt da noch was und da kann ich ihm nicht mehr helfen.«

Der Tierarzt machte eine Pause als er sah, dass Irina zu zittern anfing, ihn verängstigt anblickte und ihn kaum hörbar fragte: »Was ist mit Hugo?«

Tanja und Steffen, die bislang aufmerksam zugehört hatten, wussten genau, wie sich Irina jetzt fühlte. Und das tat ihnen in der Seele leid. Zu gern würden sie ihr helfen, aber das konnten sie nicht. Stattdessen strich Steffen mit seiner Hand über ihre tränennasse Wange, während Tanja jetzt ihren Arm um sie legte. Dankbar lächelte Irina ihre Freunde an, bevor sie ihre Frage wiederholte. »Bitte, Herr Fuchs, sagen Sie mir, was meinem Hugo fehlt. Ich möchte endlich wissen, wie krank er wirklich ist.«

Herr Fuchs räusperte sich. »Er ..., er ist unheilbar krank, Irina. HD ist auch nicht heilbar, aber behandelbar. Allerdings gehe ich davon aus, dass Hugo Lymphdrüsenkrebs hat. Zahlreiche Lymphdrüsen sind erheblich vergrößert und die gesundheitlichen Symptome, die Ihnen – außer dem Humpeln – bei ihm aufgefallen sind, bestätigen meine Diagnose zu 99%. Das maligne Lymphom lässt sich mit einer Chemotherapie zwar behandeln, aber damit würde sich in Hugos Fall seine Leidenszeit nur verlängern. Zumal er gesundheitlich absolut nicht in der besten Verfassung ist. Und sein Herz hat vorhin beim Abhorchen auch nicht ganz gleichmäßig geschlagen. Wenn es mein Hund wäre, Irina, ich würde eine Chemo ablehnen. Mit Sicherheit haben sich schon Metastasen gebildet, aber um sagen zu können wo, dazu müssten weitere Untersuchungen erfolgen. Diese würde ich Hugo gern ersparen. Zumal ich beim Abtasten festgestellt habe, dass seine Milz vergrößert ist. Außerdem ist er sehr kurzatmig.«

Völlig versteinert saß Irina zwischen Tanja und Steffen und war unfähig ein Wort zu sagen oder Wolfgang Fuchs eine Frage zu stellen. Was allen auffiel, war, dass sie nicht mehr weinte, sondern nur stumm den Kopf schüttelte.

Erst als Steffen seine Gefühle wieder unter Kontrolle hatte und den Tierarzt fragte, wieviel Zeit Hugo noch bliebe, schnellte Irinas Kopf zu ihm herum. Sekunden später sah sie Herrn Fuchs mit verstörtem Gesichtsausdruck an und wartete beklommen auf seine Antwort.

»Ich bin kein Prophet, von daher weiß ich es nicht. Allerdings befürchte ich, dass er den nächsten Jahreswechsel wohl nicht mehr erleben wird. Es tut mir sehr leid, mein Kind, denn ich weiß, dass das ein Schock für Sie ist. Liebend gern hätte ich Ihnen etwas anderes gesagt, das dürfen Sie mir glauben.«

Immer noch sagte Irina nichts.

Sie saß da nur – wie geistesabwesend – und konnte keinen klaren Gedanken mehr fassen.

Dem Tierarzt tat es weh, sehr weh, als er sah, dass Irina ihn wie ein geohrfeigtes Wesen anschaute. Obendrein hatte er das Gefühl, als wenn sie ihm jetzt zu gern ins Gesicht geschrien hätte: *Sie lügen! Sagen Sie schon, dass sie lügen und dass das nicht stimmt!*

Wolfgang Fuchs musste etwas tun, nur was?

Dass er sie nicht trösten konnte, das war ihm bewusst. Er konnte nur versuchen, ihr die Furcht vor den kommenden Monaten zu nehmen. Von daher setzte er mit gut überlegten Worten seine Rede fort. »Ich weiß, dass Sie das nicht hören wollten, aber Sie baten darum, die ganze Wahrheit zu erfahren. Daran habe ich mich gehalten. Sie müssen schließlich wissen, was Ihr Hund hat. Auch habe ich Ihnen gesagt, was ich für richtig empfinde. Aber darf ich Ihnen noch etwas sagen?«

Irina nickte.

»Hugo braucht Sie jetzt! Er sollte nicht merken, dass Sie Angst um ihn haben. Wenn er das spürt, das ist nicht gut für ihn. Sie müssen jetzt besonders stark sein, auch wenn es Ihnen schwerfällt! Zwingen Sie sich dazu! Sie tun es für Ihren schwer kranken Hund. Eins verspreche ich Ihnen, Irina, ich werde alles tun, damit Hugo möglichst schmerzfrei seine letzten Tage, Monate erleben darf, zusammen mit Ihnen! Und sie dürfen jederzeit zu mir kommen.«

Kaum hatte er das letzte Wort ausgesprochen, fing Irina an zu weinen, so als wenn der Himmel alle Schleusen auf einmal geöffnet hätte. Ihr Körper bebte und die Stimme wollte ihr kaum gehorchen, als sie Wolfgang Fuchs unter Tränen fragte, auf was für Symptome sie bei Hugo jetzt besonders achten sollte.

Nachdem sie ihm diese Frage gestellt hatte, blickte sie ihn mit verweinten Augen an und sagte leise: »Und dabei weiß ich noch nicht einmal, wie alt mein Hugo ist ...«

»Bevor ich Ihnen sage, was für Krankheitssymptome bei Hugo noch auftreten können, mache ich für uns einen Espresso. Ich glaube, eine kleine Pause zum Durchatmen tut uns allen gut. Kommen Sie, Tanja, helfen Sie mir bitte.« Er zwinkerte seinen Gästen zu und schob hinterher: »Vier kleine Tassen kann ich allein nicht tragen.«

Während Irina und Steffen schweigend ihren Gedanken nachhingen, ging Tanja unterdessen in der Küche Herrn Fuchs zur Hand. Die Espresso waren schnell fertig, sodass Tanja und der Tierarzt ziemlich fix zurückkamen und die Tassen auf dem Tisch abstellten.

»Bitte lassen Sie sich den schmecken.« Er lächelte, als er hinzufügte: »Danke für die Hilfe, Tanja. Eine Frau war schon ewig nicht mehr in meiner Küche.«

»Das habe ich sehr gern getan. Ich muss mich bei Ihnen bedanken, aber Sie sich nicht bei mir.«

Irina griff nach ihrer Tasse. Doch bevor sie sie mit zitternder Hand an den Mund setzte, sah sie Wolfgang Fuchs an. Errötend und kaum hörbar sagte sie: »Dankeschön, Herr Fuchs, danke. Ich weiß gar nicht, wie ich mich jemals revanchieren kann.«

»Papperlapapp! Das Thema hatten wir schon. Darüber brauchen wir kein weiteres Wort zu verlieren. Aber jetzt beantworte ich Ihnen das, was Sie mich vorhin gefragt haben. Fangen wir mit der letzten Bemerkung an. Ihr Hund, Irina, dürfte sieben, eher wohl acht Jahre alt sein. Eigentlich noch kein Alter für einen Hund. Aber Hugo ist sehr groß und schwer. Darum gehört er mit seinen sieben, acht Jahren auch schon zu den Älteren. Doch jetzt helfen wir ihm, dass er die verbleibende Zeit möglichst schmerzfrei erleben und mit Ihnen verbringen kann. Irina, Sie sehen ja, Hugo liegt ganz entspannt auf seinem Platz. Die Spritze, die ich ihm vorhin gegeben habe, hat ihre Wirkung nicht verfehlt. Und wenn er nachher aufsteht, passen Sie mal auf, dann hinkt er auch nicht mehr so stark.« Und obwohl es ihm in dieser Situation nicht leichtfiel, nickte Wolfgang Fuchs ihr mutmachend zu.

Dann, nachdem er seinen Espresso ausgetrunken hatte, erzählte er Irina, Tanja und Steffen, auf was sie in Zukunft achten sollten, und wann und wie hoch dosiert Irina ihrem Hugo das Schmerzmittel verabreichen müsste.

Als wenn Hugo gespürt hätte, dass er die Hauptperson war, über die geredet wurde, erhob er sich auf einmal von seinem Platz, schüttelte sich kurz und lief auf sein Frauchen zu. Und als Irina sah, dass ihr alter Hund, zwar noch leicht humpelnd, aber dennoch viel besser laufend auf sie zukam, kullerten Freudentränen über ihr Gesicht.

»Danke! Vielen lieben Dank, Herr Fuchs …«, stammelte sie, »danke, dass Sie Hugo geholfen haben.«

Kaum lag Hugo vor ihren Füßen, beugte sie sich zu ihm hinunter, streichelte ihn und flüsterte: »Ich hab dich ja so lieb! Pass mal auf, bald geht es dir besser, dann tut dir nichts mehr weh.«

Auch der Tierarzt, der jede seiner Bewegungen genau beobachtet hatte, war zufrieden mit dem, was er sah. Dass er dem Hund die größten Schmerzen anscheinend nehmen konnte, stimmte ihn zuversichtlich. Gleichzeitig dachte er: *Stimmt, Irina! Bald tut ihm nichts mehr weh, denn schon bald wird er über die Regenbogenbrücke gehen.* Laut sagte er das nicht, sondern in diesem Moment freute er sich, dass Irina wieder lächelte.

Gegen vierzehn Uhr verabschiedeten sich Irina, Tanja und Steffen von Wolfgang Fuchs. Und als Hugo neben dem betagten Tierarzt stand, beugte er sich zu dem Hund hinunter. Nun strich er kurz über Hugos Kopf und raunte ihm dabei zu: »Und du, mein alter Knabe, mach deinem Frauchen nicht solchen Kummer. Du bist ein guter Hund, das weiß ich, erinnerst mich an meine Brunhilde!«

Als Wolfgang Fuchs sich gerade umdrehen wollte, um seine Gäste zur Haustür zu begleiten, zeigte Irina mit dem Zeigefinger auf ein großes Farbfoto, das in der Diele an der Wand hing. »Ist das Ihre Hündin, Herr Fuchs?«

»Ja, das war meine Brunhilde. Sie ist fast so groß wie Hugo gewesen. Ich musste sie loslassen, denn zuletzt«, er hüstelte, »zuletzt konnte ich sie nur noch von ihrem Leid erlösen.« Hier hielt er kurz inne, bevor er weitersprach. »Man sollte jedes Lebewesen in Würde von dieser Welt gehen lassen. Zumal hinter der Regenbogenbrücke unsere Weggefährten von ihren Kumpels in Empfang genommen werden. Dort haben sie ein schönes Leben. Damit tröste ich mich. Dennoch fehlt sie mir, meine Brunhilde. Schluss jetzt! Ich werde sentimental. Kommen Sie gut heim. Und wenn die Tabletten zur Neige gehen, kommen Sie zu mir, ich gebe Ihnen dann wieder welche mit.«

Ohne zu zögern, ging Irina auf den freundlichen alten Mann zu und ehe er sich versah, legten sich zwei Arme um seinen Hals. »Sie muss der Himmel in unser Leben geschickt haben.« Rasch ließ sie ihn wieder los. »Oh, bitte entschuldigen Sie, dass ich Sie einfach umarmt habe.«

Worauf sie mit hochrotem Gesicht vor ihm stand, ihn aber nicht ansehen konnte, weil sie sich für das, was sie gerade getan hatte, in Grund und Boden schämte.

»Mir hat es gefallen!« Herr Fuchs lachte. »Nun glauben Sie ja nicht, dass ich ein Engel auf Erden bin. Nein, ich bin eher ein etwas verbitterter, einsamer alter Mann. Von daher, mein Kind, versuche ich nur noch einige Pluspunkte beim Herrgott zu sammeln, bevor er mich zu sich ruft. Sie sehen, ich bin ein Egoist.«

Aufbrausend entfuhr ihr daraufhin: »Quatsch! Das sind Sie gar nicht! Und der da oben«, Irina zeigte gen Himmel, »der will Sie sowieso noch nicht.«

Als sie merkte, dass ihre Augen feucht wurden, wandte sie ihm den Rücken zu und ging zur Haustür, wo Tanja und Steffen standen und schon auf sie und Hugo warteten.

Doch dann drehte sie sich noch einmal zu Wolfgang Fuchs um und sagte lächelnd: »Auf Wiedersehen. Danke für Ihre Hilfe und die netten Stunden, die wir bei Ihnen verbringen durften.«

Winkend verließen daraufhin alle die Wohnung. Doch kaum dass die schwere Haustür hinter ihnen zugefallen war, ging er eilends darauf zu, dann öffnete er sie wieder und rief ihnen hinterher: »Wartet! Irina, ich habe noch was, muss es nur holen.« Weg war er.

Minuten später stand er wieder im Türrahmen und hatte einen Hundekorb in seinen Händen. »Der ist für Hugo. Da hat mein altes Mädchen, meine Brunhilde, immer drin gelegen. Nehmt ihn mit, dann erfüllt er noch einen guten Zweck.« Schon drückte er den Plüschkorb Steffen in den Arm.

Dann ging er auf Irina zu, griff nach ihrer Hand und legte ihr einen Fünfzig-Euro-Schein hinein. »Nichts sagen! Ich will kein Wort hören. Kümmern Sie sich um Hugo, vielleicht hilft das Geld, dass Sie nicht gleich wieder mit ihm auf die Straße gehen müssen.«

Ohne eine Antwort abzuwarten, verschwand er in seinem Haus und schloss die Haustür hinter sich.

Währenddessen starrte Irina auf den Schein, der wie Feuer in ihrer Hand brannte, und sie überlegte, wann sie zuletzt so viel Geld hatte.

Sie blickte zurück zum Haus. Dann sah sie, dass Herr Fuchs an einem der Fenster stand. Sie hob den Arm und als sie ihm aus Leibeskräften zuwinkte, liefen Tränen der Dankbarkeit über ihre Wangen. Nachdem sie sich diese mit ihrem Ärmel abgewischt hatte und erneut zum Fenster schaute, hatte sich Wolfgang Fuchs davon entfernt.

»Komm, Irina, lass uns gehen.« Tanja hakte sie unter und zog sie mit sich. »Umso eher kann es sich Hugo in dem neuen Körbchen bequem machen.«

Schweigend und in Gedanken vertieft traten sie den Weg zu ihrem Bauwagen an. Denn das, was ihnen heute an Gutem widerfahren war, überstieg bei Weitem das, was sie sich jemals in ihren kühnsten Träumen hätten vorstellen können.

Die Stille unterbrach Steffen, indem er sagte: »Guckt mal! Hugo, der hinkt gar nicht mehr. Na ja, nicht mehr andauernd, nur noch ab und zu. Und rumschnüffeln tut er auch wieder. Du, Irina, ihm geht es tatsächlich besser!«

»Stimmt!« Tanja zog ihre Freundin an sich. »Wie geil ist das denn! Mensch, das freut mich so für euch beide.«

Statt etwas zu erwidern, blieb Irina stehen. Daraufhin

blieb auch Hugo stehen und blickte sein Frauchen an. Irina ging auf ihn zu, beugte sich zu ihm hinunter, flüsterte ihm etwas ins Ohr und tätschelte mit ihrer Hand seinen Kopf.

Dann gingen alle weiter. Es dauerte nicht mehr lange, schon hatten sie das Ende der Bummelallee erreicht. Nun war es nicht mehr weit, jetzt trennten sie nur noch wenige hundert Meter von ihrer Unterkunft.

Was weder Steffen, Tanja, Irina oder Hugo auffiel, war, dass ihnen in gebührendem Abstand eine Frau folgte, die sie nicht aus den Augen ließ. Nach einer ganzen Weile des Hinterherlaufens blieb sie kurz stehen, aber nur, um ihr Smartphone aus der Handtasche herauszuholen. Unbemerkt machte sie nun von den beobachteten Personen ein Foto, dann rief sie jemanden an.

# KAPITEL ELF

## TRÜGERISCHE RUHE

Nachdenklich saß Yve auf der Bettkante.

»Auf was wartest du? Los, Mausi, komm ins Bett. Dir wird ganz kalt und dann fängst du wieder an zu frieren.«

»Was meinst du, Nik, haben wir doch etwas voreilig Thorsten informiert und ihn in Alarmbereitschaft versetzt? Von dem Greber sieht und hört man seit einigen Tagen gar nichts mehr. Oder ist der dir nochmal über den Weg gelaufen?«

»Wieso fällt dir das denn eben ein? Nee, ich habe ihn seit dem letzten Vorfall nicht mehr gesehen. Vielleicht ist er verreist oder er muss dienstlich jemanden beschützen. Kann doch sein bei seinem Beruf. Und das soll uns nur recht sein. Aber dass du ausgerechnet jetzt an den Mistkerl denkst, wo wir schlafen wollen, das finde ich wirklich nicht gut. Nun komm schon zu mir, in meinem Bett ist es mollig warm. Ich warte, oder willst du krank werden?«

»Tut mir leid, aber manchmal kommt alles wieder in mir hoch. Ich weiß, dass das blöd ist. Nun rücke schon«, kicherte Yve, als sie in sein Bett huschte. »Mensch, mach dich nicht so dick.«

Nik rutschte mehr an die Seite und als seine Frau sich

eng an ihn schmiegte, brüllte er: »Mein Gott, du hast ja Eisfüße! Und nicht nur die sind eisig, du bist überall eiskalt.«

»Das würde ich an deiner Stelle nicht sagen!« Yve fing an zu lachen, während ihre Hände begannen ihm körperlich mächtig einzuheizen.

»Mach weiter …, oh …, ja«, murmelte er, während seine Lippen ihren Mund suchten.

»Na, Mausi, hast du gut geschlafen?«, wollte Niklas von seiner Frau wissen, als sie am nächsten Morgen zusammen am Frühstückstisch saßen.

»Wie ein Murmeltier, tief und fest. Und du? Hast du noch gefroren?«

Nik griente sie an. »Ich konnte zunächst nicht einschlafen. Na ja, kein Wunder bei dem Feuer, das du entfacht hast. Aber dann! Ich habe mich rundherum wohlgefühlt. Heute könnte ich die ganze Welt umarmen.«

»Da kannst du mal sehen, für was so eine Wärmflasche mit zwei Ohren alles gut ist.«

»Das hatte ich schon fast vergessen. Ich liebe dich, Mausi. Aber jetzt erst einmal guten Appetit.«

»Ich dich auch! Guten Hunger.«

Nachdem das Frühstück beendet war und Yve das Geschirr in die Küche getragen hatte, kam Niklas zu ihr. »Du, ich gehe kurz mit der Fußhupe raus. Er steht schon vor der Tür, ich glaube, seine Blase drückt. Wenn ich zurück bin, staubsauge ich noch und dann …«, er überlegte, »wollten wir nicht in die Stadt laufen?«

»Ja, zur Bank. Außerdem wollte ich zu Irina gehen. Beeil dich, damit wir bald loskönnen. Und wenn du unten an der Tür von dem Greber vorbeigehst, vielleicht hörst du heute ja was.«

»Okay, ich halte Ohren und Augen offen. Bis gleich!«

Dann war Yve allein.

Nach wie vor fühlte sie sich in ihren eigenen vier Wänden gefährdet, wenn sie allein war. Der Gedanke, dass es klingeln oder an der Wohnungstür klopfen könnte, bereitete ihr großes Unbehagen.

*Klar,* dachte sie, *ich habe den Spion, durch den ich blicken kann, ehe ich die Tür öffne! Aber was ist, wenn der Widerling keine Ruhe gibt, sich gewaltsam Zutritt verschafft, weil er Niklas mit Krümel hat weggehen sehen?*

Um keine Geräusche zu verursachen, zog sie ihre Hausschuhe aus und schlich auf Strümpfen ins Wohnzimmer. Dort ließ sie sich aufs Sofa plumpsen, griff nach einem Sofakissen und vergrub ihren Kopf darin. Während sie mit sich haderte, sich selbst zur Räson rief und schließlich verärgert das Kissen in die Sofaecke pfefferte, hörte sie, dass unten im Haus eine Tür zugeknallt wurde.

*Das ist er! Das kann nur er sein,* schoss es ihr durch den Kopf. *Nein, bitte nicht schon wieder! Nik, wo bleibst du denn? Ich habe Angst!* Yve sprang vom Sofa hoch, rannte ins Bad und schloss hinter sich die Tür ab. Dann setzte sie sich auf den Toilettendeckel und lauschte.

Doch alles blieb ruhig. Weder klopfte es an die Tür, noch klingelte es. Nur ihr Herz klopfte wild und dann merkte sie, dass sie mit ihren Zähnen zu klappern begann. Dass der Greber sie dermaßen aus dem Gleichgewicht gebracht hatte! Erbost stampfte sie mit dem Fuß auf.

*Dass ausgerechnet der es geschafft hat, mich so ins Bockshorn zu jagen, dass ich wie ein Häufchen Elend auf meinem Klodeckel hocke! Boah, das geht gar nicht, das bin doch nicht ich! Warum biete ich dem denn nicht die Stirn? Los, Yve, runter vom Klo und raus aus dem Bad! Nun mach schon!*

Das ‚Sich-selbst-ausschimpfen' zeigte Wirkung. Sie erhob sich. Dann schloss sie trotzig und mutig zugleich die

Tür auf und verließ wütend das Badezimmer.

Als sie mit butterweichen Beinen im Flur stand und sich gerade ihre Hausschuhe wieder anziehen wollte, scharrte es leise an der Wohnungstür. Geistesgegenwärtig griff Yve nach dem Pfefferspray und hielt die Sprühdose in Richtung Tür. Erst als sie hörte, dass sich ein Schlüssel im Schloss drehte, stellte sie fix das Spray zurück. Erleichtert atmete sie auf, als Krümel auf sie zustürmte und sein Frauchen freudig begrüßte.

Niklas, der inzwischen auch im Flur stand, schüttelte nur den Kopf und sagte trocken: »Die Fußhupe tut ja gerade so, als wären wir ewig weg gewesen!«

»Du kannst dir von ihm ruhig mal eine Scheibe abschneiden!«, meinte Yve und gab Nik einen Kuss.

»Man kann es aber auch übertreiben!«, konterte er und zog sich seine Stiefel und die Winterjacke aus.

Yve war noch einmal in die Küche gegangen und hatte für ihren Mann und sich einen Tee zubereitet. Als sie die Tassen im Esszimmer abgestellt hatte, dauerte es nicht mehr lange und schon kam Nik und setzte sich zu ihr an den Tisch. »Ich bin eben dem Geruch gefolgt. Ein heißes Getränk tut gut, denn draußen weht ein saukalter Wind. Und wann wollen wir starten? Gleich? Oder müssen wir zuvor hier noch was tun?«

»Nö, ich bin fertig. Sobald wir ausgetrunken haben, können wir los.«

»Das ist prima, dann sind wir zum Mittagessen ja wieder hier.«

»Du denkst wohl nur noch ans Essen? Aber was ich dich fragen wollte, hast du den Greber gesehen? Vorhin, kurz bevor du wiedergekommen bist, hat unten eine Tür geknallt. Er muss also da sein.«

»Ich bin mir nicht sicher. Gesehen habe ich ihn nicht.

Mir ist allerdings aufgefallen, dass ...« Er überlegte, ob er Yve von seiner Beobachtung erzählen sollte.

Weiter kam er mit seiner Überlegung nicht, denn schon bohrte seine Frau nach: »Und? Was ist dir aufgefallen? Mensch, Nik, sag was! Lass dir doch nicht jedes Wort einzeln aus der Nase ziehen!« Nervös rutschte sie auf dem Stuhl hin und her.

»Gut, als ich das Haus verlassen habe, war das Faltrollo am Küchenfenster ganz runtergezogen. Aber als ich zurückkam, ich kann mich auch irren, aber ich meine, dass es da einen Spaltbreit offen war. Nicht viel, auf jeden Fall war es da schief und nicht mehr von unten bis oben hin zu. Gehört habe ich absolut nichts. Allerdings war der Briefkasten geleert. Es schaute nichts mehr raus.«

»Sag ich doch!« Yve sprang vom Stuhl hoch. »Er ist da! Dann hat der vorhin auch seine Tür wieder zugeknallt. Nik, du musst Thorsten anrufen, vielleicht hat sein Bruder schon was über ihn rausbekommen! Die Ruhe, die hier geherrscht hat, sie war trügerisch! Warum konnte der denn nicht einfach wegbleiben?« Aufgebracht und mit zittrigen Fingern griff sie nach den leeren Teetassen.

»Mausi, tu mir den Gefallen und beruhige dich! Jetzt gehen wir erstmal in die Stadt und wenn wir wieder zu Hause sind, rufe ich ihn sofort an!«

»Wehe nicht!«, hörte er noch, während sie die Tassen in die Küche brachte.

Eine halbe Stunde später schlenderten beide durch die Stadt. Ihr erster Weg führte sie zur Bank. Nachdem Nik die Auszüge gezogen und Geld vom Girokonto abgehoben hatte, wollte er von seiner Frau wissen, was sie noch bräuchten.

»Nichts. Ich möchte nur noch zu der Stelle gehen, wo

Irina mit ihrem Hund gesessen hat. Zu gern würde ich mit ihr ein paar Worte wechseln. Wir haben es versprochen.«

»Versprochen? Dass ich nicht lache. Ich habe gar nichts versprochen! Du hast gesagt, dass wir nochmal kommen. Nicht mehr, nicht weniger.«

»Musst du denn immer jedes Wort auf die Goldwaage legen. Weißt du was, ich kaufe schnell zwei belegte Brötchen für Irina und eine Bockwurst für den Hund.«

Schon lief sie los.

Als sie die gegenüberliegende Straßenseite erreicht hatte, verschwand Yve in der Metzgerei. Minuten später kam sie dort wieder heraus und hielt eine kleine Papiertüte in der Hand.

Niklas, der vor dem Geschäft auf seine Frau gewartet hatte, nahm ihr die Tüte ab und fragte: »Na, bist du jetzt zufrieden?«

»Ja!« Yves Augen strahlten. »Hoffentlich ist sie da.«

»Wenn nicht, dann essen wir die Brötchen und unsere kleine verfressene Fußhupe bekommt die Wurst!«

Sie gab ihrem frech grinsenden Mann einen Stoß in die Rippen. »Krümel ist keine Fußhupe! Du bist doof! Krümelchen ist Krümel!«

»Reg dich doch nicht so auf, Mausi. Für mich ist er und bleibt er trotzdem eine …«

»Sag es nicht! Sprich das Wort bloß nicht aus!«

Lachend nahm er ihre Hand in seine und dann gingen sie die Bummelallee hoch.

Als sie die Mitte der Bummelallee erreicht hatten und Yve sehen konnte, dass an der Stelle, wo Irina sonst immer gesessen hatte, heute wieder Willi hockte, blieb sie stehen.

»Ist was?«, wollte Niklas wissen. »Oder warum gehst du nicht weiter?«

»Sie ist nicht da. Ich kann nur Willi sehen.«

»Das muss doch nicht heißen, dass sie nicht da ist. Vielleicht hat sie sich mit ihrem Hund nur einen anderen Platz ausgeguckt. Wir sollten ihn fragen, er weiß es bestimmt! Komm, zier dich nicht so.« Schon zog er sie weiter.

Nachdem sie noch einige Schritte gelaufen waren, standen sie vor dem Obdachlosen. Und weil der letztens sehr freundlich zu ihnen gewesen war, sprach Niklas Lehmann ihn auch gleich an. »Hallo, Willi, schön, Sie zu sehen. Ist mächtig kalt heute. Frieren Sie denn gar nicht? Geht es Ihnen gut?«

Er blickte zu ihm hoch. »Sie kennen mich? Sie kennen meinen Namen?« Auf seiner faltenreichen Stirn waren jetzt noch mehr Falten zu sehen. »Ja, da dämmert mir was! Gleich, gleich fällt es mir ein. Haben Sie mir nicht das Kuchenpaket geschenkt?«

»Stimmt. Hat der denn geschmeckt?«, wollte Yve wissen und reichte ihm die Hand.

»Und wie«, erwiderte Willi und griente sie an.

»Das freut uns.« Yve musste lächeln. »Dürfen wir Sie etwas fragen?«

»Warum nicht. Was wollen Sie denn wissen?«

»Willi, wir suchen Irina. Können Sie uns sagen, wo wir sie finden könnten?«

»Junge Frau, tut mir leid. Aber ich habe sie und ihren Hund seit Silvester nicht mehr gesehen. Sie sind wie vom Erdboden verschluckt. Vermutlich haben beide die Stadt verlassen. Aber das sagte ich Ihnen ja schon beim letzten Mal. Obwohl es komisch ist, dass sich Irina nicht von mir verabschiedet hat. Damit muss ich mich wohl abfinden. Quatsch! Was rede ich denn da? Irinchen kommt wieder!«

Dem Ehepaar entging nicht, dass der Alte enttäuscht war. Dass sie mit ihrer Frage eine anscheinend tiefe Wunde aufgerissen hatte, tat Yve leid.

Ratlos schaute sie ihren Mann an.

Weil Niklas merkte, dass seine Frau nicht wusste, was sie tun oder sagen sollte, ergriff er die Initiative. »Da kann man nichts machen. Sollten Sie sie doch nochmal sehen, dann grüßen Sie Irina bitte von uns – von Yve, Niklas und von Krümel. Und Ihnen, Willi, wünschen wir alles Gute. Bleiben Sie gesund.«

»Mit der Gesundheit ist es nicht mehr weit her. Aber ansonsten …, mir ging es schon weitaus schlechter, aber auch schon erheblich besser. Aber das war einmal. Ich sage es Irina, wenn ich sie mit ihrem Hund treffen sollte.«

»Das ist nett. Ach so, wenn Sie möchten, dann lassen Sie sich das später schmecken.« Niklas überreichte ihm die Tüte mit den Brötchen und der Bockwurst. »Ist nur eine Kleinigkeit.«

Willis aschgraues Gesicht nahm verschmitzte Züge an. »Das ist bestimmt wieder für Irina gewesen, nicht wahr?« Schwerfällig erhob er sich von dem Straßenpflaster. Und als er Niklas und Yve gegenüberstand, senkte er seinen Blick und sagte kaum hörbar: »Danke, aber ich nehme es natürlich auch sehr gern. Menschen wie Sie gibt es nicht viele. Die meisten wollen uns Bettler gar nicht wahrnehmen. Dabei betteln die meisten von uns Obdachlosen gar nicht. Uns würde ein Stehenbleiben, ein Nichtwegsehen, ein nettes Wort schon guttun, etwas helfen … Gott schütze Sie und Ihren Hund!«

Yve fühlte sich ertappt. Peinlich berührt erwiderte sie: »Danke, Sie auch!« Dann kam sie ins Grübeln. *Ich habe vor noch gar nicht allzu langer Zeit auch immer die Straßenseite gewechselt, wenn ich eine obdachlose Person irgendwo sitzen sehen habe. Das hat sich erst geändert, seitdem ich Irina mit ihrem alten Hund …*

Aus ihrer Grübelei wurde sie erst gerissen, als sie Nik

sagen hörte: »Du, wir sollten allmählich nach Hause gehen. Krümel muss bestimmt raus!«

»Stimmt! Tschüss, Willi, wir müssen los, bis bald!«

Jetzt drehten sich beide um und während sie weggingen, setzte er sich wieder auf das kalte Pflaster und holte seine Mundharmonika aus seiner Jackentasche. Gerade als Yve ihren Mann etwas fragen wollte, hörten sie, dass Willi auf seiner Mundharmonika zu spielen begann.

Schlagartig blieben beide stehen. Sie drehten sich zu ihm um. Und als sie ihn dort auf dem eiskalten Straßenpflaster sitzen sahen, wie er seinen Rücken an die Hauswand gelehnt hatte und sie hörten, dass er die Melodie von dem Lied *Einmal sehen wir uns wieder* spielte, wurde ihnen das Herz schwer.

Bei diesem Anblick und dem Lied konnte sich Yve nicht dagegen wehren, dass – ohne dass sie es wollte –Tränen über ihre Wangen liefen. Sie suchte Niks Hand und drückte sie fest. Geradeso als wenn sie nach Halt und Schutz suchte.

Wortlos und eng aneinander stehend verharrten beide und lauschten der Melodie. Als Willi das Lied zu Ende gespielt hatte, steckte er das Instrument wieder in die Tasche seiner abgetragenen alten Jacke. Dann hob er langsam seine faltige Hand und winkte Yve und Niklas noch einmal zu. Dass sich seine Augen dabei mit Tränen füllten, das konnten sie nicht sehen.

Nachdem beide seinen Gruß erwidert hatten, traten sie innerlich aufgewühlt den Heimweg an. Denn sein verhaltenes Winken und das gefühlsbetonte Lied …, sie wurden das beklemmende Gefühl nicht los, als wenn Willi sich damit gerade für immer verabschiedet hätte.

Durchgefroren und vom Wind mächtig durchgepustet,

schloss Niklas die Haustür auf.

»Hier drin ist es schön warm«, stellte Yve fest und ging an ihrem Mann vorbei.

Gerade als sie einen Schritt auf die erste Treppenstufe gesetzt hatte und in die erste Etage hochgehen wollte, hörte sie Leon Greber in seiner Wohnung schreien. Es klang jähzornig und bedrohlich.

Yve legte den Zeigefinger auf ihren Mund, winkte Nik zu sich heran und zeigte mit der anderen Hand auf die Wohnungstür von Leon Greber.

Im Prinzip war ihm völlig egal, was sich hinter anderen Türen abspielte, aber in diesem Fall blieb er auch vor der Tür stehen und versuchte mitzubekommen, wen der Greber derart laut zur Schnecke machte. Anstrengen brauchte er sich nicht, denn dessen wüstes Wettern war unüberhörbar. Doch das, was er dann alles von sich gab, ließ Nik das Blut in den Adern gefrieren.

»Du Schlampe«, brüllte Leon Greber, »zu was bist du überhaupt noch zu gebrauchen? Du vögelst nicht nur grottenschlecht, du vergraulst mir mit deiner Unfähigkeit die Männer, verdienst kein Geld mehr und dabei hast du jede Menge Schulden bei mir. Und das Geld, welches ich in dich investiert habe, du kleines Miststück, das fordere ich jetzt zurück. Und zwar unverzüglich, hast du mich verstanden? Wenn du nicht machst, was ich von dir verlange, dann wirst du dein hübsches Gesicht im Spiegel nicht mehr erkennen! Also bewege endlich deinen Arsch und liefere mir innerhalb der nächsten 48 Stunden hieb- und stichfeste Fakten! Wenn nicht, mein Täubchen, du scheinst vergessen zu haben, zu was ich alles fähig bin.«

Als Yve hörte, dass er eine Frau auf Schlimmste beschimpfte, diese bedrohte und mit Täubchen betitelte, brach sie in Tränen aus. Denn in dieser Sekunde erwachte das mühsam Verdrängte und sie erinnerte sich unter Ekel daran, dass der Greber sie auch so genannt hatte!

Ihr wurde speiübel. Schlotternd vor Angst und mit schneeweißem Gesicht raste sie hinauf in die erste Etage, schloss die Tür auf, lief ins Bad, öffnete den Toilettendeckel und musste sich übergeben.

Hals über Kopf war Niklas seiner Frau gefolgt. Und als er die Wohnung betreten hatte und dann sah, dass sie über der Toilettenschüssel hing, schluchzte und sich immer wieder übergeben musste, keimte die blanke Wut in ihm auf. Dass ein fremder Mann seiner Frau so zusetzte, ihr das Leben zur Hölle machte, ließ ihn zum Rachegott werden.

In Windeseile entledigte er sich seiner Stiefel und der Winterjacke. Dann eilte er ins Wohnzimmer. Dort griff er sofort zum Telefonhörer und wählte die Nummer vom Thorsten Schmietts.

Der Anruf hatte nicht den gewünschten Erfolg. Weil er seinen Vermieter nicht erreichen konnte, konnte Niklas nur eine Nachricht auf dem Anrufbeantworter hinterlassen. Aber weil er nichts Näheres draufsprechen wollte, bat er Thorsten nur darum, dass er sich möglichst zeitnah bei ihm melden solle.

Er hatte den Hörer noch in der Hand, als Yve ins Zimmer kam, sich in den Sessel setzte und ihn fragte: »Mit wem hast du denn telefoniert?«

»Ich habe versucht Thorsten zu erreichen. Er ist nicht da. Er wird zurückrufen, ich habe ihn darum gebeten.«

»Nik, ist es nicht besser, wenn du auch noch die Polizei anrufst?«

»Mausi, und was soll ich dem Polizisten sagen? Hast du etwa da unten eine Frauenstimme gehört? Es klang für mich eher so, als wenn der Greber am Telefon eine Frau zusammengefaltet hat. Außerdem bist du doch diejenige, die die Polizei meidet, oder irre ich mich? Warten wir Thorstens Rückruf ab, er wird uns einen Rat geben. Bestimmt. Pass mal auf, er schmeißt den postwendend aus seiner Wohnung raus, wenn er weiß, was wir gehört haben. Eins steht fest, der Kerl hat Dreck am Stecken. Mich würde es nicht wundern, wenn der ein Krimineller ist.«

»Und ich hatte schon gehofft, dass der Albtraum vorbei ist. Dabei fängt der erst an. Die ..., die letzten Tage ...«, Yve fing wieder an zu weinen. »Die Ruhe, Nik, sie war nur trügerisch. Genau wie jetzt. Alles ist ruhig! Er schreit nicht mehr und mit der Tür knallt er auch nicht.«

Dem konnte er nicht widersprechen, so gern er es auch getan hätte. Doch mit der Äußerung, die seine Frau gemacht hatte, hatte sie den Nagel auf den Kopf getroffen. Denn aus der unteren Etage drang in der Tat kein einziger Laut mehr zu ihnen hinauf. Und ob in der Zwischenzeit eventuell eine Frau seine Wohnung verlassen hatte, darauf hatte er nicht geachtet. Alles war sehr abstrus.

Niks Hoffnung beruhte darauf, dass der Bruder seines Vermieters etwas über Leon Greber in Erfahrung gebracht hatte, sodass ihm die vermietete Wohnung fristlos gekündigt werden konnte.

Weil Yve gar nichts mehr sagte, blickte er sie an. Und als er sah, dass sie in ihrem Sessel eingeschlafen war, deckte Niklas sie mit der Wolldecke zu. Dann dachte er nach, was er noch tun könnte. Allerdings kam er sehr schnell zu dem Ergebnis, dass er zunächst nur abwarten konnte. Abwarten, bis das Telefon klingelte und darauf zu hoffen, dass am anderen Ende dann Thorsten Schmietts wäre.

# KAPITEL ZWÖLF

## DER VERRAT

Mit einem Lächeln betrat Irina den ausrangierten Bauwagen. Sie konnte es kaum glauben, dass ihr Hugo die Stufen heute sogar vor ihr hochlief, ohne dass er davor stehen blieb, weil er sie, von schlimmen Schmerzen geplagt, allein nicht schaffte. Unwillkürlich und voller Dankbarkeit musste sie an Wolfgang Fuchs denken. Denn die Spritze, die er ihrem Hund gegeben hatte, hatte wahre Wunder vollbracht. Genau das fiel auch ihren Freunden auf.

»Hast du das gesehen?« Steffen stieß Tanja an. »Der ist ja wie ein junges Reh die Stufen hochgelaufen.«

»Hab ich. Ich finde das toll. Und was mir gerade einfällt: Pass mal auf, wenn er erst in dem Korb liegt, dann hat er es bequemer als wir drei.« Tanja musste herzlich lachen, als sie hinzufügte: »Ja, Hund müsste man sein!«

»Mensch, Tanja, mach endlich die Tür zu und komm rein! So langsam ist sonst nur Hugo. Nee, stimmt nicht, der ist heute der Schnellste gewesen!«

Steffen ging auf sie zu und als er sie die letzte Stufe hochzog, bemerkte er auf einmal eine Frau, die sich hinter einem Baum versteckt hatte und wie gebannt auf den Bauwagen starrte.

Als alle auf ihren Stühlen saßen, sagte er: »Wir werden

beobachtet! Warum versteckt sich denn sonst eine Frau hinter einem Baum und lässt unseren Wagen nicht aus den Augen? Wisst ihr was, ich geh jetzt zu ihr und frage, was sie von uns will!«

»Lass es!« Irina redete ihm gut zu. »Vielleicht hat sie gedacht, dass wir hier einbrechen. Wie soll die denn wissen, dass wir hier ganz offiziell wohnen dürfen.«

Tanja nickte. »Irina hat recht. Du regst dich nur auf. Bleib bei uns.«

»Nein! Ich gehe jetzt raus. Mein Instinkt sagt mir, dass diese Sache nicht ganz koscher ist.«

Noch ehe Tanja und Irina etwas sagen oder ihn zurückhalten konnten, schob Steffen schon seinen Stuhl zurück. Dann sprang er auf und eilte ohne Jacke hinaus.

»So kenne ich ihn nicht! So nicht«, äußerte Tanja. »Er nimmt doch sonst alles gelassen hin und fährt nicht dermaßen aus der Haut.«

Irina schaute ihre Freundin an. Und als sie sah, dass sie ständig aus dem kleinen Fenster schaute, fragte sie: »Soll ich hinterhergehen und mal sehen, wo Steffen ist? Das wäre vielleicht das Beste.«

»Nein!« Energisch schüttelte sie den Kopf. »Du bleibst bei Hugo. Ich werde das machen. Es beunruhigt mich schon, dass er nicht wiederkommt.«

Daraufhin zog sich Tanja ihre Jacke und die Schuhe an und verließ den Bauwagen.

Irina, die jetzt mutterseelenallein an dem kleinen Tisch saß, bekam plötzlich ein schlechtes Gewissen. Denn durch das Diskutieren hatte sie nicht mehr auf Hugo geachtet.

Sie blickte sich um. Als sie sah, dass sich Hugo unterdessen ins Hundekörbchen gelegt hatte und eingeschlafen war, atmete sie erleichtert auf. Er hatte seine schneeweiße

Schnauze auf den Rand des Körbchens gelegt und lag völlig entspannt da. Zu gern wäre Irina jetzt zu Hugo gegangen und hätte ihn gestreichelt. Aber sie ließ es bleiben, er sollte nicht wach werden, denn sie gönnte ihrem alten, kranken Hund seinen Schlaf von Herzen.

Während sie dasaß und ihren Hund beobachtete, schossen ihr unzählige Gedanken durch den Kopf. Dass Herr Fuchs gesagt hatte, dass seine Tage auf Erden gezählt seien, das konnte sie bei dem Bild, das sich ihr bot, nicht glauben. Okay, ihr Hugo war alt, seine Schnauze war weiß, aber ein Leben ohne ihn? Nein, das konnte und wollte sie sich nicht vorstellen.

Irina seufzte. *Wolfgang Fuchs hat sich geirrt, bestimmt! Mein Hugo stirbt nicht, niemals! Das lasse ich nicht zu. Er gehört doch zu mir. Er ist mein Ein und Alles. Was er gesagt hat, das ist nicht wahr!*

Noch während Irina sich selbst Mut und Zuversicht zusprach, öffnete sich die kleine Tür und Tanja kam mit Steffen im Schlepptau zurück.

»Das war vielleicht ein Akt!«, polterte Tanja los. »Nun glaube ja nicht, dass der Herr mitkommen wollte! Gewehrt hat er sich, als ich ihn erreicht und angesprochen habe. Frag mich nur, warum? Und denke bloß nicht, dass er mit der Sprache rausrückt. Stur wie ein Maulesel ist er! Ich bin echt sauer. Nein, stinksauer! Auf dem Weg zurück hat er auch nur gezetert und gemosert. Sag selbst, muss ich das verstehen? Steffen, mach endlich den Mund auf! Erzähl uns, was da draußen los gewesen ist!« Tanja schmiss ihre Jacke in die Ecke und warf wütend die Schuhe hinterher.

»Oh, oh! Wenn ich das so höre und sehe, dann ist da aber jemand mächtig geladen«, entfuhr es Irina.

»Geladen? Nur geladen?« Steffen grinste Irina an. »Dass ich nicht lache. Sie steht kurz vorm Explodieren.«

Tanja war außer sich. »Ich fasse es nicht. Jetzt verarscht der mich auch noch!«

Schnell ging Steffen auf sie zu und legte seinen Arm um sie. »Das würde ich mir nie erlauben. Aber ich bin ja gar nicht zu Wort gekommen, oder? Nachdem du mich gesehen hast und zu mir gekommen bist, hast du doch nur noch auf mich eingeredet. Gequasselt, ohne Punkt und ohne Komma! Stimmt es? Los, nun gib es schon zu!«

»Na ja«, sie druckste rum, »vielleicht hast du recht. Aber wenn du mir nur einmal geantwortet hättest ...«

»Wie denn? Dazu bin ich doch gar nicht gekommen! Du hast mir ja keine Chance gegeben.«

»Das meinst aber nur du! Ich sehe das anders.«

»Und wie siehst du das?«

Gerade als Tanja darauf etwas erwidern wollte, schaltete sich Irina in das inhaltsleere Streitgespräch ein. »Hört bitte auf. Das führt doch zu nichts und bringt euch nicht weiter. Steffen, aber willst du uns denn nicht endlich sagen, was da draußen passiert ist?«

»Du hast recht. Was wir abziehen, ist echt Kinderkacke. Bevor ich euch sage, was ich gehört habe, muss ich unbedingt was Heißes trinken. Ich bin durchgefroren.«

»Kein Wunder!« Tanja konnte sich ein schadenfrohes Schmunzeln nicht verkneifen. »Du bist bei der Kälte ja auch ohne Jacke und festes Schuhwerk rausgestürmt! Willst du einen Tee? Teebeutel haben wir noch und heißes Wasser ist schnell gemacht. Ich würde dann für uns alle Tee kochen. Einverstanden?«

Es folgte ein zustimmendes Nicken.

Als wenig später alle am Tisch auf ihren Stühlen saßen, die Teetassen vor ihnen standen und sie einige Schlucke getrunken hatten, fing Steffen zu erzählen an.

»Es war wirklich merkwürdig. Denn als ich draußen ankam, stand die Frau immer noch hinter dem dicken Baumstamm. Und dass sie aufgeregt war, während sie telefonierte, das konnte ich sofort erkennen. Ich schlich mich langsam an sie heran. Zum Glück bemerkte sie mich nicht. Sie war viel zu sehr in das Gespräch vertieft. Leider konnte ich nicht noch näher herangehen, denn dann hätte sie mich mit Sicherheit entdeckt. Von daher konnte ich nur Wortfetzen verstehen. Aber das, was ich gehört habe, war schon sehr seltsam.« Er kratzte sich am Kopf.

»Und was hast du gehört?«, wollte Irina wissen.

»Komisch, einmal sagte sie: *Ich habe sie erkannt*. Dann: *Ja, sie ist da*. Sekunden später hörte ich dann: *Der ist bei ihr*. Mehr war eigentlich nicht zu hören. Doch! Sie meinte noch: *Nein! Das kann ich nicht. Das mach ich nicht*. Und kurz darauf: *Ja, ich mach es, versprochen*. Ich hätte gern weiter gelauscht, aber dann kam ja Tanja und polterte los. Klar, dass sie uns da entdeckt hat. Ihr hättet mal sehen sollen, wie kreidebleich sie geworden ist. Dann rannte sie mit ihrem Smartphone los, als wenn der Teufel hinter ihr her ist. Schade, mehr kann ich euch nicht erzählen. Aber die Frau hat Dreck am Stecken, ich ahne es. Wen sie allerdings gemeint hat oder was sie vorhat, das kann ich euch nicht sagen. Fest steht, dass wir in den nächsten Tagen aufpassen sollten. Und sollte die hier nochmal auftauchen, dann schnappe ich sie mir. Nochmal entwischt sie mir nicht, darauf könnt ihr euch verlassen!«

Aufgeschreckt vom dem, was Steffen ihnen gerade erzählt hatte, blickten sich Tanja und Irina an. Denn das alles konnten sie absolut nicht einordnen. Wer sollte sie hier schon kennen? Und wer war die fremde Frau?

Fragen über Fragen.

Schließlich wollte Irina wissen: »Steffen, ist dir an der

Frau was aufgefallen, vielleicht etwas Besonderes? Hast du sie schon mal in der Stadt gesehen?«

Steffen überlegte. »Nee. Die Frau ist mir noch nicht begegnet, die wäre mir aufgefallen. Sie war pikfein gekleidet, hatte schwarze, kurze Haare. Aber kennen? Kennen tu ich sie nicht. Du, Tanja? Du hast sie doch auch gesehen.«

»Nein, die ist mir noch nie begegnet.«

Auf Irinas Stirn waren auf einmal Fältchen zu sehen. Tanja und Steffen sahen ihr an, dass sie grübelte.

Dann blickte sie ihre Freunde an. »Und mich kann keiner kennen. Ich bin schon seit zig Jahren nicht mehr in dieser Stadt gewesen. Hier bin ich zwar geboren, aber …« Irinas Stimme versagte kurz ihren Dienst. »Ihr wisst ja, als ich noch ein kleines Kind war, ist meine Mutter mit mir nach Polen ausgewandert. Und meine geliebten Großeltern habe ich seitdem nie wiedergesehen. Jetzt ist es zu spät. Sie leben nicht mehr. Von daher? Wer sollte mich hier kennen oder von früher erkannt haben? Beides schließe ich aus. Wenn ich mich irren sollte, meint ihr nicht, dass man mich schon längst angesprochen hätte? Schließlich habe ich fast täglich mit Hugo in der Bummelallee gesessen.«

Tanja hob die Hand und zeigte mit dem Daumen nach oben. »Dem kann ich nichts hinzufügen!«

Steffen lachte, als er rief: »Aber ich!

»Wen wundert das?«, feixte Tanja. »Und was?«

»Ich schlage vor, dass wir ab sofort gut aufeinander achtgeben. Wenn uns was auffällt, wir sie nochmal sehen, dann sollten wir die Frau ansprechen. Das hatte ich vorhin vor. Doch dann kam alles anders. Ihr hättet mal sehen sollen, wie die ihre Beine in die Hand genommen hat! Dass mit der Frau etwas nicht stimmt, weiß ich. Möge ich mich irren. Auf jeden Fall halte ich ab heute die Augen offen. Und das müsst ihr beide mir auch versprechen.«

Nachdem Irina und Tanja ihrem besten Freund das fest versprochen hatten, war das Thema vom Tisch.

Erst jetzt konnten sie in Ruhe ihr Heißgetränk genießen. Und während sie den Tee ausschlürften, hofften sie, dass dem Gehörten nichts mehr nachfolgte.

Völlig außer Atem blieb die schwarzhaarige Fremde hinter der nächsten Straßenbiegung stehen. Vorsichtig lugte sie um die Ecke, um sich zu vergewissern, dass sie nicht verfolgt wurde. Denn dass man sie entdeckt und anscheinend ihr Gespräch belauscht hatte, gefiel ihr nicht. Sie wusste genau, was ihr blühte, wenn ihr Auftraggeber das in Erfahrung bringen würde.

Panik machte sich breit. Gleichzeitig war sie heilfroh, dass der Mann und die Frau ihr nicht gefolgt waren. Doch was sollte sie jetzt machen? Ihn erneut anrufen? Er würde ausrasten. Abhauen und untertauchen? Er würde seine Handlanger auf sie ansetzen. Aber was sollte sie ihm sagen, warum sie das Gespräch einfach beendet hatte?

Angstschweiß überfiel sie und Schweißperlen standen inzwischen auf ihrer Stirn. Die Nervosität nahm zu und sie wünschte sich in diesem Augenblick ganz weit fort. Dass das reines Wunschdenken war, daran wurde sie erinnert, als ihr Smartphone klingelte. Und als sie die Nummer auf dem Display sah, war sie der Verzweiflung nah.

Weil sie wusste, dass sie das Telefonat nicht ignorieren konnte und erst recht nicht durfte, nahm sie den Anruf an und sagte: »Hallo, entschuldige, dass ich während unseres Gespräches plötzlich weg war, aber mir ist mein Handy aus der Hand gefallen.« Etwas Besseres fiel ihr nicht ein.

Was der Anrufer dann jedoch zu ihr sagte, das war an abscheulichen Beschimpfungen, obszönen Titulierungen und brutalen Drohankündigungen kaum zu überbieten.

Denn diese gingen weit unterhalb der Gürtellinie.

Die Schwarzhaarige hörte sich all das mit krebsrotem Gesicht und schweißnassen Händen an. Ihre Augen waren schreckensweit geöffnet und man konnte ihr ansehen, dass sie schockiert war.

Erst als der Anrufende eine Antwort von ihr erwartete, sagte sie mit bebender Stimme: »Ja, ich lege mich ab morgen auf die Lauer. Wenn sie allein ist, rufe ich dich sofort an. Du kannst dich auf mich verlassen.«

Dann war das Telefonat beendet. Noch nie in ihrem Leben fühlte sich die Fremde so abgrundtief schlecht. Ihre Gedanken überschlugen sich. *Ich bin ein Judas. Ein Judas! Das hat sie nicht verdient. Sie hat mir doch vertraut. Und was habe ich gemacht? Aber jetzt kann ich nicht anders. Er findet mich überall und dann …*

Weinend steckte sie ihr Smartphone in die Handtasche. Schließlich ging sie zu der Pension, in der er für sie ein Zimmer gemietet hatte.

In den nächsten drei Tagen gingen Irina, Tanja und Steffen nicht weg. Es war zu kalt. Zwar lag kein Schnee mehr, aber der eisige Ostwind machte ein Umherlaufen oder ein Sitzen auf dem nasskalten Straßenpflaster schier unmöglich.

Und Hugo? Er war glücklich, wenn er in seinem Körbchen liegen konnte. Irina ging nur dann mit ihm nach draußen, wenn er sein Geschäft erledigen musste. Und das tat er immer sehr schnell.

Als es an einem Tag wieder etwas wärmer war, beschlossen Steffen und Tanja in die Stadt zu gehen. Sie erhofften sich, dass sie vielleicht mit einigen Euros wieder nach Hause kommen würden. Denn ihre letzten mühsam zusammengekratzten Euros gingen zur Neige, ebenso die wichtigsten, spärlichen Grundnahrungsmittel.

Was bei allen zur großen Freude beitrug, war, als sie merkten, dass die Tabletten, die Wolfgang Fuchs Irina für Hugo mitgegeben hatte, ihm wirklich halfen. Er musste nahezu schmerzfrei sein, denn wie er sich bewegte, so kannten sie den Hund nicht.

Das Einzige, was Irina auffiel: Er schlief sehr viel. Und er atmete schwer, so als wenn er nicht mehr genug Luft bekäme. Ob das an den Schmerzmitteln liegen könne, danach wollte Irina Wolfgang Fuchs fragen, wenn sie sich neue Tabletten von ihm holen musste.

Dennoch war sie, trotz dieser Auffälligkeiten, überglücklich, dass es ihrem treuen Weggefährten so gut ging.

Dass sich allerdings die schwarzhaarige Frau seit Tagen hier umhertrieb, war keinem aufgefallen. Und das, obwohl besonders Steffen seine Augen offenhielt, wenn er den Bauwagen verließ. Er sah sie nicht.

So kam es, dass sie sich in Sicherheit wiegten. Letzten Endes waren alle der Meinung, dass das, was Steffen gehört hatte, ihnen gar nicht gegolten hatte. Dass dies jedoch ein gefährlicher Irrtum war, sollte ihnen allerdings schneller als gedacht bewusst werden.

Denn diesmal versteckte sich die Fremde sehr gut. Mal stand sie hier, mal da. Aber immer an einer Stelle, von wo aus sie das Objekt bestens im Blick hatte. Mit Argusaugen und ihrem Smartphone in der Hand beobachtete sie den Bauwagen, und das mehrere Stunden am Tag. Und dabei entging ihr nicht die geringste Bewegung.

So war es auch nicht verwunderlich, dass der Frau nicht entging, dass Steffen und Tanja Hand in Hand ihre Unterkunft verließen und kurz darauf den Weg in Richtung Stadt einschlugen.

Regungslos verharrte sie einen Augenblick. Sie musste auf Nummer sicher gehen, dass Irina nicht doch noch den beiden nacheilen würde. Weil sie und der Hund ihnen jedoch nicht folgten, wusste die Schwarzhaarige, dass die Ausgespähte sich jetzt nur mit dem vierbeinigen Begleiter in dem Bauwagen aufhielt.

Unverzüglich griff sie zu ihrem Smartphone und rief ihren Auftraggeber an. »Hallo, ich bin es. Ich wollte dir nur sagen, dass sie jetzt allein ist. Der Mann und die andere Frau sind vor zehn Minuten weggegangen. Sie ist nur noch mit einem Hund in dem Bauwagen. Kann ich gehen? Oder was soll ich jetzt machen?«

Auf wackligen Beinen stehend und mit einem schlechtem Gewissen wartete die Verräterin seine Antwort ab.

Nach einer Weile des Schweigens sagte sie: »Ist in Ordnung, dann verschwinde ich. Bezahlst du die Rechnung in der Pension oder muss ich das machen?«

Daraufhin hörte sie sich mit leichenblassem Gesicht an was der Angerufene erwiderte, bevor sie verängstigt sagte: »Gut, ich weiß Bescheid. Ja, ich bin gleich weg.«

Nachdem das Gespräch beendet war, fühlte sie sich unwohl in ihrer Haut. Denn das, was sie alles getan hatte, das würde sie von nun an ein Leben lang quälen und nicht mehr zur Ruhe kommen lassen.

Während sie sich im Verborgenen aufhielt, dachte sie nach: *Noch habe ich die Möglichkeit, sie zu warnen. Noch schafft sie es, wegzulaufen! Aber was soll ich dann machen, wo soll ich hin? Er hat mir meine ganzen Papiere abgenommen. Ich weiß doch ganz genau, was er mit den anderen Frauen gemacht hat, die abgehauen sind. Alle hat er gefunden! Alle, und jetzt sogar Irina. Ich muss sie warnen!*

Gerade als die Schwarzhaarige zu ihr hinlaufen und sie warnen wollte, sah sie, dass sich eine – ihr bestens bekannte – Luxuslimousine dem Bauwagen näherte.

Es war zu spät! Er war da.

Entsetzt fixierte sie das Fahrzeug. Tränen der Reue liefen über ihr Gesicht. Und als sie ihn aussteigen und mit einem Messer in der Hand auf die kleine Tür vom Bauwagen zurasen sah, eilte sie davon.

Sie stolperte. Fiel hin. Stolperte erneut. Rappelte sich immer wieder hoch und rannte weiter, als wenn es um ihr Leben ginge. Denn dass das kein Spiel mehr war, das wurde ihr erst richtig klar, als sie kurz zuvor Leon Greber bewaffnet aus seiner Limousine aussteigen sah.

In diesem Augenblick wusste sie, was sie tun musste. Sie wollte wieder gutmachen, was sie ihrer einstigen und besten Schulfreundin angetan hatte. Aber das, was sie vorhatte, ging nur, solange er ihr nicht folgen konnte.

Doch dazu musste sie zurück! Dorthin zurück, wo die Hölle auf Erden sie erwartete. Egal! Sie wollte Irinas Ausweis und ihre anderen Papiere aus seinem Tresor holen und ihr alles zurückgeben! Sie wusste, dass das nur funktionierte, wenn der Code noch der war, den er ihr anvertraut hatte – als sie noch sehr eng verbunden gewesen waren. Nur für den Notfall, wie er damals gesagt hatte.

Sie rannte und rannte …

Nachdem sie bei der Pension ausgecheckt und Leon Greber per WhatsApp darüber informiert hatte, bestellte sie sich ein Taxi. Dann zertrümmerte sie ihr Smartphone und warf es in die nächste Mülltonne. Mit dem letzten Geld, was sie noch besaß, ließ sie sich nun dorthin zurückfahren, wo sie lange Zeit gelebt hatte.

»Hugo, geht es dir heute besser?« Irina hatte sich über den Hundekorb gebeugt und strich gerade liebevoll über seinen Kopf, als die Tür aufgestoßen wurde.

Während sie sich langsam und kichernd aufrichtete, rief sie: »Na, was habt ihr denn diesmal vergessen?«

Dann drehte sie sich um. Aber als sie erkannte, wer auf sie zukam, stieß sie einen angsterregenden Schrei aus. »Du? Was willst du? Wie hast du mich …«

Mehr konnte sie nicht sagen, denn plötzlich knurrte es bedrohlich hinter ihr. Und ehe sie sich versah, raste auch schon Hugo an ihr vorbei und sprang mit gefletschten Zähnen den Mann an.

Doch schon im nächsten Augenblick sank er aufjaulend und blutend zu Boden. Dann sah Irina, dass in seinem zuckenden Körper ein Messer steckte. Und als sie zu ihrem treuen alten Hugo wollte, riss der Mann sie zurück, warf sie zu Boden und stellte einen Fuß auf ihren Rücken.

Dann zog er das Messer aus dem Körper des sterbenden Hundes und stach noch mehrere Male auf ihn ein. Hilf- und machtlos musste Irina zusehen, mit welcher Brutalität und Begeisterung er das tat. Und bei jedem Stich blickte er mit einem zynischen Grinsen zu ihr hinunter und grölte: »Dein Köter hilft dir nie wieder! Der nicht!«

Von Tränen überströmt schrie sie ihn an: »Lass Hugo in Ruh! Nein! Nein! Hör auf! Nein, tu das nicht! Lass ihn endlich in Ruh! Hör auf damit, bitte!«

»Bitte? Habe ich richtig gehört? Du kannst bitten, bis du schwarz wirst! Du …, du Bitch!« Und schon holte er nochmal aus und stach zu.

Obwohl sie alles versuchte, sich vom Boden zu erheben, weil sie zu ihrem Hund wollte, es gelang ihr nicht. Je heftiger sie versuchte sich zu wehren, umso gewaltsamer drückte er sie zu Boden.

Und als er endlich seinen Fuß von ihrem schmerzenden Rücken runtergenommen hatte, sich kurz umdrehte, versuchte Irina auf Knien zu ihrem toten Hund zu kriechen.

Doch noch bevor sie Hugo erreichen konnte, spürte sie, dass ihr ein übelriechendes Tuch auf Mund und Nase gedrückt wurde. Und das Letzte, was Irina noch hörte, war: »Nun hab ich dich endlich, mein Täubchen!«

Dann wurde um sie herum alles dunkel.

# KAPITEL DREIZEHN

## DIE SCHWARZE LIMOUSINE

Einige Tage später.

Auch in dieser Nacht konnte Yve nicht schlafen. Immer wieder musste sie auf den blöden Wecker blicken. Während sie sich ärgerte, weil sich die Zeiger der Uhr anscheinend nicht bewegen wollten, dachte sie darüber nach, was der Greber zu jemanden gesagt hatte. Diese widerlichen Wörter verfolgten sie seitdem.

Erleichtert atmete sie erst auf, als die Dunkelheit endlich von dem Tageslicht verdrängt wurde. Und als Niklas die Augen aufgeschlagen hatte, und sie sich später zusammen am Frühstückstisch unterhielten, musste sie auch nicht mehr ständig auf die Uhr schauen.

Was sie ihm allerdings anmerkte, war, dass ihr Mann mächtig unter Strom stehen musste, denn er hörte ihr gar nicht richtig zu. Und wenn er ihr doch antwortete, dann waren die Antworten äußerst einsilbig. Yve, die sich sein Stimmungstief nicht erklären konnte, stieß ihn kurzerhand an. Sie wollte wissen, was mit ihm los sei.

Weil sich seine Frau nicht erneut aufregen sollte, wollte er ihr nicht sagen, dass er auf den Rückruf von Thorsten wartete. Deshalb schaute er sie absichtlich gelangweilt an und meinte nur: »Wieso? Was soll denn mit mir los sein?«

»Das frage ich dich. Du bist doch mit deinen Gedanken

ganz woanders. Ich kenne dich, also was ist los?«

»Stimmt, du hast recht. Ich denke darüber nach, warum Thorsten sich nicht meldet. Normalerweise hätte er doch schon längst zurückgerufen, meinst du nicht?«

Yve schaute ihn mit großen Augen an. »Schatz, ist das alles, was dich bedrückt?« Sie musste lachen. »Wenn es weiter nichts ist, er wird sich noch melden, da bin ich mir sicher. Du weißt doch, auf Thorsten ist Verlass.«

»Dein Wort in Gottes Ohr! Aber es freut mich, dass du dich etwas beruhigt hast. Es ist schon komisch, zuerst warst du neben der Spur und jetzt bin ich es. Der Kerl schafft uns beide!«

Eins musste sich Niklas Lehmann eingestehen: Seitdem er vor einigen Tagen eine Nachricht auf den Anrufbeantworter von Thorsten Schmietts gesprochen und um einen Rückruf gebeten hatte, wartete er auf diesen vergebens. Warum Thorsten bislang nicht angerufen hatte, das war ihm schleierhaft. *Nachher schicke ich ihm eine Mail, mal sehen, ob er darauf reagiert. So langsam macht mich diese Warterei …*

Aus seiner Überlegung wurde er gerissen, als Yve meinte: »Nik, du solltest schnellstens mit Krümel rausgehen, der steht schon eine ganze Weile vor der Tür. Und ich koche für uns in der Zwischenzeit einen Baldriantee! Was hältst du davon?«

»Du hast ja den Schalk im Nacken!« Nik griente sie an. »Mit der Fußhupe rausgehen, das ist okay, das mache ich glatt. Aber den Beruhigungstee, den kannst du nachher allein trinken. Koche lieber eine Kanne Kaffee und ich bringe von unserem Lieblingsbäcker ein großes Kuchenpaket mit. Denn ich habe einen Mordshunger, schließlich ist heute unser Mittagessen ausgefallen.«

»Jawohl, mach das, mein Herr und Gebieter. Und was du mir gerade aufgetragen hast, werde ich selbstverständlich erledigen. Ich will nicht Gefahr laufen, dass du mir womöglich noch vom Fleische fällst.«

»Mausi, du hast echt `ne Macke!«

Kurz darauf hatte Niklas mit Krümel an der Leine die Wohnung verlassen und Yve machte sich in der Küche zu schaffen. Sie wunderte sich über sich selbst, dass sie so guter Dinge war, obwohl ihr immer noch so vieles im Hinterkopf umherschwirrte. Doch eins hatte sie sich seit jenem Tag geschworen: Dem Kerl sollte es nie, nie wieder gelingen, sie dermaßen in Angst und Schrecken zu versetzen! Von dem wollte sie sich nicht fertigmachen lassen.

Während der Kaffee durchlief und Yve im Esszimmer den Tisch deckte, konnte sie nicht sehen, dass zwischenzeitlich vor dem Haus eine schwere Limousine zum Parken abgestellt wurde.

Erst als sie die Kaffeekanne aufs Stövchen gestellt hatte und anschließend zum Fenster ging, weil sie nach Niklas Ausschau halten wollte, sah sie, dass Leon Greber in das Auto einstieg und sich hinters Lenkrad setzte. Sekunden später konnte sie hören, dass er mit quietschenden Reifen anfuhr und davonraste.

*Was für ein Schlitten,* dachte Yve, *der muss doch ein Vermögen gekostet haben. Und ausgerechnet der Idiot darf mit so einem Auto fahren!* Kopfschüttelnd verließ sie das Fenster und fragte sich, warum sie das Auto zuvor noch nie gesehen hatte. Weder im Stadtbild, geschweige hier vor der Tür. Doch dass sie das Geschoss übersehen haben könnte, nein! Das war unmöglich. Das stand für sie so fest wie das Amen in der Kirche.

Yve grübelte und grübelte. *Zum Donnerwetter noch mal, wo hat ausgerechnet der das Traumauto her? Und wie kann er sich das überhaupt leisten? So viel Geld kann Otto-Normal-Ver-*

*braucher gar nicht verdienen. Nee, wenn ich alles glaube, aber das nicht. Oder fährt der damit seine Klienten von A nach B? Ob Thorsten das weiß? Wenn er uns anruft, dann muss …*

Aus ihrer Grübelei wurde sie gerissen, als Nik rief: »Hallo, Mausi, wir sind wieder da. Hast du uns schon vermisst? Es ging nicht schneller, beim Bäcker war der Teufel los. Aber hier riecht es verdammt gut nach frisch aufgebrühten Kaffee.«

Er überreichte seiner Frau das Kuchenpaket. Dann machte er Krümel das Halsband ab. Nachdem er sich seiner Stiefel und Jacke entledigt hatte, ging Niklas ins Esszimmer und meinte: »Du bist ja so schweigsam. Ist was?«

Sie sah ihn an, als wäre ihr gerade ein Gespenst begegnet. »Das kannst du laut sagen. Wenn ich dir erzähle, was ich gesehen habe …, du glaubst es nicht!«

»Mach es nicht so spannend, sag es schon!«

»Gleich. Ich packe nur noch den Kuchen aus. Du kannst uns schon mal Kaffee eingießen.«

Yve verließ das Esszimmer. Kurz darauf kam sie mit der Kuchenplatte zurück. Sie setzte sich auf ihren Stuhl, und nippte an ihrem Kaffee. Als sie die Tasse zurückgestellt hatte, berichtete sie ihrem Mann in allen Einzelheiten, was sie gesehen hatte.

»Und du bist dir sicher, dass das der Greber war?«

»Wenn ich es dir doch sage!«

»Hast du mal aufs Nummernschild geachtet?«

»Hm, na ja …, weil der wie ein Irrer losgefahren ist, konnte ich nur HH und ein K, es könnte aber auch ein H gewesen sein, erkennen. Mehr konnte ich auf die Schnelle nicht lesen, weder an Buchstaben noch konnte ich eine der Zahlen entziffern.«

»HH? Pass mal auf, der ist bestimmt wieder weg. Der Typ muss wahrscheinlich eine Person beschützen. Und dieser gehört dann auch das Fahrzeug. Ich werde aber Augen und Ohren offenhalten. Mal sehen, ob sich unten in der Wohnung was tut. Du machst dir zu viele Gedanken.«

»Du könntest recht haben, dass der seinen Job machen muss. Wenn der Greber eine Zeit lang weg wäre, umso besser. Aber das sagst du Thorsten auch, wenn er anruft, versprichst du mir das?«

»Versprochen, Mausi. Aber jetzt sollten wir uns unseren Kaffee und den Kuchen schmecken lassen.«

»Guten Appetit, mein Schatz.«

»Dito!«

Gegen Abend rief endlich Thorsten Schmietts an.

»Guten Abend, Niklas. Sie haben um Rückruf gebeten. Es ging nicht eher. Zwischenzeitlich war ich in Boston. Ich hetze nur noch von Termin zu Temin. Sorry, von daher habe ich vergessen, mich zeitnah bei Ihnen zu melden. Wo drückt der Schuh?«

»Hallo, Thorsten. Danke, dass Sie sich jetzt melden. Ja, hier ist etwas passiert, was Sie wissen sollten.«

»Schon wieder? Mit dem Mieter meiner Wohnung? Ich bin ganz Ohr, erzählen Sie.«

Nun berichtete Niklas Lehmann dem Hauseigentümer in knappen Sätzen und dennoch möglichst präzise, was beide gehört hatten und was seiner Frau heute Nachmittag aufgefallen war.

»Ich weiß nicht, was Herr Greber damit bezweckt. Leider kann ich Ihnen nicht viel Neues sagen, Niklas. Obwohl mein Bruder versucht Näheres über ihn in Erfahrung zu bringen, er kommt kaum weiter. Stand der Dinge von gestern, den möchte ich nicht verschweigen, ist folgender: Bei der Security-Firma, wo er arbeiten soll und deren Namen er auf den Selbstauskunftsfragebogen geschrieben hat, da ist ein Leon Greber nicht bekannt. Er ist bei denen nicht angestellt und arbeitet dort auch nicht freiberuflich. Mehr konnte Theo nicht herausbekommen. Aber er bleibt am Ball, schon allein wegen dieser ganz bewussten Falschauskunft. Aber jetzt, anhand der Beschreibung des Autos und einem Teil des Kennzeichens, es wäre doch gelacht, wenn Theo das nicht irgendwie weiterhilft. Niklas, sagen Sie mir Bescheid, wenn er Ihrer Frau oder Ihnen gegenüber nochmal ausfallend werden sollte. Dann übergebe ich die Angelegenheit sofort meinem Anwalt. Er wird alles Weitere in die Wege leiten.«

»Gut, Thorsten, dann weiß ich Bescheid. Danke für den Rückruf. Wir wünschen Ihnen noch einen schönen Abend.«

»Den wünsche ich Ihnen beiden auch. Grüßen Sie bitte Ihre Frau von mir, tschau!«

Weil Niklas Lehmann den Lautsprecher angeschaltet hatte und Yve alles hatte hören können, sah er ihr an, dass sie mit sich kämpfte, um ihre Fassung nicht zu verlieren. Doch das gelang ihr nur kurz.

Dann holte sie Luft und noch ehe Nik sie bremsen konnte, fing sie an zu wettern. »Siehst du, der arbeitet gar nicht bei solch einer Firma! Thorsten wurde von dem Kerl von vorn bis hinten verarscht! Eingeschleimt hat der sich bei ihm! Ein Blender ist der Greber, nichts weiter. Doch, der ist gemeingefährlich! Aber auf mich will ja keiner hören. Nee, ich werde immer nur ausgelacht! Und kannst du mir mal sagen, wem der Luxusschlitten gehört?«

»Das weiß ich doch nicht. Aber es könnte auch sein, dass das nur ein Leihwagen ist.«

»Das glaubst du doch selbst nicht! So ein Straßenkreuzer, geliehen? Hier? In unserem Klein-Kuhkackerode! Und dann mit HH-Kennzeichen? Dass ich nicht lache.« Yve war immer noch außer Rand und Band.

»Bitte, Yve, lass uns nicht streiten. Komm etwas runter. Ich will mich mit dir nicht schon wieder in die Haare kriegen, nicht wegen dem da unten!«

Auch wenn sie es nur ungern zugab, aber in diesem Punkt musste sie ihrem Mann recht geben. »Stimmt, der Kerl ist es nicht wert, dass wir nur noch ein einziges Wort über ihn verlieren. Dass ich so aus der Naht gegangen bin, Nik, das wollte ich nicht. Außerdem ist unser Städtchen wunderschön und bestimmt kein Klein-Kuhkackerode. Das habe ich nur gesagt, weil ich wütend bin. Nicht auf meine Stadt, sondern auf den ...!« Yve biss sich auf die Zunge. Nein, sie wollte das Wort nicht aussprechen, das ihr auf den Lippen lag.

Jetzt ging Niklas zu ihr und drückte sie an sich. Dann griff er nach der Fernbedienung und nachdem er den Fernseher eingeschaltet hatte, blickte er seine Frau an und sagte versöhnlich: »Schon vergessen, Mausi.«

Gemeinsam sahen sie sich die Nachrichten an und für beide verlief der Rest des Abends wie immer. Als das Fernsehprogramm zu Ende war und beide müde wurden, gingen sie ins Bett.

Was Yve und Nik nicht mitbekamen und auch nicht ahnen konnten, war, dass sich – während sie tief und fest schliefen – unten bei Leon Greber dramatische Szenen abspielen sollten.

Gegen Mitternacht fuhr auf einmal, langsam und nur mit Standlicht, wieder die schwarze Limousine vor dem Haus vor, in dem Nik und Yve wohnten. Weil sie zu diesem Zeitpunkt schon im Bett lagen und eingeschlafen waren, bekamen sie nicht mit, was sich vor der Haustür abspielte.

Nachdem die Limousine angehalten hatte, öffnete sich

die Tür und Leon Greber stieg aus. Sich nach allen Seiten umsehend, ging er schließlich zum Kofferraum und öffnete lautlos die Klappe. Als er sich vergewissert hatte, dass sein Opfer noch bewusstlos war, schloss er den Kofferraum wieder und rannte zum Haus. Dann schloss er zuerst die Haustür und danach seine Wohnungstür auf und ließ beide Türen offen.

Nun ging er zurück zum Auto. Er machte erneut die Klappe auf und hob in Windeseile die betäubte Frau aus dem Kofferraum. Nachdem er die Kofferraumklappe fast geräuschlos wieder geschlossen hatte, verschwand er mit der regungslosen Frau auf den Armen in seiner Wohnung.

Dort angelangt, warf er sie aufs Sofa und drückte ihr noch einmal ein äthergetränktes Tuch auf ihr Gesicht. Dann band er ihre Hände und Beine mit Kabelbinder zusammen und nachdem ihr Mund mit einem dicken Klebebandstreifen versehen war, lief er in die Küche.

Als er sich außer Atem ein Glas Wasser einschenken wollte, fing er plötzlich innerlich an zu fluchen. *Mensch, die Türen stehen noch offen. Und das Scheißauto muss vorm Haus verschwinden!* Er ließ Wasser Wasser sein. Stattdessen verließ er im Laufschritt die Wohnung, schloss Wohnungs- und Haustür hinter sich ab, stieg wieder ins Auto ein und fuhr leise, ohne dass er Licht anmachte, davon.

Zwanzig Minuten später hielt ein Taxi vor dem Einfamilienhaus und aus dem stieg Leon Greber. Er hatte es eilig, weil er schnellstens nach Irina schauen wollte. Denn dass sie in seiner Abwesenheit das Bewusstsein wiedererlangt haben könnte und sich womöglich bemerkbar gemacht hatte, das war es, was er schließlich verhindern musste. Egal wie und mit welchen Mitteln auch immer!

Er hastete die vier Eingangsstufen hinauf. Nachdem er die Haustür ziemlich geräuschlos auf- und hinter sich wieder zugeschlossen hatte, schloss er die Wohnungstür auf. Er rannte ins Wohnzimmer. Und als er sie immer noch bewegungslos dort liegen sah, wo er sie kurz zuvor wie ein Stück Dreck hingeworfen hatte, wusste er, dass sie ihm von nun an ausgeliefert war.

Mit einem bösartigen Grinsen im Gesicht ging er zu ihr hin, beugte sich über sie und zischte ihr ins Ohr: »Damit hast du wohl nicht gerechnet, dass wir uns so schnell wiedersehen, mein Täubchen?«

Weil sie in diesem Augenblick das Bewusstsein wiedererlangt hatte, schlug sie benommen ihre Augen auf. Nun schaute sie den Mann, dessen widerlichen Atem sie in ihrem Gesicht spüren konnte, angsterfüllt an. Und als sie sich bewegen und etwas sagen wollte, merkte sie, dass sie dazu nicht in der Lage war. Nun erst wurde ihr bewusst, dass man sie gefesselt und ihr den Mund zugeklebt hatte.

Dabei hatte sie Durst, fürchterlichen Durst. Außerdem schmerzte ihr ganzer Körper und sie musste aufs Klo! Doch wie sollte sie dem Mann das sagen? Wie?

Sie versuchte zu rufen. Aber sie brachte keinen Ton heraus. Das Klebeband verhinderte jeden Aufschrei. Unter allergrößter Kraftanstrengung bäumte sie sich auf und sah den Mann flehend an.

»Oh, es kommt ja wieder Leben in meine kleine Wildkatze! Ich mag es, wenn du dich wehrst! Wehre dich ruhig! Komm schon, wehre dich! Aber sieh dich vor, sagst du auch nur einen Ton oder fängst an zu schreien, wenn ich dir jetzt das Klebeband abmache, dann!« Er lachte hämisch. »Dann schneide ich dir die Kehle durch! Hast du mich verstanden?«

Sie nickte.

Nun griff er in seine Tasche, zog das Messer daraus hervor – womit er Hugo erstochen hatte – und fuchtelte damit vor ihrem Gesicht rum. »Na, mein Täubchen, erinnerst du dich? Die Klinge ist scharf, verdammt scharf! Aber das hast du ja gesehen, nicht wahr? Also, ich will keinen Mucks hören.« Schon riss er mit einem Ruck den Klebestreifen von ihrem Mund ab.

Obwohl ihr der ganze Mundbereich höllisch wehtat, als wenn sie sich verbrannt hätte, bedankte sie sich leise bei ihrem Peiniger.

Grob zog er sie an einem Arm vom Sofa hoch und als sie saß, wollte er wissen, ob sie Hunger hätte.

»Nein.« Sie schüttelte den Kopf. »Ich habe Durst und muss auf die Toilette.«

Notgedrungen schnitt er die Kabelbinder durch, riss sie hoch und schob sie vor sich her zum Bad. »Da kannst du pinkeln! Aber die Tür bleibt auf! Ganz auf, hast du mich verstanden?«

Sie schämte sich. Aber weil sie wusste, dass sie keine andere Wahl hatte, ließ sie die Badezimmertür offen.

Als sie fertig war und vor dem Waschbecken stand, um sich die Hände zu waschen, fiel ihr Blick unwillkürlich in den Wandspiegel. Doch die Frau, die ihr da gegenüberstand, die kannte sie nicht. Sie wusste weder, wie sie hieß, noch woher sie kam oder wie sie hier gelandet war. Sie erschrak vor ihrem eigenen Spiegelbild, weil sie sich an nichts erinnern konnte. Im gleichen Moment fragte sie sich, wer der Mann war und was der überhaupt von ihr wollte. Sie hatte keine Ahnung.

»Fertig? Oder soll ich dir Beine machen? Komm da endlich raus. Gleich habe ich die Faxen dicke!«

Noch ehe sie das Bad verlassen konnte, stürmte er rein, umklammerte ihren Arm und stieß sie in die Küche.

»Aua, Sie tun mir weh!«

»Halts Maul! Setz dich auf den Stuhl. Hier!« Er knallte

ein mit Wasser gefülltes Glas auf den Tisch und schmiss ihr eine trockene Scheibe Brot hin. »Trink aus und iss was, bevor ich es mir anders überlege!«

Während sie das Brot aß und das Wasser trank, ließ Leon Greber Irina nicht aus den Augen. Es machte ihn an, als er sah, dass sie Angst vor ihm hatte und zu zittern begann. Als er bemerkte, dass seine Mundwinkel feucht wurden und dass er in Erregung geriet, dachte er: *Ich muss sie haben ..., jetzt! Sofort!*

Ohne Vorwarnung zerrte er sie vom Stuhl hoch, schmiss sie zu Boden und während er ihr die Sachen vom Körper riss, keuchte er: »Ein Wort, ein Schrei, ich mach dich kalt! Wie deinen Köter.«

Während er in sie eindrang, sie betatschte, an ihr rumfummelte und stöhnte, lag sie wimmernd auf den kalten Fliesen und wünschte sich, sie wäre tot.

Als Leon Greber nach einer gefühlten Ewigkeit endlich von ihr abließ, schleifte er sein Opfer, es an den Armen hinter sich herziehend, ins Schlafzimmer.

Der Albtraum war jedoch noch nicht vorbei. Denn nachdem er sie mit brutaler Gewalt ins Bett gezogen hatte, fesselte er ihre Hände auf dem Rücken und nachdem er ihre Füße zusammengebunden hatte, klebte er ihr auch wieder den Mund zu. Dann verließ er mit einem barbarischen Grinsen den Raum.

Jetzt liefen Tränen des Ekels über ihr Gesicht. Sie kannte den Mann nicht, der sie gerade vergewaltigt hatte, und sie wusste nicht, was er mit ihr vorhatte. Sie wusste nur, dass sie gefesselt in einem fremden Bett lag, doch alles andere war wie ausgelöscht.

Plötzlich kam er zurück.

Als er sich neben sie ins Bett gelegt hatte, grapschte er sofort mit beiden Händen nach ihren Brüsten und knetete sie wollüstig. Und während er das tat, grinste er sie teuflisch an und keuchte ihr ins Ohr: »Wow, du hast nicht nur richtig geile Titten, du bist mein bestes Pferd im Stall. Dass das so ist, davon konnte ich mich ja gerade selbst überzeugen. Täubchen, glaub mir, mit dir werde nicht nur ich jede Menge Spaß haben. Oh nein, du wirst viele meiner zahlungskräftigen und rattenscharfen Kunden befriedigen. Glaub mir, die kommen so lange wieder, bis deine Schulden bei mir abgezahlt sind, wenn überhaupt! Du bist also meine Gelddruckmaschine! Und solltest du diesmal nicht spuren, nicht das tun, was ich von dir verlange ...«, er schlug ihr kaltschnäuzig ins Gesicht, »sei dir sicher, du widerspenstige Wildkatze, dann war das, was ich mir vorhin an Spaß ausgedacht habe, nur ein harmloses und kurzes Vorspiel zu dem, was dir blüht, wenn es zwischen uns erst zum Finale kommt! Ich warne dich, du geiles Miststück, mach keine Zicken, sonst ...! Versuche es gar nicht erst, du kommst hier nicht raus, ich habe alles doppelt und dreifach abgesichert!«

Nach dieser Ansage und den ausgestoßenen Drohungen hörte er damit auf, ihren Körper und ihre Brüste noch weiter anzufassen. Stattdessen drehte er sich lachend auf die andere Seite, schaltete das Licht der Nachttischlampe aus und schlief seelenruhig ein.

Die gefesselte und verschleppte Irina lag leise weinend in dem Bett. Sie fühlte sich benutzt und dreckig. Und weil sie dem Widerling hilflos ausgeliefert war, er mit ihr machen konnte, was er wollte, fürchtete sie sich vor der Nacht und der Dunkelheit, die sie jetzt umfing.

Doch dass sie sich an nichts erinnern konnte, nicht verstehen konnte, was das alles zu bedeuten hatte, das raubte ihr fast den Verstand. Denn die Anspielungen und Äußerungen, die er gemacht hatte, halfen ihr nicht weiter.

Angestrengt dachte sie nach. *Ich muss doch wissen, wer ich bin und woher ich komme, was für Schulden ich habe und welche Männer der meint. Und wie der heißt und wo ich ihm schon mal begegnet bin.* Doch sie kam nicht weiter. Sie musste sich damit abfinden, dass alles weg war. So als hätte die Frau, deren Spiegelbild sie vorhin gesehen hatte, nie zuvor existiert.

Sie wurde wütend! Sehr wütend. Denn dass sie die Frau nicht kannte, die sie im Spiegel sah, nein, das wollte sie nicht so einfach hinnehmen. Endlich erwachte ihr Kampfgeist. Rebellisch sagte sie zu sich selbst: *Nein, damit finde ich mich nicht ab! Ich muss herausfinden, wer ich bin! Ich will es wissen, denn ich muss dem alles heimzahlen, was er mir angetan hat. Dieses miese Schwein! Und ich muss mir eine gute Strategie ausdenken.*

Als sie merkte, dass sie hundemüde wurde, wehrte sie sich vehement dagegen einzuschlafen. Doch irgendwann fielen ihr die Augen zu. Es musste eine andere Macht geben, die es gut mit ihr meinte. Denn während sie schlief, wich ihre Angst, die Anspannung löste sich und Irina träumte von einer anderen, besseren und schöneren Welt.

# KAPITEL VIERZEHN

## GRAUSAMER FUND

Gut gelaunt und bester Dinge schlenderten Tanja und Steffen durch die Stadt. Es war zwar kalt, aber weil die Sonne schien, sah die Welt um sie herum gleich viel freundlicher aus.

Als sie ungefähr die Mitte der Bummelallee erreicht hatten, sah Tanja Willi.

»Sieh mal, da ist Willi. Komm, wir gehen zu ihm. Ich habe schon länger nicht mehr mit ihm gequatscht.«

»Du willst ja nur wissen, ob er uns etwas Neues berichten kann und ob man ihm heute ein paar Euros zukommen lassen hat. Gib es schon zu.«

Lachend zog sie ihn an der Hand mit sich mit.

Als sie bei ihm waren, klopfte Tanja auf seine Mütze. »Guten Tag, Willi!«

»Tachchen, Tanja, Tach, Steffen, Ihr seid auch mal wieder da? Ich habe euch schon vermisst. Und deine spezielle Begrüßung sowieso.«

»Siehste«, sie grinste ihn an, »nun weißt du gleich, dass ich noch lebe.«

»Du ja. Ich auch. Aber kannst du mir mal sagen, wo meine kleine Freundin ist? Die habe ich schon ewig nicht mehr gesehen. Auf jeden Fall noch nicht in diesem Jahr. So langsam mache ich mir Gedanken.«

»Du meinst Irina?«, wollte Steffen wissen.

»Ja, Irina und ihren Hund. Sie sind doch sonst regelmäßig hier und jetzt sind beide von der Erdfläche verschwunden. Da fällt mir was ein! Inzwischen war schon zweimal ein Ehepaar hier, junge Leute ..., die haben mich auch nach ihr gefragt. Und beide Male hatten sie etwas für sie mitgebracht. Aber weil sie nicht da war, haben sie mir das geschenkt.« Er musste lachen. »Ist auch nicht schlecht gewesen, aber das war ja nicht Sinn der Sache.«

Steffen legte seine Hand auf Willis Schulter. »Wo Irina und Hugo sind, das kann ich dir sagen. Sie sind bei uns. Ihrem Hund ging es sehr schlecht. Aber ein Tierarzt hat ihm inzwischen geholfen. Und der hat ihr sogar noch einen Schein gegeben, damit sie nicht gleich wieder mit ihm auf die Straße muss. Willi, Irina geht es gut. Ich gehe davon aus, dass sie in den nächsten Tagen hier wieder auftaucht und dann zu dir kommt.«

»Das wäre schön! Grüßt sie von mir und sagt der Kleinen, dass ich sie und ihren Hugo vermisse. Und dass ich so lange ihren Platz warmhalte.«

»Machen wir«, erwiderte Tanja. »Du kannst dich auf uns verlassen. Sie wird sich freuen.«

Steffen warf einen kurzen Blick in Willis verbeulte Blechbüchse. »Na, was ich so sehe ..., gelohnt hat sich das nicht.«

»Nee, nicht wirklich. Aber wenn es für ein Brötchen und ein warmes Getränk reicht, bin ich schon zufrieden. Tja, die guten Zeiten sind vorbei, die Leute sind nicht mehr so spendabel, da kann man nichts machen.«

Tanja zwinkerte ihm zu. »Wem sagst du das? Mal sehen, ob wir ein paar Euros bekommen. Denn unsere Vorräte sind aufgebraucht. Und alles, was wir an Bewerbungen schreiben, kommt zurück. Aber du kennst das ja: Ohne festen Wohnsitz, keine Arbeit und ohne Arbeit, kein fester Wohnsitz. Das bedeutet auf der ganzen Linie, null Chance! Es ist echt zum Kotzen.«

Willi konnte Steffen ansehen, dass er sehr verbittert war. Denn dass sein viel jüngerer Kumpel jede Arbeit annehmen würde, das wusste er.

Weil beide schon oft über dieses Reizthema gesprochen hatten, überlegte sich Willi ganz genau, was er darauf erwiderte. »Glaub ich dir, mein Freund, glaub ich dir. Du bist kräftig und voller Tatendrang. Viel zu jung, um den Rest deines Lebens auf der Straße zu verbringen. Anders ist es bei mir. Mein Zug ist längst abgefahren, meine Tage auf dem Pflaster sind gezählt. Aber dir und deiner Tanja wünsche ich viel Glück, dass ihr bald Arbeit findet. Gebt nicht auf, geht allen Firmen und den Arbeitgebern weiter gewaltig auf den Sack! Und eines Tages, mein Freund, eines Tages kommt 'ne Zusage. Denk an meine Worte.«

»Danke, danke, Willi. Du bist ein wahrer Freund und Kumpel! Aber jetzt wollen wir weiter und wenn unser Plätzchen noch frei ist, dann hocken wir uns da für ein Stündchen hin. Man sieht sich.«

»Jau, man sieht sich. Viel Erfolg heute.«

»Dir auch«, sagte Tanja und verabschiedete sich mit einem Händedruck von ihm. »Aber irgendwie gefällst du mir heute nicht. Geht es dir nicht gut?«

Was Willi in seiner Situation nicht gebrauchen konnte, war Mitleid. Und dass es ihm seit Tagen schon schlecht ging, das war einzig und allein seine Privatsache. Weil er nie im Leben seine Freunde damit belasten würde, beschwichtigte er sie mit den Worten: »Doch, mir geht es bestens. Mach dir um mich keine Sorgen. Ich bin steinalt, da zwickt es schon mal hier und da.«

»Na, dann will ich es dir mal glauben.«

»Kannste, Tanja, kannste!«

Nun gingen beide weiter. Willi winkte ihnen so lange hinterher, bis sie aus seinem Blickfeld verschwunden waren. Dann holte er wie immer seine Mundharmonika aus seiner Jackentasche.

Und als die Melodie erklang *Gute Freunde kann niemand trennen ...* horchten einige Passanten auf und blieben kurz stehen. Und die, die daraufhin auf ihn zukamen und eine Münze in seine Blechbüchse warfen, denen nickte er freundlich und dankbar zu. Dass er dieses Lied nur für seine obdachlosen Freunde Tanja, Steffen und Irina gespielt hatte, das wusste nur er.

Wenig später war seine Mundharmonika wieder in seiner Jackentasche verschwunden. Nun nahm er die verbeulte, alte Büchse hoch und kippte die darin befindlichen Geldstücke in die andere Jackentasche.

Anschließend, nachdem Willi schwerfällig aufgestanden war und nach den zwei Tüten gegriffen hatte, in denen seine ganzen Habseligkeiten verstaut waren, zog er mit schlurfenden Schritten und einem schmerzverzerrten Gesichtsausdruck seiner Wege.

Obwohl ihr Stammplatz frei war, blieben Tanja und Steffen nicht lange auf dem kalten Erdboden sitzen. Denn die Menschen, die in der Bummelallee unterwegs waren, gingen fast alle achtlos an ihnen vorüber.

Letzten Endes befanden sich 5 Euro und 70 Cent auf ihrer Unterlage. Nachdem sie die wenigen Münzen ein gesammelt hatten, überlegten sie, was sie sich dafür kaufen sollten.

»Für ein paar Brötchen, eine Tüte Milch und einen Becher Margarine wird es wohl reichen«, meinte Tanja.

»Na ja, besser als nix,« stellte Steffen fest. »Hauptsache, wir haben etwas zu essen. Brötchen isst Irina sowieso gerne und für Hugo hat sie ja noch was. Komm, lass uns nach Hause gehen, sie wartet bestimmt schon auf uns.«

Sie rollten die Unterlage zusammen und dann gingen beide langsam zurück zum Bauwagen. Doch als sie um die Ecke bogen, sah Tanja schon von Weitem, dass die kleine Tür offen stand.

»Du, Steffen, sieh mal, Irina hat die Tür ja gar nicht zugemacht, und das bei dieser Eiseskälte. Das ist doch nicht normal.«

Steffen, der sich nichts dabei dachte, meinte nur: »Kann doch sein, dass Irina nur mal kurz vor die Tür gegangen ist. Vielleicht hatte es Hugo eilig. Aber das werden wir gleich wissen, wenn wir da sind. Du machst dir mal wieder viel zu viel Gedanken.«

Aber als sie vor ihrer Behausung angekommen waren und vor der weit geöffneten Tür standen, sahen sie sich fragend an. Und als auf Steffens` Rufen weder Irina noch Hugo reagierten, bekam auch er Bedenken. Denn Hugo, da war er sich sicher, der hätte sich auf jeden Fall bemerkbar gemacht!

Steffen räusperte sich. »Ich gebe dir ja nicht gern recht, aber das ist äußerst merkwürdig!« Dann stieß er Tanja an und sagte leise: »In der Tat, hier stimmt was nicht. Bleib du draußen, ich gehe erst mal allein rein.«

»Nein! Das tust du nicht!« Ungehalten stampfte sie mit dem Fuß auf. »Du spinnst wohl! Wenn, dann gehen wir jetzt zusammen in unseren Wagen.«

Mit einem mulmigen Gefühl gingen sie die paar Stufen hoch, und als sie einen Blick ins Innere geworfen hatten, schrie Tanja vor blankem Entsetzen auf.

Noch ehe Steffen seine Freundin daran hindern konnte, lief sie zu Hugo, der in einer Blutlache lag, und fiel weinend vor ihm auf die Knie.

Selbst Steffen gelang es nur schwer, die Beherrschung zu bewahren bei dem Anblick, der sich ihm bot. Denn das, was man Hugo angetan hatte, war zu blutrünstig.

Er schaute sich um. Hier musste eine Bestie gewütet haben! Der ganze Fußboden war mit Blut getränkt und sogar im Hundekörbchen konnte Steffen Blutspritzer sehen.

Als er sich wieder umdrehte und sah, dass Tanja mit ihren blutverschmierten Händen immer wieder über den toten Hund strich, stockte ihm der Atem. Und als Steffen dann auch noch hörte, dass sie schluchzend auf den leblosen Körper einredete, eilte er zu ihr.

Vorsichtig versuchte er sie hochzuziehen, weil er sie von Hugo wegbringen wollte. Doch Tanja sträubte sich mit aller Kraft. Steffen ließ sich jedoch nicht von seinem Vorhaben abbringen.

Er wusste, dass sie schnellstens hier raus musste! Allerdings machte sie keine Anstalten sich zu erheben. Egal, welche Versuche Steffen auch unternahm, nichts konnte sie umstimmen. Seine Worte schienen Tanja gar nicht zu erreichen.

Sie verharrte regungslos neben Hugo und stammelte immer nur: »Was …, was haben die denn mit dir gemacht? Warum, Hugo? Warum? Du blutest ja so doll! Hugo, wir bringen dich jetzt zu Herrn Fuchs, der hilft dir. Komm.«

Jetzt legte Steffen seine Hände auf ihre Schultern. Dann beugte er sich zu ihr runter und sagte mit ernster Stimme: »Tanja, du musst aufstehen. Wir müssen Irina suchen, sie ist nicht hier! Sei vernünftig, bitte steh auf!«

»Irina?« Sie sprang hoch und trommelte wie von Sinnen mit ihren Fäusten auf Steffens Brustkorb herum. »Was hast du gesagt? Irina ist weg? Sag, dass das nicht wahr ist! Was ist hier passiert, dass Hugo so blutet und Irina weg ist?«

Sie klammerte sich an ihn und fing hemmungslos an zu weinen. Und wenn sie nicht weinte, dann schluchzte sie so sehr, dass er ihren Schmerz spüren konnte. Während Steffen ihre Tränen auf seinem Gesicht und Hals fühlte, merkte er, dass seine Beine zu zittern begannen. In diesem Moment fragte er sich, wie und warum es zu dem bluttriefenden Szenario gekommen war und wer das getan hatte.

Doch seine allergrößte Sorge galt in diesem Moment Irina. *Wir müssen was tun,* schoss es ihm durch den Kopf, *und zwar sofort!* Äußerst behutsam schob er seine Freundin etwas von sich weg.

Verstört blickte sie ihn an.

Obwohl er vermutete, dass sie unter Schock stand, versuchte Steffen dennoch seine Gefühle auszublenden und stattdessen den Verstand sprechen zu lassen. »Tanja, jetzt hör mir mal zu. Bitte! Wir müssen die Polizei holen. Hier ist ein Verbrechen passiert. Hugo ist ermordet worden und Irina ist verschwunden. Hörst du? Wir müssen sie suchen. Wir dürfen keine Zeit verstreichen lassen. Hast du mich verstanden? Tanja, sag was!«

»Ermordet? Hugo? Was sagst du denn da? Er blutet doch nur! Irina holt bestimmt den Arzt. Die kommt gleich wieder, oder nicht?« Dann sackte sie in sich zusammen.

Steffen zögerte nicht. Er hob Tanja hoch und brachte sie hinaus. Nachdem sie auf dem Gehweg saß, setzte sich Steffen neben sie und nahm sie in seine Arme.

Beherrscht sagte er dann zu ihr: »Tanja, was hier passiert ist, weiß ich nicht. Aber Irina hätte ihren Hugo nicht alleingelassen. Und Hugo, Tanja, er blutet nicht, er ist ..., Hugo ist tot. Ich laufe zur Polizei, die muss herkommen. Oder bist du in der Lage mitzukommen?«

Mit verweinten Augen und geschwollenen Augenlidern erhob sie sich. »Mein Gott, Irina! Steffen, die Polizei muss sie finden.«

Ohne eine Antwort abzuwarten, rannte sie los.

Ehe Steffen ihr hinterherlief, machte er zuvor noch die Tür vom Bauwagen zu.

Ungefähr nach zwanzig Minuten hatten sie völlig außer Atem die Polizeistation erreicht. Nachdem beide ihre Aussage gemacht hatten, schaltete die Polizei für weitere Ermittlungen die Kripo ein.

Was danach passierte, war für Tanja und Steffen mehr als nervenbelastend. Denn als sie nach einer gefühlten Ewigkeit zusammen mit einem Herrn der Kriminalpolizei zurück zum Ort des Verbrechens gefahren worden waren, wurde ihnen gesagt, dass sie ihre Unterkunft nicht betreten dürften. Da standen sie nun, völlig verstört, zitternd und durchgefroren und mussten tatenlos zusehen, wie Beamte von der Spurensicherung in ihrem Bauwagen verschwanden.

Erst Stunden später, nachdem Irina als vermisst gemeldet war, der Hund von einem hinzugerufenen Spezialisten untersucht worden war und alle Spuren am Tatort gesichert waren, gab die Kripo den Bauwagen wieder frei.

Bevor sie gingen, kam einer der Beamten auf Tanja und Steffen zu und wollte von ihnen noch wissen, ob sie von Irina ein Bild hätten.

Tanja schüttelte nur den Kopf.

»Ein Bild?« Steffen überlegte. »Wir haben kein Foto von Irina.« Er schaute den Beamten an. »Ihren Ausweis, den haben Sie hier ja auch nicht gefunden, oder?«

»Nein. Gut, dann kommen Sie morgen zu uns, wir erstellen ein Phantombild von ihr. Sollte sie allerdings wiederkommen, soll sie sich sofort bei uns melden. Es besteht die Möglichkeit, dass sie unter Schock weggelaufen ist, um

Hilfe zu holen. Aber danach sieht es nicht aus. Zumal wir ein Beweismittel gefunden haben, das für eine Entführung spricht. Bestimmt können unsere Leute verwertbare Fingerabdrücke und DNA an einem Tuch finden, das neben dem Hund da drinnen lag.« Der Beamte zeigte auf die Tür.

»Normalerweise müssten wir das tote Tier mitnehmen, aber das muss nicht sein. Der Hund konnte vor Ort bereits untersucht werden. Sollen wir den Abdecker informieren, dass er ihn abholt? Das würde ich sofort in Auftrag geben. Ich frage Sie das, weil er nicht länger hier liegen bleiben sollte. Der Anblick dürfte für Sie nur schwer zu ertragen sein. Oder was haben Sie mit dem Hund vor?«

»Hugo? Zum Abdecker? Nein! Nein!« Tanja fing an zu weinen. »Wir kümmern uns um Irinas Hund. In der Nähe gibt es einen Tierfriedhof. Dort werden wir ihn morgen beerdigen lassen, nicht wahr, Steffen?«

»Ja, morgen.« Er schluckte. »Du hast recht, das hätte Irina auch gemacht. Irgendwie werden wir das schaffen. Genau, wir schaffen das schon.«

»Dann sehen wir uns morgen. Auf Wiedersehen. Und wenn Ihnen bis dahin noch etwas einfallen sollte, was auch immer, jede Kleinigkeit könnte uns weiterhelfen! Versuchen Sie ein wenig zur Ruhe zu kommen, etwas Schlaf würde Ihnen beiden bestimmt helfen.«

»Danke. Wenn Hugo unter der Erde liegt, kommen wir zu Ihnen auf die Wache. Auf Wiedersehen.«

»Da fällt mir noch was ein. Sollte Ihre Bekannte wieder da sein, dann reicht auch ein Anruf.«

»Wir müssen so oder so zu Ihnen kommen.« Steffen sah den Beamten an. »Wir besitzen kein Handy und haben auch keinen Festnetzanschluss.«

Dass junge Menschen heutzutage kein Smartphone besaßen, nicht einmal telefonieren konnten, das hörte der Beamte nicht oft. Eigentlich gar nicht mehr. In diesem Augenblick taten ihm die beiden leid.

»Gut, dann bis morgen, gute Nacht.«

Nachdem der Beamte in sein Dienstfahrzeug gestiegen und weggefahren war, standen Tanja und Steffen vor ihrer Unterkunft und hielten sich an den Händen fest. So, als wollten sie einander Kraft geben.

»Steffen, ich kann da nicht mehr reingehen, das geht nicht. Nicht mehr heute. Ich kann da nicht sauber machen. Nicht …«, sie weinte, »nicht solange Hugo …«

»Tanja, nein, das brauchst du auch nicht! Denn das wirst du auf keinen Fall machen! Und ich geh da auch nicht mehr rein. Es ist einfach zu furchtbar, Hugo da liegen zu sehen.«

»Aber was wollen wir denn machen? Was?« Ratlos blickte sie ihn an.

»Du, hat der Beamte nicht gesagt, dass Irina vielleicht Hilfe holen wollte und dass sie deshalb nicht da ist? Da fällt mir nur Wolfgang Fuchs ein. Vielleicht ist sie tatsächlich zu ihm gelaufen. Ist zwar unwahrscheinlich, aber es könnte doch sein. Tanja, was hältst du davon, wenn wir trotzdem zu ihm gehen und ihn um seine Unterstützung bitten?« Steffen blickte auf seine Armbanduhr. »Jetzt schläft er bestimmt noch nicht.«

»Meinst du, wir sollten das wirklich machen?«

»Was haben wir schon zu verlieren? Es geht um Irina, wir müssen alles versuchen, um sie zu finden. Und wenn sie bei ihm gewesen ist, vielleicht kommt sie uns sogar mit ihm entgegen.«

»Du hast recht, Steffen, wir machen das.«

Kurz darauf standen sie vor Wolfgang Fuchs` Anwesen. Mit zittrigem Finger drückte Tanja auf den Klingelknopf der Gegensprechanlage.

»Wer ist da?«

»Wir sind es, Tanja und Steffen.«

»Ach, ihr seid es. Kommt rein! Den Weg durch den Garten kennt ihr ja.«

Daraufhin öffnete sich die schwere Haustür und wenig später standen sie dem Tierarzt gegenüber.

»Ihr? Jetzt noch, um diese Uhrzeit? Guten Abend, ist was passiert?«

»Entschuldigen Sie bitte, Herr Doktor Fuchs. Aber …, ja, es ist was Schreckliches passiert. Wir möchten nur wissen, ob Irina bei Ihnen ist oder hier war.«

»Irina, hier bei mir? Nein. Ich habe sie zuletzt gesehen und mit ihr gesprochen, als ihr alle hier wart. Nächste Woche wollte sie wiederkommen, für Hugo neue Tabletten holen. Was ist los?«

Tanja, die bis zu diesem Augenblick ihre Gefühle noch unter Kontrolle gehabt hatte, weinte fürchterlich, als sie zu ihm sagte: »Irina ist weg und Hugo ist tot.«

Fassungslos sah Wolfgang Fuchs Tanja und Steffen an. »Tot? Hugo ist tot? Und wo ist der Hund? Dass er so schnell stirbt, nein, damit habe ich nun wirklich nicht gerechnet. Das versteh ich nicht.«

»Ach, Herr Fuchs, Hugo ist ja gar nicht an seiner Krankheit gestorben. Er …, er ist doch …«, plötzlich versagte Tanja die Stimme.

Steffen drückte sie an sich. Dann sprach er weiter. »Wir waren in der Stadt, aber Irina ist mit Hugo allein im Bauwagen geblieben. Und als wir zurückkamen …« Steffen musste mehrmals tief durchatmen. »Als wir zurück waren und in den Wagen gegangen sind, lag Hugo auf dem Fußboden, in seinem eigenen Blut. Man hat ihn ermordet! Erstochen …, abgestochen wurde er. Und Irina, sie war weg. Wir dachten, dass sie vielleicht zu Ihnen gekommen ist!«

Entsetzt blickte der Tierarzt Tanja und Steffen an. Denn das, was er gerade gehört hatte, vermochte er kaum zu glauben. Dass es jedoch der Wahrheit entsprach, das war ihm bewusst. Obwohl es ihm nicht leichtfiel, versuchte er zumindest nach außen hin ruhig zu bleiben und gefasst zu reagieren.

»Ihr seid ja völlig durchgefroren. Kommt erstmal rein.« Als sie im Wohnzimmer auf dem Sofa saßen, ging der Tierarzt in die Küche. Kurz darauf kam er mit einer Kanne Tee zurück. Aber erst als die gefüllten Teegläser vor ihnen standen und sie einige Schlucke von dem wärmenden Getränk getrunken hatten, bat er Steffen und Tanja, dass sie ihm erzählen sollten, was geschehen war.

Nachdem er sich alles angehört hatte, fackelte Wolfgang Fuchs nicht lange. Er griff zum Telefon, wählte eine Nummer und bestellte ein Taxi.

»So, und jetzt fahre ich mit euch zu eurer Unterkunft. Vielleicht ist Irina inzwischen wieder da. Hoffentlich. Außerdem will ich mir Hugo ansehen und dann nehme ich ihn mit hierher.« Als er sah, dass Steffen Protest einlegen wollte, winkte er ab. »Keine Widerrede! Nur damit ihr es wisst, ihr kommt dann auch wieder mit. Diese Nacht lasse ich euch nicht da. Der Fahrer kann so lange warten. Nun ziehe ich mir nur noch was über und hole die Hundebox und eine Decke – beides brauche ich für Hugo. Macht euch auch fertig. Das Taxi kommt gleich.«

Als alle vor dem Bauwagen standen und der Taxifahrer im Fahrzeug auf sie wartete, ging Wolfgang Fuchs auf die kleine Tür zu. In einer Hand trug er die große Hundebox, in der die Decke lag, und bevor er mit der anderen langsam die Tür öffnete, drehte er sich noch einmal zu Tanja und Steffen um. »Ihr beide, seid vernünftig und bleibt bitte draußen. Und sollte Irina da sein, sage ich euch sofort Bescheid. Versprochen!«

Dann betrat er das Innere des Wagens.

Er hatte als Tierarzt in seinem Leben wahrlich schon viel gesehen. Kranke Hunde hatte er operieren müssen, aber viele wurden auch verletzt zu ihm gebracht. Andere waren traumatisiert, weil sie von ihren Haltern schwer misshandelt worden waren. Von daher, da war er sich sicher, könnte ihn so schnell nichts erschüttern. Das dachte er, bis er Hugo auf dem Boden liegen sah. Hier musste seiner Meinung nach ein Massaker stattgefunden haben.

Wolfgang Fuchs hoffte und betete, dass Irina von dem Gemetzel nichts mitbekommen hatte. Denn eins wusste er: Sollte sie gesehen haben, wie man ihren alten und treuen Weggefährten getötet hatte, das würde sie niemals vergessen können.

Nachdem er sich Hugo genauer angesehen hatte, legte er den leblosen Körper in die große Hundebox und deckte ihn mit der Decke zu. Für ihn stand fest, dass Tanja und Steffen den Bauwagen nicht mehr betreten durften, solange hier drinnen alles voller Blut war. Doch das Innere davon zu säubern, das konnte unmöglich Steffen machen. Und Tanja erst recht nicht.

Er überlegte: *Ich muss mir etwas einfallen lassen! Nur was?* Dann wusste er es. *Morgen früh beauftrage ich eine Firma, die das so schnell wie möglich erledigen soll!*

Wolfgang Fuchs musste sich über sich selbst wundern. Normalerweise ging er äußerst ungern auf Menschen zu und er half auch nicht allen. Aber Irina mit ihrem Hugo, Tanja und Steffen? Diese einfühlsamen Verbindungen …

Ein zaghaftes Lächeln umspielte seine Lippen. Besonders Irina hatte er in sein Herz geschlossen. Zu gern würde er sie suchen, doch wo? Er tappte völlig im Dunkeln. Denn er hatte nicht die geringste Ahnung, wohin sie gelaufen sein könnte. Dass sie einen Schock erlitten hatte, wenn sie das miterleben musste, davon war auszugehen.

Er sah sich noch einmal im Bauwagen um. Dann verließ er ihn und schloss die Tür hinter sich.

Kurz darauf stand er mit der schweren Box, in der sich der tote Hugo befand, neben Tanja und Steffen. Schweigend und mit Tränen in den Augen sahen beide auf die Hundebox.

Noch ehe sie etwas sagen konnten, stieg der Taxifahrer aus dem Auto aus und fragte den Tierarzt, ob er ihm etwas abnehmen solle. »Ja, stellen Sie die Hundebox in den Kofferraum. Und dann fahren Sie uns bitte zurück zum Rosenheckenweg.«

Daraufhin sah er Tanja und Steffen an. »Bitte steigen Sie auch ein. Ich möchte, dass Sie über Nacht bei mir bleiben.«

Energisch schüttelte Steffen den Kopf. »Herr Fuchs, nehmen Sie es mir nicht übel, aber ich bleibe hier. Ich will hier nicht weg. Was ist, wenn Irina wiederkommt und keinen vorfindet? Womöglich geht sie in unseren Wagen. Und wenn sie da drinnen das ganze Blut sieht! Nein, Herr Fuchs, das können Sie nicht von mir verlangen. Ich werde mich auf die Stufen setzen und bis morgen früh hier auf sie warten. Sollte Irina dann immer noch nicht da sein, sehen wir weiter. Aber jetzt werde ich auf gar keinen Fall mit Ihnen mitfahren.«

Insgeheim musste der Tierarzt ihm sogar zustimmen. Denn das, was Steffen sagte, war einleuchtend und hatte Hand und Fuß. Sein Blick ging zu Tanja. »Aber Sie kommen doch mit, oder?«

»Das geht nicht. Ich will Steffen nicht allein lassen. Es ist schon dunkel und lausig kalt geworden. Gegenseitig können wir uns hier draußen etwas wärmen.«

»Doch, das geht!« Steffen griff nach der Hand seiner Freundin. »Du machst das! Bitte! Und morgen früh, Tanja, da kommst du wieder hierher. Sollte Irina in der Nacht kommen, dann warten wir gemeinsam auf dich. Nun steig schon ein!«

»Moment, da fällt mir was ein.« Herr Fuchs eilte noch einmal in den Bauwagen. Kurz darauf kam er mit einer Zudecke unterm Arm wieder raus und gab sie Steffen. »Ich habe die vorhin in einer Ecke liegen sehen. Damit sollten Sie sich zudecken.«

»Danke, Herr Fuchs. Darf ich Sie noch etwas fragen, bevor Sie mit Tanja losfahren?«

»Natürlich, Steffen, und was möchten Sie wissen?«

»Was wollen Sie denn mit Hugo machen?«

»Das kann ich Ihnen sagen. Ich werde ihn morgen neben meiner Brunhilde begraben. Mein Garten ist groß genug. Ich kann mir nicht vorstellen, dass eure Freundin etwas dagegen hätte, oder?«

»Nein, Irina würde sich darüber sehr freuen!«, erwiderte Steffen, und ohne dass sie es wollten, liefen Tränen über Steffens und Tanjas Gesicht.

»Danke. Vielen Dank, Herr Fuchs. Das ..., das werden wir Ihnen nicht vergessen«, stammelte Tanja.

Nachdem sich die beiden Männer voneinander verabschiedet hatten, setzte sich der Tierarzt zu dem Fahrer ins Taxi und wartete auf Tanja.

Bevor auch sie ins Taxi einstieg, umarmte sie ihren Freund und flüsterte ihm ins Ohr: »Bis morgen, Steffen. Pass gut auf dich auf!«

»Mach ich doch, bis morgen!«

# KAPITEL FÜNFZEHN

## RÄTSELHAFTE KLOPFGERÄUSCHE

Am nächsten Morgen, nachdem Leon Greber das Bett verlassen hatte, verließ er das Schlafzimmer. Erst als er sich geduscht und angezogen hatte, kam er vor sich hin fluchend zurück und schnitt mit einem Küchenmesser die Kabelbinder durch, mit denen Irinas Hände und Füße gefesselt waren.

Bevor er das Klebeband von ihrem Mund abriss, baute er sich drohend vor ihr auf und fuhr sie an: »Gibst du auch nur einen einzigen Mucks von dir oder machst andere Zicken, dann erkennst du dich hinterher nicht wieder! Hast du mich verstanden?«

Sie nickte.

»Und nun, mein Täubchen, kannst du ins Bad gehen. Aber die Tür bleibt offen!«

Er stieß sie vor sich her und grinste zynisch, als er dabei zusah, wie sie sich auf die Toilette setzte.

Schamesröte stieg ihr ins Gesicht. Sie blickte zu Boden und wünschte sich, dass sie das alles nur träumte. Als sie wieder aufblickte, war die Tür zwar immer noch sperrangelweit geöffnet, aber er war verschwunden.

Auf nackten Füßen schlich sie zum Waschbecken. Als sie schlotternd dastand und spürte, dass ihre Fußgelenke fürchterlich schmerzten, sah sie sich ihre Gelenke an. Sie erschrak, als sie blutunterlaufene Striemen entdeckte. Daraufhin blickte sie sich die Handgelenke an. Auch die wiesen die gleichen Spuren auf. Und als sie einen vorsichtigen Blick in den Spiegel warf, der über dem Waschbecken hing, rollten Tränen über ihre Wangen. Die Frau, die ihr gegenüberstand, sah völlig entstellt aus. Die Mundpartie war krebsrot und das Gesicht war geschwollen. Die Haare, die einer Meckifrisur glichen, sahen fettig aus und die Kopfhaut juckte.

Während sie die fremde Frau ansah, fragte sie sie: *Wer bist du? Wie heißt du? Kannst du mir sagen, wer der Kerl ist und woher ich ihn kenne? Was meinst du, soll ich versuchen wegzulaufen oder muss ich mich in mein Schicksal fügen? Kannst du mir raten, mir helfen, mir meine Fragen beantworten?* Auf eine Antwort wartete sie vergeblich, denn das Spiegelbild blieb stumm.

Dafür hatte sich Leon Greber wieder wie eine Giftschlange im Türrahmen aufgebaut, fixierte sie und zischte: »Kannst du mir mal verraten, wie lange du noch brauchst? Mach hin, sonst mache ich dir Beine!«

Eilends wusch sie sich. Nachdem sie auch noch ihre wenigen stachligen Haare unter dem Wasserhahn notdürftig gewaschen hatte, verließ sie, nichts Gutes erwartend, zitternd vor Angst das Badezimmer.

Sie wusste, dass jeder geleistete Widerstand ihn unberechenbarer machen würde. Eins hatte sie inzwischen mitbekommen, je mehr sie sich wehrte, je brutaler ging er mit ihr um. Von daher musste sie versuchen anders zu reagieren. Sie wusste nur noch nicht, was sie tun könnte oder lassen musste, damit ihm die Lust, sie zu quälen, vergehen würde.

Als er Irina im Flur stehen sah, packte er sie am Arm und zog sie in die Küche. »Setz dich!« Dann stellte er ihr eine Tasse Kaffee hin, zeigte auf das Toastbrot, die Butter und Marmelade. »Los, iss was, du musst bei Kräften bleiben, ich brauche dich noch.«

Obwohl sie sich vor ihm fürchtete, war sie in diesem Augenblick froh, dass sie endlich etwas zu essen bekam und vor allen Dingen was trinken konnte. Allerdings war es ihr peinlich, dass er sie bei jedem Schluck oder Bissen, den sie tat, beobachtete.

Doch als sie ihn fragend ansah, fuhr er aus der Haut. »Kannst du mir mal sagen, warum du mich so anglotzt? Kau gefälligst schneller, oder denkst du, du bist zu deinem Vergnügen hier? Ich habe noch was anderes vor, als dir beim Essen Gesellschaft zu leisten.«

Zu gern hätte sie ihm jetzt ins Gesicht geschrien: *Dann verschwinde doch! Lass mich allein und zähle nicht jeden Bissen, den ich mache*, aber das traute sie sich nicht.

Sie hatte kaum zu Ende gedacht, schon nahm er ihr alles weg und forderte sie auf, ihm ins Wohnzimmer zu folgen. Nachdem er ihr befohlen hatte, dass sie sich aufs Sofa setzen und es ja nicht wagen sollte wieder aufzustehen, verließ er den Raum. Sie hörte, dass er mit jemandem telefonierte. Da er sehr leise sprach, konnte sie leider nichts verstehen.

Zur gleichen Zeit saßen Yve und Niklas im Esszimmer und genossen ihr Frühstück. Krümel wuselte ihnen unter dem Tisch zwischen den Füßen herum, immer in der Hoffnung, dass der eine oder andere Happen – rein aus Versehen – auf die Bodenfliesen fallen könnte.

»Na, Mausi, hast du denn gut geschlafen?«

Sie kaute aus und meinte dann: »Nicht wirklich.«

»Und warum nicht?«

»Das kann ich dir sagen. Unten in der Wohnung habe

ich Stimmen gehört. Der Greber ist auch einmal sehr laut geworden. Es hat sich wieder so angehört, als würde er jemanden drohen.«

»Du irrst dich bestimmt. Der hat nur den Fernseher angehabt und den Ton zu laut eingestellt.«

»Fernseher! Denkst du etwa, dass ich spinne? Mensch, Nik, ich kenne doch seine Stimme. Und vorhin, ich glaube, da hat er auch schon wieder gemeckert. Außerdem läuft seit gestern Abend im Bad das Wasser viel öfter.«

»Sag mal, auf was achtest du denn alles? Dann hat er halt einmal mehr geduscht und gepinkelt. Nun mach dich nicht verrückt. Aber wenn ich gleich mit der Fußhupe rausgehe, werde ich zuvor an seiner Tür anhalten und einen Lauschangriff starten.«

»Veräppeln kann ich mich allein!« Yve warf ihm ihre Serviette zu. »Wusste ich es doch, du nimmst mich mal wieder nicht ernst!«

Niklas musste grinsen. Er fand es großartig, wenn seine Frau auf hundertachtzig war. Denn dann hatte sie immer dieses gewisse Blitzen in den Augen, das er so sehr an ihr liebte.

»Grins mich nicht so frech an! Du …! Du …!« Doch als sie dabei Nik ansah, musste sie auch grinsen. »Nun geh endlich mit Krümel raus, aber vergiss ja nicht unten an der Tür einen Zwischenstopp einzulegen!«

Er knallte unterm Tisch seine Füße zusammen und meinte mit todernster Miene: »Wird gemacht, Mausi!«

»Doofmann!«

Nachdem ihr Mann mit Krümel die Wohnung verlassen hatte und Yve allein war, machte sie im Esszimmer und in der Küche klar Schiff.

Dann siegte ihre Neugier. Vorsichtig öffnete Yve die Wohnungstür und schlich hinaus ins Treppenhaus. Auf dem oberen Treppenabsatz blieb sie stehen und lauschte. Doch aus der Wohnung von Leon Greber drangen keine Geräusche oder Stimmen an ihre Ohren.

Sie überlegte kurz, ob sie noch weitere Stufen hinuntergehen sollte, doch den Gedanken verwarf sie schnell wieder. Die Bedenken, dass er plötzlich aus seiner Tür herauskommen und sie ertappen könnte, die lähmten ihr Tun und Handeln.

Als Yve wieder in ihrer Wohnung war, atmete sie befreit durch und schimpfte sich in Gedanken aus: *Mich muss der Hafer gestochen haben. Wenn der mich beim Spionieren erwischt hätte, wer weiß, was dann passiert wäre. Ich bin echt eine dumme Kuh! Jetzt brauch ich erst einmal einen Cappu.*

Während sie auf ihren Mann und Krümel wartete, genoss sie den Cappuccino und las die Tageszeitung.

Leon Grebers Besessenheit, Irina noch mehr erniedrigen zu müssen, wurde mit jedem Mal größer, je öfter er an der Wohnzimmertür vorbeiging. Doch immer, wenn er sie betatschte, ließ sie seine sexuellen Berührungen zu, ohne dass sie versuchte sich dagegen zu wehren.

Als er zum wiederholten Mal von ihr abließ und sie sarkastisch anblickte, bemerkte er, dass sie so tat, als sähe sie ihn nicht. Seine Gesichtszüge glichen nun einer hässlichen Fratze. Er wurde fuchsteufelswild und ehe sie sich versah, schlug er ihr brutal ins Gesicht.

»Wehre dich! Zeig mir deine Krallen. Wehre dich endlich, du Miststück! Kannst du mir mal sagen, warum du plötzlich ein Eisblock bist?« Außer sich vor Wut zerrte er sie vom Sofa hoch und boxte ihr zuerst in den Magen und dann in die Nieren.

Sie schrie. Dann sank sie zu Boden und während sie sich vor Schmerzen krümmte, hörte sie ihn brüllen: »Ich habe im Park einen Fehler begangen, einen Riesenfehler. Ich hätte dir deine wunderschönen langen Haare nicht abschneiden dürfen! Erinnerst du dich? Schnipp, schnapp? Zu gerne würde ich dich jetzt daran hochziehen und dich hinter mir her schleifen.«

Noch während Irina wimmernd auf dem Boden lag, rauschte er laut vor sich hin fluchend aus dem Zimmer.

Es dauerte eine Weile, ehe die höllischen Schmerzen nachgelassen hatten, sodass sie sich aufs Sofa zurückziehen konnte. Irina schlug ihre Hände vors Gesicht und weinte. Als sie dabei ihre Augen schloss, sah sie in Gedanken das Gesicht einer Frau vor sich, das ihr immer im Spiegel begegnete, aber das sie nicht kannte. Ob es daran lag, dass die Länge ihrer Haare irgendwann mal anders gewesen war? Sie hatte keine Ahnung.

Auf der einen Seite war sie froh darüber, dass sie die Frau, die ihr das Spiegelbild zeigte, nicht kannte. Auf der anderen Seite hätte sie gern gewusst, wie die Fremde im Spiegel mit langen Haaren aussehen würde! Vielleicht käme dann die Erinnerung zurück.

Gegen Mittag kam Leon Greber wieder ins Wohnzimmer und stellte sich breitbeinig vor Irina hin. »Ich muss weg. In einer Stunde bin ich wieder da. Und glaube mir, ich komme nicht allein zurück, mein Täubchen! Guck mich gefälligst an, wenn ich mit dir rede!«

Doch auch diesmal reagierte sie nicht darauf.

Er holte kurz aus, setzte zum Schlag an, aber dann ließ er seine Hand wieder sinken. Stattdessen schleifte er sie zum Heizungskörper und band ihre Hände an den Rohren fest. Dann ließ er die Rollläden im Zimmer runter, klebte ihr den Mund zu und nachdem er ihre Füße noch zusammengebunden hatte, verließ er die Wohnung.

Das wenige Tageslicht, das vom Flur her das Wohnzimmer erhellte, tat in diesem Moment ihrer geschundenen Seele gut. Während sie hilflos auf dem Boden saß und sich dazu zwang, die Ruhe zu bewahren, dachte sie nach.

*Jetzt muss ich etwas tun …, eben bin ich allein …, mir muss was einfallen!* Vergeblich versuchte sie ihre Hände zu falten, während sie betete: *Lieber Gott, wenn es dich gibt, hilf mir bitte!* Kaum, dass sie ihre Bitte zu Ende gebetet hatte, wusste sie, was sie tun musste! *Danke, lieber Gott, danke!*

Und schon begann sie mit ihrer Hand, an der sie einen Ring trug, ein möglichst eindeutiges SOS-Notsignal an die Rohre der Heizung zu klopfen. In der Hoffnung, dass jemand den Morsecode *dreimal kurz, dreimal lang, dreimal kurz,* hören und auch erkennen würde.

»Wir sind wieder da!«

Kaum dass Niklas Krümel das Halsband abgenommen hatte, schon stürmte der auf sein Frauchen zu und begrüßte sie mit wedelnder Rute.

Und als kurz darauf Niklas ins Wohnzimmer kam und sah, dass Krümel wie von Sinnen um den Wohnzimmertisch flitzte, meinte er nur: »Musst schon zugeben, die Fußhupe hat echt 'nen Knall. Aber wie ich sehe, du lässt es dir so richtig gut gehen. Mich schickst du mit der Fußhupe raus in die Kälte und was macht mein Herzblatt? Sitzt da, liest die Zeitung und freut sich des Lebens. Das würde mir auch gefallen. Ist denn noch Kaffee da?«

»Ja, warte, ich hole dir eine Tasse aus der Küche.«

»Um Gottes Willen, nein, bleib bitte sitzen!« Nik musste herzhaft lachen. »Ich möchte nicht, dass du dich meinetwegen übernimmst.«

Sie legte die Zeitung beiseite und als sie aufgestanden war und an ihrem Mann vorbeieilte, knuffte sie ihn an und sagte kichernd: »Du hast ja 'nen Knall!«

Als Yve ihm den heißen Kaffeebecher in die Hand gedrückt hatte, wollte sie von ihm wissen, ob er unten bei dem Greber etwas gehört hätte.

»Nö, da war alles ruhig. Aber ich habe mich auch nicht lange vor seiner Tür aufgehalten. Das war mir zu doof.«

Weil das Thema vorerst vom Tisch war, plätscherte der Vormittag in Ruhe so dahin. Bis zu dem Augenblick, als beide zuerst Leon Greber brüllen hörten und kurz darauf eine Frau aufschrie.

Niklas sprang hoch und rannte aus der Wohnung. Als er im Treppenhaus stand und versuchte herauszufinden, was sich in der unteren Etage abspielte, spürte er, dass sich Yve, die ihm lautlos gefolgt war, an ihn klammerte.

Sie lauschten und sagten kein Wort. Doch so sehr sie sich auch anstrengten, aus der Wohnung von Leon Greber war jetzt nichts mehr zu hören.

Gerade als sie wieder in ihre Wohnung zurückgehen wollten, konnten sie klar und deutlich verstehen, dass er mit den Worten *»Mein Täubchen, guck mich gefälligst an, wenn ich mit dir rede«* eine Person anschrie. Und dabei hörte sich seine Stimme furchteinflößend an. In diesem Moment waren sich Yve und Niklas sicher, dass in seiner Wohnung eine Frau sein musste.

Niklas stieß Yve an. Als sie ihn ansah, legte er seinen Zeigefinger auf die Lippen und flüsterte: »Sei leise, ich gehe mal runter und horche, was da los ist.«

Er war gerade drei Stufen weiter runtergegangen, als er hörte, dass unten die Tür aufgemacht wurde. So schnell er nur konnte, ging er zurück und beide verschwanden unbemerkt in ihrer Wohnung.

»Mensch, Nik, das hätte aber ins Auge gehen können! Mag mir gar nicht ausmalen, was passiert wäre, wenn der uns gesehen hätte.«

»Ist ja nochmal gut gegangen, Mausi!«

»Glaubst du mir denn jetzt, dass ich letzte Nacht was gehört habe?«

Er nickte mit dem Kopf, sagte jedoch nichts.

»Na, überzeugend ist dein Nicken aber nicht! Nun gib schon zu, dass ich recht hatte!«

»Okay, du hast mal wieder ins Schwarze getroffen. Bist du jetzt zufrieden?«

»Ach, hör auf! Du verhohnepipelst mich doch schon wieder, das merke ich genau, aber es ist mir ...« Plötzlich hörte Yve auf zu reden. Sie griff nach Niks` Hand und sagte leise: »Hörst du das?«

»Was?«

»Psst! Eben wieder ..., hörst du nicht das Klopfen?«

Noch bevor er seiner Frau einen Vogel zeigen konnte, nahm Nik nun auch das metallisch klingende Klopfgeräusch war.

»Stimmt!« Er überlegte. »Und wenn ich mich nicht irre, kommt das Klopfen von der Heizung.«

»Meinst du?« Yve ging zu den Heizkörpern. »Ja, komm her. Das musst du dir anhören. Das klingt richtig komisch. Nik, los, komm! Das ist niemals ein normales Klopfen!«

Als beide nebeneinanderstanden und lauschten, gab Niklas seiner Frau auf einmal einen Knuff. »Du, psst! Du, wenn ich mich nicht irre, dann sind das Morsezeichen.«

»Morsezeichen?« Sie riss ihre Augen auf und wiederholte: »Morsezeichen? Und was soll das heißen?«

»Mausi, wenn du jetzt mal ruhig bist, dann kann ich den Code vielleicht entschlüsseln.«

Während Niklas den rätselhaften Klopfgeräuschen lauschte, wagte Yve kaum noch zu atmen. Aber als er dann noch seine Finger zur Hilfe nahm und zu zählen begann, verstand sie nur noch Bahnhof.

Nach einer Weile drehte er sich zu seiner Frau um. »Ob du es glaubst oder nicht, aber da versucht jemand durch einen Hilferuf auf sich aufmerksam zu machen.«

»Wie? Was? Ich kann dir nicht folgen!«

»Ich weiß nicht alles. Aber dass im Morsealphabet *dreimal kurz, dreimal lang, dreimal kurz* ein Notsignal ist, das weiß ich! Nun komm schon und höre genau zu! Da, eben klopft wieder jemand das Signal an die Heizungsrohre!«

Yve kniete sich hin und legte ihren Kopf an den Heizkörper. Und dann hörte sie es auch: *klopfklopfklopf.* Pause. Kurz darauf folgte ein: *klopf… klopf… klopf.* Und nur wenig später: *klopfklopfklopf.*

Mit zittrigen Beinen erhob sie sich wieder und schaute ihren Mann an. Nik wusste, dass sie Angst hatte. Ohne zu zögern, zog er sie an sich. Und als er versuchte sie zu beruhigen, knallte unten im Haus eine Tür.

»Er, er …!« Schwer atmend drückte sie sich noch fester an ihn. »Nik, er ist wiedergekommen! Und nun?«

»Lass mich nachdenken!«

Als mit dem Knallen der Tür schlagartig die Klopfzeichen eingestellt wurden, wusste er, dass diese nur aus der Wohnung von Leon Greber hatten kommen können.

Niklas schob seine Frau behutsam von sich weg. Nachdem beide wieder auf ihren Plätzen saßen, fragte er sie: »Mausi, ist dir was aufgefallen?«

Erstaunt blickte sie ihn an. »Nein, was sollte mir denn aufgefallen sein?«

»Das Klopfen hat aufgehört. Aber erst seitdem unten die Tür geknallt hat.«

Yve starrte zuerst den Heizkörper und dann ihren Mann an. »Jetzt, wo du es sagst! Stimmt, es klopft nicht mehr. Was hat das zu bedeuten? Mensch, Nik, sag was!«

»Das kann nur bedeuten, dass die Arschkrampe da unten wahrscheinlich eine Frau festhält. Die Stimme und der Schrei, beides ist sowas von stimmig. Und dann die SOS-Klopfzeichen, die sind doch mehr als eindeutig gewesen, oder nicht?«

»Sollten wir nicht Thorsten informieren?«

»Mausi, Thorsten kann von Amerika aus nichts machen. Ihn werde ich erst anrufen, wenn wir die Polizei informiert haben. Dann kann ich ihm auch erzählen, was die gesagt hat. Noch besser, ich rufe da gar nicht an, wir gehen da sofort hin.«

»Stimmt! Dann ziehe ich mich um, damit wir loskönnen. Ich will es hinter mich bringen, mir schlottern seit vorhin die Knie. Ich habe echt Schiss.«

»Glaub ich dir. Mach dich fertig, damit der Person möglichst schnell geholfen werden kann.«

Etwas später, als beide an der Wohnungstür von Leon Greber vorbeigehen wollten, blieb Nik davor stehen. Er lauschte. Aber hinter der Tür war alles ruhig. Erst als Yve ihn am Ärmel wegzog, verließen sie leise das Haus.

Draußen vor der Haustür meckerte Yve ihren Mann an: »Du spinnst wohl! Was meinst du, wenn der plötzlich aus der Tür gekommen wäre?«

»Ist er aber nicht!«

Kurz darauf hatten sie das Polizeigebäude erreicht.

Bevor Niklas auf die Klingel drückte, griff er nach der Hand seiner Frau, die nicht weitergehen wollte und redete ihr ins Gewissen. »Auf was wartest du denn? Komm, Yve, wir müssen das tun!«

Schon ertönte der Türsummer.

Kaum, dass sie im Inneren standen und die Tür automatisch hinter ihnen wieder zugefallen war, wurden sie bereits von einem Polizisten in Empfang genommen.

*Zu spät,* schoss es Yve durch den Kopf, *nun kann ich nicht mehr weglaufen.*

Nachdem der Beamte sie freundlich begrüßt hatte, wollte er wissen, was er für sie tun könne.

# KAPITEL SECHZEHN

## DER BRIEF

Obwohl Tanja seit Langem nicht mehr in einem normalen und bequemen Bett geschlafen hatte, konnte sie in der Nacht kaum ein Auge zumachen. Dabei hatte Wolfgang Fuchs, nachdem sie hier angekommen waren, zuallererst in dem kleinen Gästezimmer das Bett frisch bezogen.

Sie war ihm unendlich dankbar, dass er das alles für sie getan hatte und dass es ihr bei ihm so gut ging, aber dennoch plagte sie ihr Gewissen. Denn immer, wenn sie ihre Augen schloss und kurz vorm Einschlafen war, wanderten ihre Gedanken zu Irina oder sie waren bei ihrem Steffen. Und das Bild von Hugo, wie er im Bauwagen auf den Boden in seinem eigenen Blut lag, das verfolgte sie, egal was sie tat oder wo sie auch war.

In der Nacht konnte Tanja keine Ruhe finden. Sie wälzte sich grübelnd immer nur von einer Seite auf die andere. Weil die Dunkelheit sie zudem zermürbt hatte, sehnte sie sich den Tagesanbruch herbei.

Als es draußen allmählich heller wurde, hielt sie es im Bett nicht mehr aus. Gegen halb sieben, nachdem sie sich angezogen hatte, ging Tanja auf leisen Sohlen hinunter in die kleine Küche. Obwohl sie fest davon ausging, dass Wolfgang Fuchs noch schlief, saß er bereits am gedeckten

Küchentisch und las die Zeitung.

Erstaunt blickte er hoch, als sich die Tür leise öffnete. »Guten Morgen, Tanja, auch schon wach? Sie hätten ruhig noch ein bisschen liegen bleiben können.«

»Guten Morgen, Herr Fuchs, ich konnte nicht mehr schlafen. Meine Gedanken und die Gefühle fahren mit mir Karussell. Seit gestern ist nichts mehr so, wie es mal war. Ich muss immerzu an Irina denken.«

»Das kann ich nur allzu gut verstehen. Wissen Sie was? Jetzt koche ich für uns Kaffee. Und ein Toastbrot essen wir auch. Was essen Sie denn gern: Marmelade, Käse, Quark oder Wurst? Und wenn wir gefrühstückt haben, dann sehen wir weiter, was halten Sie davon?«

»Am liebsten esse ich Marmelade. Kann ich Ihnen zur Hand gehen?«

»Nein, das mach ich schon allein. Setzen Sie sich bitte hin. Ach so«, er lächelte sie an, »Marmelade mache ich mir auch jeden Morgen auf mein Toastbrot. Und manchmal kommt Quark unter die Marmelade. Aber wenn Sie erstmal das Bad aufsuchen möchten, zweite Tür rechts. Gehen Sie ruhig und wenn Sie wiederkommen, ist alles fertig.«

»Oh ja. Danke, da würde ich gern hingehen.«

Während sie am Frühstückstisch saßen und frühstückten, schaute Wolfgang Fuchs Tanja an. »Sie denken doch an irgendwas. Möchten Sie mir erzählen, was Sie bedrückt?«

Sie druckste rum. »Ja. Ich habe eben gerade an Steffen gedacht. Der hat bestimmt die ganze Nacht auf den eiskalten Stufen vor dem Bauwagen gesessen und muss fürchterlich frieren. Wenn Sie nichts dagegen haben, werde ich gleich zu ihm gehen. Ich will nach dem Rechten sehen. Denn wenn Irina in der Zwischenzeit aufgetaucht wäre, da bin ich mir sicher, dann wären beide doch schon zu Ihnen und zu mir gekommen, oder nicht? Ach, Herr Fuchs, ich mache mir ja so große Sorgen. Aber bevor ich gehe, würde ich Ihnen gerne noch helfen, Hugo zu beerdigen. Darf ich das, wäre es Ihnen recht?«

Er fasste mit seiner faltigen Hand über den Tisch, strich leicht über ihren Handrücken und sah sie mit gütigen Augen an. »Das ist lieb gemeint und ich würde Ihre Hilfe auch gerne in Anspruch nehmen. Aber Hugo habe ich heute in aller Herrgottsfrühe schon beigesetzt. Nun liegt er neben meiner Brunhilde.« Er atmete tief durch. »Aber bevor Sie zu Steffen gehen, kann ich Ihnen ja zeigen, wo Irinas Hugo seine letzte Ruhe gefunden hat.«

»Oh ja, das wäre nett. Aber war das Ausheben der Grabstelle nicht zu schwer für Sie? Die Erde ist doch sicherlich noch gefroren.«

»Das war sie zum Glück nicht mehr. Trotzdem musste ich mich mächtig quälen. Aber ich hab es geschafft, zumal ich es gern gemacht habe. Und nachher, wenn ich Zeit habe, werde ich noch ein Holzkreuz für Hugo anfertigen. Dann haben er und meine Brunhilde beide eins.

Tanja musste sich ihre Tränen abwischen, als sie leise sagte: »Sie sind ein guter Mensch, Herr Fuchs. Irina würde sich freuen, das weiß ich. Und ich wünsche mir nichts sehnlicher, als dass sie bald wieder da ist.«

»Da sprechen Sie mir aus der Seele. Hoffentlich ist ihr nichts passiert. Ich habe sie nämlich in mein Herz geschlossen. Warum? Das weiß der Geier. Dabei bin ich ein alter Kauz und ..., und ich bin wahrlich nicht zu jedem freundlich. Aber euch mag ich.«

Auf einmal stand er vom Tisch auf, griff nach dem Geschirrtuch, das über dem Türgriff hing, und wischte sich damit über seine Augen.

Als Wolfgang Fuchs sich wieder zu Tanja umgedreht

hatte, bemerkte er nur: »Ist nichts. Das habe ich öfter, die Augen sind manchmal zu trocken, dann fangen sie plötzlich an zu jucken.«

Doch dass er diesmal nicht die Wahrheit sagte, wusste Tanja. Denn als sie ihn ansah, waren seine Augen leicht gerötet und immer noch feucht.

Ohne etwas zu erwidern, stand Tanja vom Küchenstuhl auf und räumte den Frühstückstisch ab. Herr Fuchs ließ es geschehen, er wollte sie nicht schon wieder davon abhalten. Ihm war bewusst, dass sie ihm nur etwas Arbeit abnehmen wollte.

Als sie die Kaffeetassen in den Händen hielt, fragte sie ihn: »Darf ich die in den Geschirrspüler und die Marmelade und Butter in den Kühlschrank stellen? Oder möchten Sie das selber machen?«

»Hinein damit. Ich habe nichts zu verbergen!«

Als die Küche blitzeblank war, legte der Tierarzt a. D. seinen Arm auf Tanjas Schulter. »So, und bevor Sie den Heimweg antreten, setze ich nochmal Kaffee auf. Wenn der durchgelaufen ist, kippe ich den in meine Thermoskanne. Steffen wird etwas Heißes bestimmt guttun. Die Kanne könnt ihr mir irgendwann wiederbringen. Ich brauche sie nur selten.«

Später gingen sie zusammen in den Garten.

Sie waren einige Meter gelaufen, als er bei einer alten, hohen Fichte stehenblieb. »Hier, Tanja«, er zeigte auf einen frischen Erdhügel, »hier habe ich Hugo begraben. Und da«, der Tierarzt holte tief Luft, »direkt neben ihm liegt meine Brunhilde. Die beiden hätten sich zu Lebzeiten bestimmt vertragen und gemocht.«

Ohne zu zögern ging sie auf ihn zu, umarmte ihn und

als sie ihn wieder losgelassen hatte, sagte sie leise: »Das haben Sie ja so schön gemacht. Nun sind beide nicht mehr allein. Vielen Dank, Herr Fuchs! Wenn das Irina sehen könnte …« Sie fing an zu weinen.

»Nicht weinen! Sie wird es bestimmt noch sehen. Wir müssen nur fest daran glauben. Und jetzt, Tanja, gehen Sie schon zu ihrem Steffen. Hier, und geben Sie ihm die Thermoskanne. Ich möchte noch einen Moment hierbleiben. Bitte sagt mir sofort Bescheid, wenn Irina wieder da ist.«

»Ja, das verspreche ich Ihnen. Danke für den Kaffee.«

Weil Tanja merkte, dass er jetzt gern allein sein wollte, drehte sie sich um und ging weg. Am Gartentor blickte sie sich noch einmal zu ihm um.

Aber er war nicht mehr da.

»Da bist du ja!« Steffen eilte seiner Freundin entgegen, als er sie um die Ecke kommen sah.

»Ich habe dich vermisst und mir große Sorgen um dich gemacht.« Sie schlang ihre Arme um seinen Hals und als sie ihn wieder losgelassen hatte, gab sie ihm die Thermoskanne. »Die soll ich dir von Herrn Fuchs geben.«

»Was ist denn da drin?«

»Heißer Kaffee, den hat er extra für dich gekocht. Und ich habe dir eben schnell noch zwei Brötchen gekauft. Allerdings sind die nicht belegt. Schlimm? Aber ist denn Irina wieder da?«

»Nein. Ich habe inzwischen auch die Hoffnung aufgegeben, dass sie wiederkommt. Ihr muss was passiert sein! Tanja, wir wissen genau, dass sie Hugo niemals so lange sich selbst überlassen hätte. Auch dann nicht, wenn sie weiß, dass wir da sind. Und erst recht nicht, seitdem sie weiß, dass er todkrank ist!«

Inzwischen waren sie am Bauwagen angelangt. Steffen

nahm die Decke von der Stufe hoch, auf die sie sich anschließend setzten, und legte das wärmespendende Teil über Tanjas und seine Beine. Und während er in ein Brötchen biss und dazu den heißen Kaffee trank, ging sein Blick immer wieder in alle Richtungen. »Sie ist einfach verschwunden! Und das macht mir Angst, große Angst.«

»Ich habe auch Angst, Steffen, ich auch! Was können wir nur tun? Sie ist doch unsere Freundin. Ist dir noch was eingefallen? Mir nicht. Darum schäme ich mich auch so.«

Kaum hatte Tanja das letzte Wort ausgesprochen, steckte er das angebissene Brötchen zurück in die Tüte. Mit dem Wissen, dass gestern hier, direkt hinter ihm im Inneren des Wagens, etwas Abscheuliches geschehen war, konnte er keinen Bissen mehr runterbekommen. Ihm war der Appetit vergangen.

»Bist du schon satt?«

»Ja. Ich kann eben nichts essen. Nicht hier. Lass uns in die Stadt und zur Bummelallee gehen. Vielleicht hat Willi sie ja gesehen. Vielleicht ist sie auch zu ihm gelaufen. Er ist für Irina doch so was wie ein Vaterersatz.«

Tanja schleuderte die Decke zur Seite, sprang hoch und rief: »Mensch, Steffen, dass ich darauf nicht von allein gekommen bin! Du bist gut, richtig gut. Los, komm, komm schon! Steh auf, lass uns gehen.«

Eine viertel Stunde später liefen sie bereits durch die Stadt. Zuvor hatten sie beschlossen, dass Steffen auf dem rechten Bürgersteig entlang gehen sollte. Und weil Tanja auf dem linken nach Irina Ausschau halten wollte, trennten sich zunächst ihre Wege. So war die Chance größer, dass einer von beiden sie womöglich irgendwo aufspüren könnte.

Erst als sie am Anfang der Bummelallee angekommen waren und sie ihre vermisste Freundin nicht gefunden hatten, liefen sie gemeinsam weiter. Zwar waren sie enttäuscht, aber noch hofften sie darauf, dass Willi erfreuliche Nachrichten für sie hätte. Je näher sie seinem Stammplatz kamen, umso schneller wurden ihre Schritte.

Auf einmal stieß Tanja Steffen an. »Du, sein Platz ist leer. Oder siehst du ihn?«

Steffen blieb stehen und schaute sich um. »Du hast recht, ich kann ihn auch nirgends sehen. Bei dem Wetter wundert mich das nicht. Willi wird bestimmt erst in der Mittagszeit kommen und sich hier hinsetzen.«

»Schade ist es trotzdem. Und was machen wir jetzt?«

»Ich schlage vor, wir gehen zurück. Ich will wissen, ob Irina in der Zwischenzeit doch aufgetaucht ist.«

»Einverstanden, das machen wir. Und anschließend sagen wir Herrn Fuchs Bescheid. Der wird sich auch Gedanken machen.«

Als sie auf dem Weg zurück zum Bauwagen waren, kam Tanja ins Grübeln. Sie stieß ihn an. »Steffen, wo wollen wir denn den restlichen Tag und die Nacht verbringen? Ich friere so entsetzlich und aufs Klo muss ich auch. Aber wenn ich daran denke, dass wir da rein müssen ...« Sie griff nach seiner Hand und umklammerte sie. »Nein, ich kann nicht in unseren Wagen reingehen.«

»Das brauchst du auch nicht. Ich werde alles sauber machen und erst wenn ich alle Spuren beseitigt habe, kommst du rein. Tanja, ich mache das schon. Und heute Nacht? Wenn du nicht da drinnen schlafen willst, dann fragen wir nachher im Obdachlosenheim nach einer Übernachtungsmöglichkeit.«

»Du bist der Beste.«

Nun trennte sie nur noch eine Wegbiegung von der Stelle, wo der ausrangierte Bauwagen stand. Und genau in dem Augenblick, als sie um die Ecke bogen, sahen sie, dass zwei wildfremde Männer aus ihrem Wagen kamen.

Steffen nahm seine Beine in die Hand. Und noch ehe Tanja reagieren konnte, war er schon losgerannt und schrie: »He! Sie! Hallo, bleiben Sie gefälligst stehen! Was haben Sie eigentlich in unserem Bauwagen zu suchen? Ich glaube, ich spinne! Weg da!«

Inzwischen waren die Männer stehen geblieben und warteten auf Steffen.

»Und? Nun sagen Sie schon, was haben Sie da drinnen gesucht?« Steffens` Stimme bebte, denn er war außer sich. »Ich fasse es nicht. Können Sie mir mal eine Antwort geben oder muss ich erst die Polizei rufen?«

»Wir würden Ihnen gern antworten, aber Sie lassen uns ja gar nicht zu Wort kommen.«

»Ich höre. Reden Sie schon.«

Im Laufschritt war Tanja ihrem Freund gefolgt. Als sie völlig aus der Puste neben ihm stand, hörten sich beide an, was die Männer ihnen zum Betreten ihres Bauwagens zu sagen hatten.

»Wir wurden gestern Abend von dem hiesigen und ehemaligen Tierarzt Fuchs angerufen. Er hat darum gebeten, dass wir Ihren Bauwagen heute im Laufe des Tages reinigen sollen. Der Auftraggeber sagte auch, dass die Tür offen sei, für den Fall, dass niemand da wäre. Doktor Fuchs meinte auch, Sie wissen Bescheid, dass er eine Firma zur Spurenbeseitigung beauftragen wird, mit dem Vermerk, dass die Rechnung an ihn geht. Ist das richtig?«

Verlegen sahen Tanja und Steffen die Fremden an.

»Hm, jetzt wo Sie es sagen!« Tanja druckste rum. »Na ja, Herr Fuchs hatte gestern so etwas erwähnt. Aber ...«

Steffen kam ihr zur Hilfe. »Aber gestern ist hier so viel passiert, dass wir daran nicht mehr gedacht haben. Wenn ich Sie eben zu derb angefahren habe, dann entschuldige ich mich hiermit bei Ihnen. Es hatte für mich den Eindruck, dass Sie in unseren Wagen eingebrochen sind.«

»Vergessen wir unser negatives Aufeinandertreffen. Wenn Sie möchten, können Sie hineingehen, es ist alles gesäubert. Wir haben das, was uns aufgetragen wurde, erledigt. Zwei Teile mussten wir jedoch entsorgen. Den Hundekorb und einen kleinen Läufer. Wenn Sie keine Fragen oder Einwände haben, dann würden wir uns jetzt verabschieden.«

»Danke.« Steffen reichte den Männern die Hand. »Wir haben keine Fragen mehr.«

»Ich möchte mich auch bei Ihnen bedanken«, sagte Tanja. »Sie wissen gar nicht, was für ein Druck gerade von mir abgefallen ist.«

»Dann auf Wiedersehen!« Nun stiegen die Männer in ihren Firmen-Transporter und fuhren davon.

Bevor Steffen die Tür vom Bauwagen öffnete, drehte er sich zu seiner Freundin um. »Bist du bereit? Können wir?«

Sie griff nach seiner Hand. »Ja, mach auf.«

Als beide das Innere betreten hatten und sich vorsichtig umsahen, konnte Tanja ihre Anspannung nicht mehr länger unterdrücken. Sie sank auf die Knie. Und dann ließ sie ihren Tränen freien Lauf.

Steffen ließ sie in Ruhe. Er ahnte, dass das die Tränen waren, die sie zuvor nicht hatte weinen können.

Nach einer Weile hob er sie hoch, wischte ihr die Tränen ab, drückte sie an sich und sagte leise: »Wir finden Irina. Hast du gehört, wir finden sie!«

»Steffen, wir müssen uns unbedingt bei Herrn Fuchs bedanken. Bitte lass uns gleich zu ihm gehen. Weißt du, was er zu mir gesagt hat? Er hat gesagt, dass er Irina in sein

Herz geschlossen hat. Und dass er uns auch mag. Wir dürfen ihn nicht im Ungewissen lassen. Komm, bitte.«

»Denke, du musstest mal? Nun geh schon auf die Toilette. Fünf Minuten eher oder später, darauf kommt es nicht an. Ich warte vor der Tür auf dich und dann gehen wir sofort zu ihm.«

»Nein! Steffen, nein, bleib hier. Lass mich nicht allein. Nicht hier drinnen.«

»Ich gehe nicht raus, versprochen!«

Nachdem beide den Bauwagen verlassen und die Tür abgeschlossen hatten und sich gerade auf den Weg zu Wolfgang Fuchs machen wollten, blieb Steffen plötzlich stehen.

»Hast du was vergessen?«, wollte Tanja wissen.

Ungläubig schüttelte er den Kopf und starrte wie gebannt auf einen ganz bestimmten Punkt.

Tanja gab ihm einen Stoß in die Seite. »Was ist los?«

»Da! Da hinten, da ist sie wieder!«

»Wo? Und wer ist da wieder, Steffen?«

»Die schwarzhaarige Frau, die uns gestern beobachtet hat. Die, die dann weggelaufen ist. Erinnerst du dich?«

»Wo siehst du die denn?«

»Mensch, die steht da wieder hinter dem Baum. Sperr deine Augen doch mal auf. Aber diesmal entkommt sie mir nicht!« Schon rannte Steffen los.

Doch diesmal hätte er gar nicht rennen müssen, denn die Fremde machte gar keine Anstalten wegzulaufen. Im Gegenteil, sie trat hinter dem Baumstamm hervor und wartete, bis Steffen vor ihr stand. Mit allem hatte er gerechnet, doch damit nicht.

Verdutzt und völlig aus der Puste fragte er sie: »Können Sie mir mal sagen, warum Sie unseren Bauwagen schon wieder beobachten? Sie waren doch schon mal hier und haben sich hinter diesem Baum versteckt, oder etwa nicht? Wenn Sie etwas von uns wissen wollen, warum kommen Sie nicht auf uns zu und fragen uns einfach? Das, was Sie hier veranstalten, ist echt nicht schön. Um nicht zu sagen, das ist eine Sauerei!«

Die schwarzhaarige Frau ging näher auf Steffen zu. »Es tut mir leid, wenn ich Sie erschreckt habe, das wollte ich nicht. Aber ich suche jemanden. Und ich bin mir sicher, dass ich die Person hier gesehen habe und dass sie sich in dem Wagen aufhält.«

Inzwischen war auch Tanja da, und als sie neben ihrem Freund stand, sagte sie: »Du hattest recht, Steffen, jetzt erkenn ich sie auch.«

Dann sah sie die Frau an. »Sie haben doch gestern schon hier gestanden. Können Sie mir mal sagen, was das soll? Und als wir Sie gesehen haben und ansprechen wollten, sind Sie vor uns weggelaufen. Warum? Wenn Sie nichts zu verbergen haben, dann hätten Sie das doch nicht getan, oder? Stattdessen tauchen Sie schon wieder hier auf und spionieren uns aus. Zum Kuckuck, was denken Sie sich dabei? Bei uns gibt es nichts zu holen.«

»Stopp, Tanja, hol mal Luft.« Steffen bremste ihren Redefluss, weil er merkte, dass sie sich immer mehr in Rage redete. »Warten wir ab, was sie uns zu sagen hat, okay?«

»Sorry, okay. Aber ich bin echt stinkig!«

Die fremde Frau blickte Tanja an. »Das kann ich verstehen, aber ich habe gerade versucht, Ihrem Mann mein Verhalten zu erklären. Bitte hören Sie mir jetzt einen Moment zu, bitte!«

Nachdem beide genickt hatten, begann die Fremde zu erzählen. »Sie irren sich nicht, ich bin weggelaufen. Aber ich musste weg. Schnell weg!«

»Ich verstehe das nicht.« Steffen musterte sie von Kopf

bis Fuß. »Das müssen Sie mir mal näher erklären.«

»Das will ich ja. Können wir uns irgendwo unterhalten, wo uns keiner sehen kann? Denn ich habe Ihnen nicht nur was zu sagen, ich muss Ihnen etwas geben.«

Man konnte sehen, dass Steffen und Tanja überlegten. Nachdem Tanja nah an Steffen herangetreten war und ihm etwas ins Ohr geflüstert hatte, schaute er die Schwarzhaarige an und sagte: »Tja, wenn das so ist. Dann kommen Sie mit uns mit.«

»Wohin?«

»Ich würde sagen, hier draußen ist es zu ungemütlich. Wir gehen zurück in unsere kleine Unterkunft.«

»Sie wollen mich mit in Ihren Bauwagen nehmen?«

»Ja, oder haben Sie etwa Angst?«

»Nein. Ich habe keine Angst, aber dass Sie das machen wollen, das ist ...«, sie senkte den Kopf.

»Ist gut. Wir sind schließlich keine Unmenschen. Nun kommen Sie schon.«

Zu dritt gingen sie zurück. Und als Steffen die kleine Tür aufgeschlossen hatte, bat Tanja die Fremde, ihr ins Innere zu folgen.

Sie sah sich um. »Oh, das hätte ich nicht erwartet. Hier drinnen ist es richtig gemütlich.«

»Sie können sich dort auf den Stuhl setzen.« Steffen zeigte auf den Stuhl, auf dem sonst Irina saß.

»Danke.«

»Anbieten können wir Ihnen nichts. Höchstens eine Tasse Tee. Genau, ich setze Wasser auf, etwas Heißes tut uns allen sicherlich gut.«

Schon schaltete Tanja den Wasserkocher ein und holte einen Teebeutel her. Kurz darauf war der Tee fertig und nachdem drei Tassen gefüllt waren, wollte Steffen wissen, was die Frau ihnen sagen und geben wollte.

Noch bevor die Fremde etwas erwidern konnte, meinte Tanja: »Bevor Sie uns erzählen, was los ist, sollten wir uns einander nicht vorstellen? Also, ich heiße Tanja und das ist mein Freund Steffen. Und wie heißen Sie?«

»Mein Name ist Karina. Ich bin hier, weil ich Irina gesucht habe. Sie war meine beste Freundin. Irina hat mir erzählt, dass sie hier geboren wurde, und dass sie wieder hierher zurückkehren wollte, eines Tages.«

Mit aufgerissenen Augen blickte Tanja die fremde Frau an und konnte kaum glauben, was sie gerade gehört hatte.

»Sie ..., Sie sind also Karina, aus Polen?«, stotterte sie. »Und sie suchen ..., Sie meinen wirklich unsere Freundin? Sie suchen Irina?«

»Ja, ich bin es. Und ich habe Irina erkannt. Sie ist es, da bin ich mir sicher. Ich muss ihr unbedingt was geben. Etwas, was man ihr weggenommen hat. Ich habe es gestern Nacht aus seinem Tresor gekl...« Sie verstummte kurz, bevor sie weitersprach. »Na ja, das habe ich da rausgeholt. Irina braucht ihre Papiere, sie muss sie wiederbekommen, es sind schließlich ihre. Und meinen Brief ...« Karina zog aus ihrer Handtasche einen dicken, braunen Umschlag und einen weißen Briefumschlag hervor und legte beide auf den Tisch. »Bitte sagen Sie Irina, dass sie meinen Brief unbedingt lesen soll. Oder darf ich hier auf sie warten?«

Dass Tanja und Steffen verunsichert waren, konnte Karina ihnen ansehen. Darum zögerte sie auch nicht, sondern sagte: »Bitte glauben Sie mir. Ich bin nur noch einmal hierher zurückgekommen, weil ich Irina warnen will. Sie befindet sich in größter Gefahr. Sie können mir vertrauen!«

Wie von einer Tarantel gestochen, sprang Steffen jetzt vom Stuhl hoch. »Sie kommen zu spät!« Er schrie sie an. »Soll ich Ihnen was sagen? Irina ist seit gestern verschwunden! Wir wissen nicht, wo sie ist! Warum ..., warum haben

Sie sie denn nicht eher gewarnt, wenn sie Ihre Freundin ist? Warum nicht?« Er schlug mit der Hand auf den Tisch, dann ließ er sich wieder auf seinen Stuhl fallen. »Entschuldigung, dass ich mich eben nicht besser unter Kontrolle hatte. Aber wir haben Angst, dass ihr etwas passiert ist!«

Als Karina gehört hatte, dass Irina seit gestern verschwunden war, wich jegliche Farbe aus ihrem Gesicht. Ihr Herz fing an zu rasen und sie wusste, dass das ganz allein ihre Schuld war. Sie stützte den Kopf in ihre Hände und schluchzte leise.

»Warten Sie, ich hole Ihnen ein Glas Wasser. Sie sind ja weiß wie die Wand.« Und als Tanja das Wasserglas vor ihr auf den Tisch abgestellt hatte, fragte sie sie: »Ist Ihnen nicht gut? Kann ich noch etwas für Sie tun?«

»Nein, nein, nicht für mich ...«

Steffen und Tanja merkten der fremden Frau an, dass sie an etwas schwer zu knabbern hatte.

»Es ist alles meine Schuld. Ich ..., ich habe Irina verraten! Er war gestern hier! Ich habe ihn hier reingehen sehen. Er hatte sogar ein ...« Sie fing an zu weinen.

»Wer ist er? Und was hatte er? Reden Sie endlich!« Steffen erhob sich von seinem Stuhl, ging zu der Schwarzhaarigen und schüttelte sie an den Schultern.

»Steffen, hör auf damit! Hör auf!« Tanja versuchte ihren Freund zu beschwichtigen. »Setz dich wieder hin. Bitte.«

»Du hast gut reden!« Er war außer sich. »Sie weiß was, dann soll sie endlich den Mund aufmachen! Oder hast du vergessen, wie es gestern hier ausgesehen hat?«

»Hab ich nicht! Wie kannst du so was von mir denken? Steffen, beruhige dich. Lass sie los!«

Nachdem er seine Hände von Karinas Schultern genommen hatte, setzte er sich schäumend vor Wut wieder auf seinen Stuhl.

Nun legte Tanja ihre Hand auf den Arm der Fremden. »Was Sie wissen, müssen Sie uns sagen. Noch besser, Sie kommen mit uns zur Polizei.«

»Polizei?« In Panik sprang sie auf, schnappte ihre Tasche und stürmte zur Tür. »Das kann ich nicht, er bringt mich um! Alles, was Sie wissen müssen, was der Polizei helfen könnte, Irina zu finden …, öffnen Sie den braunen Umschlag. Geben Sie ihr meinen Brief, wenn Sie sie wiedersehen. Bitte! Oder, wenn es Ihnen hilft, lesen Sie den. Das überlasse ich Ihnen.«

Noch nie hatten Tanja und Steffen einen Menschen gesehen, in dessen Augen sich das blanke Entsetzen widerspiegelte. In diesem Moment wussten sie, dass die fremde Frau Todesangst hatte.

Als Steffen langsam auf sie zuging, riss sie die Tür auf und rannte weg. Er schaute ihr hinterher, aber diesmal unternahm er keinen Versuch, ihr zu folgen.

An der Ecke drehte sich die schwarzhaarige Frau noch einmal um. Und als sie Steffen allein vor dem Bauwagen stehen sah, rief sie ihm zu: »Es tut mir leid. Danke für Ihre Freundlichkeit.« Dann war sie hinter der Wegbiegung verschwunden.

Gedankenversunken und sichtlich bewegt ging er daraufhin zurück ins Innere des Wagens.

»Was war das denn eben?« Kopfschüttelnd und irritiert blickte Tanja Steffen an, als er wieder auf seinem Stuhl saß.

»Die hat eine Heidenangst vor der Polizei gehabt. Und vor dem Kerl, den sie gesehen hat, als er in unseren Bauwagen gegangen ist.«

»Und was machen wir jetzt?«

»Da brauche ich nicht lange zu überlegen! Ich mache jetzt die Umschläge auf!«

»Steffen, willst du das wirklich tun?«

Statt zu antworten, hatte er schon den weißen Briefumschlag in der Hand, auf dem die fremde Frau geschrieben hatte: *Für Irina – Persönlich*

Er zögerte kurz. Dann öffnete er den Umschlag unfachmännisch mit einem Finger. Als er das weiße Blatt Papier aus dem Umschlag zog, spürte er, dass seine Hand nun doch leicht zu zittern begann. Nie zuvor hatte er einen Brief geöffnet, der nicht an ihn gerichtet war.

Steffen zögerte abermals.

Tanja, der das Zögern und das Zittern seiner Hand nicht entgangen war, schaute ihn an und sagte: »Wenn du Bedenken hast, Steffen, noch kannst du ihn ungelesen zurück in den Umschlag stecken!«

Obwohl ihm nicht ganz wohl in seiner Haut war, schüttelte er den Kopf. Daraufhin faltete er im Zeitlupentempo den Brief auseinander.

Er hatte gerade die ersten Worte gelesen, da hörte er seine Freundin sagen: »Lies laut!«

»Tanja, willst du ihn nicht lieber allein lesen?«

»Nein. Bitte fange an.«

Nachdem er noch einmal tief durchgeatmet hatte, las er nun mit bewegter Stimme vor, was in dem Brief stand:

*Liebe Irina,*

*wenn du diese Zeilen liest, werde ich nicht mehr unter euch sein. Ich habe nicht nur dein Leben zerstört, auch meins liegt in Trümmern vor mir und ist keinen Pfifferling mehr wert.*

*Ich weiß nicht, wo ich beginnen soll. Du bist meine einzige und allerbeste Schulfreundin gewesen. Bis ich weggezogen bin. Unser Kontakt ist dennoch nie ganz abgebrochen. Du, ja du bist immer den geraden Weg gegangen – ich bin irgendwann jedoch abgebogen und auf die schiefe Bahn geraten. Das soll keine Ent-*

*schuldigung sein für das, was ich dir angetan habe. Und ich weiß auch, dass du mir meinen Verrat nie verzeihen kannst, aber vielleicht kannst du mir eines Tages vergeben, wenn …*

*Ich wollte im Luxus leben, viel Geld verdienen. Und das alles hat er mir versprochen. Ja, ich habe lange im Luxus gelebt, habe sein Geld mit vollen Händen ausgegeben und nie gefragt, woher es kommt. Bis zu dem Tag, als er es von mir zurückgefordert hat.*

*Alternativ, so bot er mir an, könnte ich ihm statt des Geldes auch Frischfleisch, neue Pferdchen für seine Kundschaft, besorgen. Und als ich ihm dein Foto gezeigt habe, hat er von mir verlangt, dass ich dich nach Deutschland holen soll. Damit wären dann meine Schulden bei ihm getilgt. Was dann passiert ist, weißt du.*

*Irina, ich war ihm hörig, ihm verfallen. Was ich nicht gewusst habe, war, dass er mich mit Drogen gefügig gemacht hat. Das hat er mir erst gesagt, nachdem du weggelaufen bist. Und ich habe es erst selbst gemerkt, als er mir von da an keine mehr gab. Ich bin durch die Hölle gegangen. Doch im Gegensatz zu dem, was er dir angetan hat, war es wohl doch nicht die Hölle. Denn die hast du durchgemacht.*

*Ich weiß noch ganz genau, mit welchem Grinsen im Gesicht er mir erzählt hat, wie er dich im Park zugerichtet hat. Und dass er mit dir noch längst nicht fertig sei. An diesem Tag hat er mich gefragt, ob ich wüsste, wo du dich versteckt haben könntest. Ich dachte es mir, dass du Zuflucht in deinem Heimatort suchst, aber das wollte ich ihm nicht sagen. Doch dann schlug er zu, er quälte, misshandelte und vergewaltigte mich, drückte seine Zigaretten auf meinem Körper aus, bis ich ihm sagte, wo du sein könntest. Dass ich mit meiner Vermutung recht hatte, habe ich ihm gesagt, nachdem ich dich tatsächlich in der Bummelallee gesehen habe und dir und dem Hund dann bis zu deiner Unterkunft gefolgt bin. Ich habe dich an ihn verraten!*

*Wohl wissend, dass er kommen wird und dich fertig machen*

*will. Aber als ich ihn mit einem Messer in den Wagen laufen sah, wusste ich, was ich tun musste. Irina, ich habe aus seinem Tresor deine Papiere und dein restliches Geld geholt. Auch das, was von ihm persönlich darin versteckt war! Wo er sich hier aufhält und vieles mehr. Alles, was die Polizei interessieren könnte, befindet sich in dem braunen Umschlag. Zum Glück hat er die Zahlenkombi nicht geändert, die er mir seinerzeit anvertraut hat.*

*Irina, fange ein neues Leben in Freiheit und in deiner Heimat an. Vergib mir bitte, wenn du kannst.*

*Leb wohl,*
*Karina*

Während Steffen den Brief vorlas, musste er mehrmals innehalten, weil ihm die Stimme nicht gehorchen wollte. Denn das Gelesene übertraf bei Weitem seine schlimmsten Befürchtungen. Und jedes Mal, wenn er Tanja anblickte, wusste er, dass es in ihr genauso aussah wie in ihm. Zuerst saß sie ihm apathisch gegenüber, doch dann legte sie ihren Kopf auf die Tischplatte, hielt ihre Arme über ihre Ohren und fing an zu weinen.

Steffen erhob sich vom Stuhl, ging zu ihr, drückte ihren zitternden Körper an seinen und strich über ihre tränennassen Wangen. »Tanja, wir müssen damit zur Polizei! Und zwar sofort! Wenn wir Irina helfen wollen, dann müssen wir das machen. Wir dürfen keine Zeit mehr verstreichen lassen.« Er ging zum Kleiderhaken. Und nachdem er sich seine Jacke angezogen hatte, gab er Tanja ihre Winterjacke. »Zieh sie an, damit wir loskönnen.«

Sie zog aus ihrer Hosentasche ein Taschentuch heraus, schnäuzte sich die Nase und schrie: »Dass ihre beste Freundin sie ins Rotlichtmilieu gelockt hat …! Steffen, wie schäbig ist das denn? Wie abgebrüht muss man sein, um so was zu tun? Und jetzt der Brief? Meint die etwa, dass damit alles wieder gut ist? Die spinnt ja! Ach nee, und hat sie nicht geschrieben, dass sie nicht mehr lebt, wenn Irina den Brief liest? Will die auf die Tränendrüsen drücken und Mitleid erhaschen? Oder meint sie es ernst? Steffen, um Gottes Willen, will die sich tatsächlich umbringen?«

»Keine Ahnung. Möglich ist alles. Aber wenn in dem Umschlag wirklich wichtige Informationen sind, dann findet die Polizei Irina bestimmt. Ich hoffe und bete, dass sie noch rechtzeitig gefunden wird. Und wenn sich die Fremde was antun will, vielleicht können die Beamten das auch verhindern. Tanja, zieh endlich deine Jacke an. Wir könnten schon längst weg sein!«

»Willst du denn gar nicht wissen, was sich in dem braunen Umschlag befindet?«

»Nein, damit können wir sowieso nichts anfangen. Wir bringen den Umschlag ungeöffnet und zusammen mit dem Brief zur Polizei. Jetzt sofort, komm endlich!«

Wenig später liefen beide los.

# KAPITEL SIEBZEHN

## GEFAHR IM VERZUG

Als Yve und Niklas dem Polizisten gegenüberstanden, ihm auf seine Frage, was sie zu ihm führte, jedoch keine Antwort gaben, sondern ihn nur bedrückt ansahen, bat er sie, dass sie ihm in sein Dienstzimmer folgen sollten.

Nachdem er beiden einen Stuhl angeboten hatte, ging er hinter seinen Schreibtisch. Als er auf seinem Bürostuhl saß, schaute er sie über seinen Brillenrand an. Der Polizist spürte, dass das Paar etwas loswerden wollte. Weil er merkte, dass sie sich dazu anscheinend nicht durchringen konnte, änderte er seine Taktik.

Er lächelte sie an und meinte: »Ich möchte mich erst einmal bekannt machen. Mein Name ist Kunze, Polizeiobermeister. Und mit wem habe ich das Vergnügen?«

»Lehmann. Ich bin Yve Lehmann und das ist mein Mann Niklas.«

»Sehen Sie, nun redet es sich gleich besser, Frau Lehmann. Was führt Sie zu uns, was kann ich für Sie tun?«

Nach Hilfe suchend schaute Yve jetzt ihren Mann an. »Nik, erzähl du es.«

»Mach ich. Also, meine Frau und ich haben lange überlegt, ob wir zur Polizei gehen sollen. Aber das, was sich heute in der Wohnung unter uns abgespielt hat ... « Niklas stockte. »Wie soll ich es sagen? Genau genommen geht es seit Silvester bei uns im Haus nicht mehr mit rechten Dingen zu. Meine Frau lebt nur noch in Angst und Schrecken. Und vorhin, der Schrei einer Frau! Dann das rätselhafte Klopfen, das sich wie ein SOS-Hilferuf angehört hat, wir müssen das doch melden. Was meinen Sie?«

Hellhörig geworden setzte sich POM Kunze jetzt kerzengerade hin, rückte seine Brille zurecht und blickte Yve und Niklas mit ernster Miene an. »Das müssen Sie mir näher erklären. Was haben Sie gehört und wann war das? Bitte versuchen Sie sich möglichst genau und an alles zu erinnern. Jede Kleinigkeit könnte wichtig sein.«

Niklas schaute seine Frau an, die leichenblass neben ihm saß und nervös mit den Fingern an ihrer Handtasche herumfummelte. Behutsam legte er seine Hand auf ihre und sagte leise: »Yve, hier passiert dir nichts. Aber du solltest Herrn Kunze schon selbst erzählen, wie alles angefangen hat. Was vorgefallen ist und was du gesehen hast, bevor wir das heute erlebt haben.«

»Warten Sie einen Moment.« Der Polizist stand auf, verließ sein Dienstzimmer und kam kurz darauf mit einer Flasche Selter und zwei Gläsern zurück. »Bitte, Frau Lehmann, trinken Sie zunächst etwas und dann berichten Sie mir in aller Ruhe, was Sie bedrückt. Lassen Sie sich Zeit.«

Nachdem Yve etwas getrunken hatte und Herr Kunze wieder auf seinen Schreibtischstuhl saß, begann sie zu erzählen. Mehrmals hörte sie auf, weil sie weinen musste. Aber letztendlich hatte sie dem Beamten alles gesagt, was sich seit Silvester zugetragen hatte. Nichts hatte sie ausgelassen, obwohl sie sich schämte.

Herr Kunze fragte nach: »Was sagten Sie? Wie heißt der Mann, der in die untere Wohnung eingezogen ist?«

Besorgt blickte Niklas seine Frau an, die mit verstörtem

Gesichtsausdruck auf ihrem Stuhl saß, leichenblass war und ins Leere starrte.

Als er hörte, dass sie leise zu schluchzen begann, beantwortete er die Frage. »Leon Greber. So hat er sich vorgestellt und das bestätigte uns auch der Eigentümer des Hauses, Herr Thorsten Schmietts.«

»Und wo erreichen wir ihn?«

»In Amerika. Er wird beruflich für die nächsten drei Jahre dort gebraucht.«

Alles, von dem Niklas glaubte, dass es dem Polizeiobermeister interessieren und in seinen Ermittlungen weiterhelfen könnte, erzählte er ihm. Nach einer gefühlten Ewigkeit, unzähligen präzisen Nachfragen und detailgetreuen Antworten war die Befragung zu Ende.

Herr Kunze nahm seinen Notizblock vom Schreibtisch, erhob sich und reichte Yve und Niklas die Hand. »Wir werden der Angelegenheit unverzüglich auf den Grund gehen. Ich werde jetzt meinen Vorgesetzten informieren, er wird dann weitere Schritte einleiten. Da fällt mir was ein. Ich kann Ihnen nur raten, Frau Lehmann, dass Sie gegen Herrn ...«, er musste überlegen, »richtig, Herrn Greber doch noch eine Anzeige wegen sexueller Belästigung und Übergriffe machen sollten.«

»Ich werde es mir überlegen.«

»Bitte tun Sie es und zeigen Sie ihn an.« Nun öffnete der Polizist die Tür seines Dienstzimmers und begleitete das Ehepaar hinaus. Als sie zu dritt den langen Flur entlanggingen, kamen ihnen eine Frau und ein Mann entgegen.

Herr Kunze zögerte einen Moment, blieb dann jedoch stehen und als sie zu fünft auf gleicher Höhe waren, sprach er die beiden an. »Guten Tag, wir kennen uns doch! War ich nicht gestern erst bei Ihnen, im Bauwagen? Möchten Sie zu mir?«

»Ja, guten Tag, das stimmt. Sie waren gestern bei uns. Aber wir haben heute etwas bekommen, was Irina gehört, und das wollen wir abgeben. Es könnte wichtig sein.«

Niklas und Yve, die zwar einige Schritte weitergegangen waren und in gebührendem Abstand warteten, um sich noch zu verabschieden, konnten allerdings hören, was die Frau gesagt hatte.

»Nik, hast du das auch gehört?« Yve stieß ihren Mann an. »Da ist doch der Name Irina gefallen! Ob ich die beiden mal frage, ob sie wissen, wo Irina ist?«

Noch ehe er antworten konnte, kam Herr Kunze auf sie zu und reichte ihnen nochmals die Hand. »Entschuldigen Sie, aber auf mich warten die Herrschaften. Sie finden allein hinaus? Sobald wir was in Erfahrung bringen konnten, informieren wir Sie natürlich. Auf Wiedersehen, Frau Lehmann, Wiedersehen, Herr Lehmann.«

»Auf Wiedersehen, Herr Kunze.«

Yve lächelte POM an. »Danke für Ihre Geduld.«

Während der Beamte mit großen Schritten zurück zu Tanja und Steffen ging, verließen Yve und Nik bedrückt das Polizeigebäude.

Draußen auf dem Bürgersteig blieben beide stehen.

»Denkst du das, was ich auch denke?«

Nik sah seine Frau an und musste lachen. »Mausi, wenn du mir sagst, an was du gerade gedacht hast, dann kann ich es dir sagen.«

»Ich dachte an Irina. Und jetzt überlege ich, ob wir auf den Mann und die Frau warten sollten.«

»Hm, und was versprichst du dir davon?«

»Dass sie uns womöglich sagen können, wo Irina und Hugo sind. Oder sie sagen uns, dass sie die beiden nicht kennen. Dann wissen wir zumindest, dass sie eine andere

Irina gemeint haben. Oder sie erzählen uns, wo sie mit ihrem Hund ist. Wo wir beide finden können. Bitte, Nik, wir warten hier auf die zwei, ja? Komm, gib dir einen Ruck.«

»Bei der Kälte! Aber du gibst sowieso nicht eher Ruhe. Ich gehe aber ein bisschen die Straße auf und ab. Hier so lange nur rumstehen und warten? Nee, da bekommen meine Füße ja einen Kribbel.«

»Du Weichei! Lauf aber nicht so weit weg.«

»Das sagt gerade die Richtige. Okay, ich bleibe in der Nähe. Ruf mich, wenn sie rauskommen.«

Eine Dreiviertelstunde später ging die Tür auf.

In Windeseile lief Yve zur Straße und als sie ihren Mann sah, rief sie: »Nik, Nik, komm. Beeil dich!«

Als Tanja und Steffen schon fast bei Yve angekommen waren, kam Niklas um die Ecke gelaufen. Er zögerte keinen Augenblick, sondern verlangsamte nur seine Schritte und ging dann schnurstracks auf die beiden zu. »Guten Tag, entschuldigen Sie, dass ich Sie hier so einfach überfalle, aber …«, er drehte sich zu seiner Frau um und winkte sie zu sich heran, »aber wir haben eine Frage.«

Inzwischen stand auch Yve den beiden Fremden gegenüber, die sie argwöhnisch ansahen, bevor Steffen fragte: »Waren Sie nicht auch gerade bei der Polizei? Ihre Gesichter kommen mir bekannt vor.«

»Richtig, wir sind uns auf dem Flur begegnet. Mein Name ist Lehmann, Niklas Lehmann, und das ist Yve, meine Frau.«

»Wir sind Tanja und Steffen. Und was möchten Sie uns fragen?«, wollte Tanja wissen.

»Wissen Sie«, Yve suchte nach den richtigen Worten, »wir haben gehört, dass der Name Irina gefallen ist. Nun denken Sie bitte nicht von uns, dass wir gelauscht hätten.

Wir standen nur ganz in der Nähe von Ihnen und Herrn Kunze.«

»Sie ...? Sie, kennen Irina?«, stammelte Tanja und stieß Steffen an. »Hast du das gehört? Sie kennen Irina!«

»Wir sind uns natürlich nicht sicher, ob wir dieselbe Irina meinen.« Yve redete weiter. »Die, die wir meinen, ist immer mit Hugo, ihrem alten Hund, unterwegs.«

Kaum hatte sie das ausgesprochen, starrten die beiden Fremden sie an, als seien sie Teufel in Menschengestalten.

Yve wich einige Schritte zurück, bevor sie fragte: »Habe ich was Falsches gesagt?«

Tanja schüttelte den Kopf, aber weil sie kein Wort herausbringen konnte, antwortete Steffen. »Unsere Irina hatte einen Hund. Ihren alten Hugo, aber woher kennen Sie Irina überhaupt?«

Niklas sah Steffen an. »Wir haben Irina und ihren Hund in der Bummelallee kennengelernt. Silvester sind wir so verblieben, dass wir wieder zu ihr kommen. Wir wollten miteinander plaudern. Außerdem haben sich unser Hund Krümel und Hugo so gut verstanden. Leider haben wir die beiden seitdem nicht mehr gesehen. Schade. Nun dachten wir, dass Sie uns sagen können, wo sie sind.«

Was folgte, war ein sehr emotionales und äußerst tränenreiches Acht-Augen-Gespräch. Denn dass Irina verschwunden war und dass man ihren Hugo erstochen hatte, das machte allen zu schaffen.

Eine ganze Weile standen sie sich schweigend gegenüber, ehe sie sich voneinander verabschiedeten.

Bevor Niklas zum Abschied Steffen seine Hand reichte, holte er aus der Jackentasche seine Visitenkarte heraus und gab sie Steffen. »Wenn Sie etwas von Irina hören, bitte sagen Sie uns Bescheid. Oder sie soll einfach zu uns kommen. Das dürfen Sie aber auch. Wir würden uns wirklich über Ihren Besuch freuen. Aber wo und wie können wir Sie denn erreichen?«

»Wir beide sind jeden zweiten Tag in der Bummelallee. Sie wissen doch, wo Irina mit ihrem Hugo immer gesessen hat, etwas weiter hoch, linke Seite, da finden Sie uns.«

Als sie schon im Weggehen waren, drehte sich Tanja noch einmal um. »Haben Sie Hugo eine Decke geschenkt?«

Mit Tränen in den Augen nickte Yve.

»Danke. Hugo hat die Decke geliebt.« Nachdem Tanja die Hand ihres Freundes ergriffen hatte, gingen sie weiter.

Aber erst als Niklas und Yve die beiden nicht mehr sehen konnten, gingen sie auch nach Hause.

Zu diesem Zeitpunkt hatte POM Kunze schon längst um ein Gespräch bei seinem Vorgesetzten gebeten. Nur wenige Minuten später betrat er sein Büro.

»Kunze, was ist denn so wichtig, dass Sie mich sofort sprechen wollten?«

»Chef, das müssen Sie sich ansehen.« Er legte die beiden Umschläge auf seinen Schreibtisch und holte aus dem braunen Umschlag alles heraus.

»Was sind das denn für Ausweise? Und wem gehören die, und wo kommt das Geld her? Ich höre!«

Nun erzählte der Polizeiobermeister von Steffens und Tanjas Besuch, und dass es dabei um die vermisste Irina gegangen sei. Dann deutete er auf die Umschläge. Er erklärte seinem Vorgesetzten, dass die jungen Leute diese Umschläge von Irinas ehemaliger Freundin, Karina, erhalten hätten. Gleichzeitig berichtete er ihm, dass diese Frau in einem anderen Brief, den sie an die vermisste Person geschrieben hatte, ihren Suizid angekündigt habe.

»Gehe ich richtig in der Annahme, dass es sich um den Fall von gestern handelt?«

»Genau. Und wenn Sie sich die Papiere und Ausweise ansehen, dann steht fest, dass es sich hierbei um ein und dieselbe männliche Person handelt. Von diesem Mann gibt es vier gefälschte Ausweise, mit verschiedenen Namen, jedoch mit dem gleichen Lichtbild. Fest steht, dass er sich in unserer Stadt aufhält. Das geht eindeutig aus dem Schreiben hervor, das sich außerdem in dem Umschlag befunden hat. Dort ist auch die Adresse angegeben, wo er wohnt, und unter welchem Namen er dort die Wohnung gemietet hat. Das Geld, der Ausweis und die Versicherungskarte, sowie einige Dokumente gehören der Vermissten. Ebenso das Geld, das sie von ihren verstorbenen Eltern geerbt hat. Das alles gibt die uns unbekannte Frau in dem Begleitschreiben an.«

»Weiter, Kunze, weiter! Was wissen Sie noch?«

Nun erzählte er dem Polizeihauptkommissar Mühlemann von dem Gespräch, das er mit dem Ehepaar Lehmann geführt hatte, bevor die Obdachlosen ihm die Umschläge gebracht hatten.

»Chef, als die Lehmanns gegangen sind, konnte ich ihre geschilderten Szenarien noch nicht so recht einordnen. Aber als ich das alles gelesen und mir die Ausweise genauer angesehen habe«, er zeigte auf das Schreiben, das Karina zusammen mit den Beweismitteln in den braunen Umschlag gelegt hatte, »da wurde aus den vielen einzelnen Mosaiksteinchen ein ganzes Ornament! Zumal die Adresse, die diese Karina in dem Brief angegeben hat, mit der von dem Ehepaar Lehmann übereinstimmt.«

Nachdem der Beamte seinem Vorgesetzten noch weitere Einzelheiten berichtet hatte, griff dieser zum Telefon. »Regina, schicken Sie mir umgehend zwei Diensthabende vom Einsatzkommando in mein Büro.«

»Sie kommen sofort, Chef.«

»Danke!«

»Kunze, wenn ich eins und eins zusammenzähle, dann befindet sich die vermisste Irina in der Gewalt von dem Mann, der die Wohnung in dem Haus gemietet hat, in dem auch das Ehepaar Lehmann wohnt. Und nach allem, was wir jetzt wissen, ist *Gefahr im Verzug*!«

»Genau!«

Um auf Nummer sicher zu gehen, recherchierte Polizeihauptkommissar Mühlemann noch in der Polizeidatenbank. Es dauerte nicht lange, schon spuckte die Datenbank das aus, wonach er gesucht hatte.

Er drehte den Bildschirm zu POM Kunze.

»Volltreffer! Der, zu dem die ganzen Ausweise gehören, ist zur Fahndung ausgeschrieben und gegen ihn liegt ein Haftbefehl vor. Er ist bewaffnet, macht sofort von der Schusswaffe Gebrauch und wird wegen Mordes an einer Prostituierten gesucht. Unter anderem auch wegen Menschenhandel, Zuhälterei, Vergewaltigung und sexueller Nötigung. Und hier …« Er kramte in den Unterlagen, die vor ihm ausgebreitet auf dem Schreibtisch lagen. »Hier, Kunze, und das ist der echte Ausweis. Sein richtiger Name ist: **Noël Reberg**. Fällt Ihnen was auf? Nicht? Mir schon. Lesen Sie den Namen mal rückwärts!«

»**Leon Greber**! Nun haben wir ihn!«

Es klopfte an die Tür.

»Kommen Sie rein!«

Nachdem die beiden angeforderten Beamten das Büro ihres Vorgesetzten betreten hatten, setzte er sie über das, was geschehen war, in Kenntnis und ordnete eine Hausdurchsuchung an.

»Meine Herren, wir dürfen jetzt keine Zeit verstreichen lassen. Es ist Gefahr im Verzug. Von daher, machen Sie sich fertig. Der Gesuchte ist bewaffnet und macht von der

Schusswaffe Gebrauch. Es ist äußerste Vorsicht geboten. Wir fahren ohne Sirene und ohne Blaulicht und parken nicht direkt vorm Haus, sondern einige Meter davon entfernt. Abfahrt ist in zehn Minuten. Bevor ich es vergesse: Und Sie, Kunze, rufen die Familie Lehmann an und sagen, dass sie ihre Wohnung nicht verlassen sollen und sich auch nicht im Treppenhaus aufhalten dürfen. Bitten Sie sie, dass sie uns die Haustür öffnen. Wir rufen sie an, wenn wir da sind, und wir informieren sie auch, wenn wir das Haus wieder verlassen. Das war`s fürs Erste. Wir treffen uns an den Fahrzeugen, meine Herren.«

Zum festgelegten Zeitpunkt verließen das Einsatzkommando, Polizeihauptkommissar Mühlemann und POM Kunze mit mehreren Polizeifahrzeugen den Innenhof der Wache.

# KAPITEL ACHTZEHN

## TRAUMATISIERT

Zur gleichen Zeit hatte sich Yve, die nach dem Anruf von Polizeiobermeister Kunze am ganzen Leib zitterte, an ihren Mann geschmiegt. »Was ist, wenn wir uns geirrt haben? Ich habe Angst, Nik, ich habe ja solche Angst! Wie soll das nur enden?«

»Wir haben uns nicht geirrt! Hast du vergessen, was wir gehört haben, als wir nach Hause gekommen sind? Ich nicht! Oder willst du mir gerade weismachen, dass du den markerschütternden Schrei nicht gehört hast? Und dass der von einer Frau kam, wissen wir beide. Mensch, Mausi, wach auf! Es könnte doch auch Irina sein, die er da unten festhält. Nein, wir haben alles richtig gemacht!«

Tränen rollten über ihr Gesicht. »Ich schäme mich ja auch, weil ich so feige bin und nur an mich denke. Dabei weiß ich doch, dass das, was wir getan haben, richtig gewesen ist. Aber wenn ich an den Greber denke, dann …«

Das Telefon klingelte.

»Lehmann, guten Tag!«

»POM Kunze hier. Bitte öffnen Sie die Haustür, Herr Lehmann, und bleiben Sie in der Wohnung!«

»Okay, ich drücke jetzt auf den Türöffner.«

»Danke, Tür ist auf!«

Damit war das Gespräch beendet.

Jetzt merkte Niklas auch, dass er sich in seiner Haut nicht mehr ganz so wohl fühlte. Und als er sich nach seiner Frau umsah, war sie verschwunden. Weil er nicht rufen wollte, suchte er die Zimmer ab.

Dann fand er sie.

Sie saß wie ein Häufchen Elend in einer Ecke des Badezimmers, hielt sich die Ohren zu und weinte.

Schnell ging er zu ihr. Er setzte sich neben sie auf die Fliesen. Und während er sie fest an sich drückte, sagte er leise: »Wird schon gut gehen, Mausi. Pass mal auf!«

Inzwischen hatten die Männer vom Einsatzkommando das Haus betreten. Leise gingen sie die Treppenstufen hinauf. Als sie vor der Wohnungstür von Leon Greber standen und Polizeihauptkommissar Mühlemann einen Mann grölen hörte: *Sie gehört dir. Mach mit dem Täubchen was du willst. Und wenn du mit ihr fertig bist, dann leg sie um! Entsorgen tun wir die Schlampe heute Nacht,* rief er seinen Männern zu: »Jetzt!« Kaum hatte er das Wort ausgesprochen, wurde die Tür aufgestoßen und mit entsicherten Pistolen in den Händen und dem Ruf *Polizei!* stürmten die Polizisten die Wohnung.

Der Flur war leer. Aber als die Beamten in der Wohnung eine weitere Tür aufstießen, bot sich ihnen ein Bild, bei dessen Anblick ihnen das Blut in den Adern gefror.

In dem Zimmer fanden die Beamten eine splitterfasernackte Frau vor, die auf dem Fußboden lag und leise wimmerte. Ihre Hände waren gefesselt und ihr Mund war mit Klebeband zugeklebt. Und zwischen ihren gespreizten Beinen kniete ein mit heruntergelassener Hose entblößter Mann, dem es offensichtlich Freude machte, sein wehrloses Opfer zu quälen. Noch während der mit einem Messer vor ihrem Gesicht wild herumfuchtelte, versuchte der Gesuchte Noël Reberg nach der Pistole zu greifen, die auf dem Tisch lag.

»Polizei! Lassen Sie die Waffe liegen! Bleiben Sie stehen und nehmen Sie die Hände hoch. Sie sollen stehen bleiben! Und jetzt Hände auf den Rücken!«

»Bullen! Scheiße! Wer mich verpfiffen hat, der ist so gut wie tot!«

Nachdem ein Polizist ihm noch rechtzeitig die Waffe aus der Hand geschlagen hatte und ihm endlich Handschellen angelegt werden konnten, wurde der tobende Reberg aus dem Zimmer bugsiert.

Unterdessen kümmerte sich ein anderer Beamte um den Mann, der immer noch zwischen den Schenkeln der Frau kniete und sie mit einem Messer terrorisierte.

»Messer weg! Stehen Sie auf! Lassen Sie die Frau in Ruh! Ich sagte, das Messer weg! Sofort! Ich zähle bis drei, dann mache ich von der Schusswaffe Gebrauch. Eins ..., zwei ...«

Der Halbnackte ließ das Messer fallen. Aber noch ehe der Polizist handeln konnte, hatte der schon ausgeholt und schlug der unter ihm liegenden Frau triumphierend und voller Wucht ins Gesicht.

Jetzt eilte ein zweiter Polizist herbei. Und nachdem der ihn an seinen Armen hochgerissen hatte, wurden auch ihm von seinem Kollegen Handschellen angelegt.

»Jetzt bring ihn weg, aber zügig!«, befahl Mühlemann. »Raus zu dem anderen Mi ...« Er schluckte runter, was ihm auf der Zunge lag.

Während draußen auf dem Flur von den beiden Männern eine Flut übelster Beschimpfungen und massiver Drohungen ausgesprochen wurde, war Polizeihauptkommissar Mühlemann längst zurück zu der nackten, gefesselten und geknebelten Frau geeilt.

Als er sich über sie beugte, um den Klebestreifen von ihrem Mund zu entfernen, stellte er mit Entsetzen fest, dass ihr ganzer Körper unzählige Blutergüsse aufwies und dass man an ihren empfindlichsten Stellen brennende Zigaretten ausgedrückt hatte. Und sie hatte ein massives Brillenhämatom. Er hatte schon sehr viel während seiner Dienstzeit gesehen, aber beim Anblick dieser barbarisch misshandelten Frau musste er an sich halten, um nicht rauszustürmen und den Kerlen …

Er rief sich selbst zur Ordnung!

Und als er wieder in das entstellte Gesicht der Frau sah, rief er: »Kunze, bringen Sie mir eine Schere oder ein Messer und besorgen Sie ein kaltes, nasses Tuch.«

Nachdem der Polizeihauptkommissar die schwer misshandelte Frau vom Klebeband und dem Kabelbinder befreit hatte, hob er sie sacht vom Fußboden hoch, zog seine Dienstjacke aus und legte sie ihr um. Dann führte er sie zum Sessel und setzte sie dort hinein. Anschließend gab er ihr das nasse, kalte Handtuch in die Hand und drückte diese vorsichtig an ihre geschwollene, knallrote Wange.

Währenddessen hatte einer der Beamten über den halbnackten Mann eine längere Jacke geschmissen, die an der Flurgarderobe gehangen hatte. Dann sammelte er dessen Klamotten ein und gab sie einem Kollegen. »Die kann er sich gleich in der Zelle anziehen.«

Nun ging er zu seinem Vorgesetzten. »Chef, brauchen Sie uns noch? Wenn nicht, würden wir mit den Tätern zur Wache fahren.«

»Machen Sie das! Fahren Sie los. Aber zuvor belehren Sie sie noch! Hier und sofort. Das ist im Eifer des Gefechts vorhin nicht erfolgt. Wenn wir fertig sind, kommen Kunze und ich nach. Noch was: Sagen Sie der SpuSi Bescheid. Sie sollen schnellstens kommen, damit alle Spuren gesichert werden. Gute Arbeit, Männer!«

»Danke, Chef! Wird erledigt.«

Als das Einsatzkommando mit Noël Reberg, alias Leon Greber, und dem anderen Mann das Haus verlassen hatte und auf dem Weg zur Polizeistation waren, ging der Polizeihauptkommissar Mühlemann wieder zu der traumatisierten Frau.

Nachdem er sich aufs Sofa gesetzt hatte, aber POM Kunze in der Tür stehen geblieben war, versuchte er mit ihr ins Gespräch zu kommen. »Sie sind jetzt in Sicherheit. Wir möchten Ihnen helfen. Mein Kollege und ich sind Polizisten. Das ist Herr Kunze und mein Name ist Mühlemann. Und wie heißen Sie?«

Mit leeren Augen starrte sie an ihm vorbei. Sie weinte nicht. Sie wimmerte nicht mehr. Das Handtuch, das ihre Wange kühlen sollte, lag inzwischen neben ihr. Dafür hatte sie ihre Hände schützend um ihren Körper geschlungen und es hatte den Anschein, als wenn sie alles andere um sich herum nicht wahrnehmen würde.

»Ist Ihr Name Irina?«

Sie schwieg.

Eingeschüchtert saß sie in dem Sessel, wagte sich nicht zu bewegen und starrte nur ins Leere. Die beiden Beamten konnten nur erahnen, was sie durchgemacht haben musste, dass sie dermaßen traumatisiert war.

Polizeihauptkommissar Mühlemann sprach sie erneut an: »Kennen Sie Tanja und Steffen? Bei den beiden wohnen Sie doch. Erinnern Sie sich?«

Es kam keine Reaktion.

»Sie wohnen im Bauwagen, nicht wahr?«

Statt zu reagieren, starrte sie ihn nur verängstigt an.

Weil Herr Mühlemann sie nicht mit weiteren Fragen quälen wollte, sagte er: »Kunze, wir brechen ab. Rufen Sie einen Krankenwagen und sagen Sie, dass hier auch ein Notarzt gebraucht wird. Sie mögen sich beeilen.«

Nun beugte sich der Polizeiobermeister zu seinem Chef runter und flüsterte ihm etwas ins Ohr.

»Das ist eine gute Idee. Tun Sie das. Aber sie sollen nicht ins Zimmer kommen.«

Wenig später klopfte POM Kunze an die Wohnungstür von Yve und Niklas Lehmann und rief: »Polizei! Ich bin es, Kunze. Bitte öffnen Sie die Tür.«

Nachdem Yve durch den Türspion geschaut hatte, machte sie die Wohnungstür auf. »Sie? Ist was passiert? Haben Sie Irina da unten gefunden? Dürfen wir wieder raus? Haben Sie ihn? Ist er …«

»Ja, wir haben ihn festgenommen. Mehr kann und darf ich Ihnen allerdings nicht sagen. Ja, Sie können sich wieder frei bewegen. Aber das ist nicht der Grund, warum ich hier bin. Wir möchten Sie um etwas bitten.«

»Um was denn?«

»Unten in der Wohnung haben wir tatsächlich eine Frau vorgefunden. Sie sagt aber nicht, wer sie ist. Anhand der Papiere, die uns vorliegen, gehen wir jedoch davon aus, dass es sich um die vermisst gemeldete Irina handelt.«

»Um Irina?«, fragte Nik, der neben seiner Frau stand.

»Das vermuten wir! Eigentlich sind wir uns sogar sicher. Aber weil Sie und Ihr Mann sie kennen, würde ich Sie bitten, dass einer von Ihnen mit mir runtergeht. Allerdings so, dass sie Sie nicht sieht, und bitte sprechen Sie sie nicht an. Aber wenn Sie sie identifizieren können, wären wir einen erheblichen Schritt weiter.«

Niklas sah seine Frau an. »Gehst du oder soll ich?«

»Ich würde sagen, du gehst mit. Ich, nein, ich schaffe das nicht. Wenn das wirklich Irina ist ...« Yve rannte ins Wohnzimmer.

»Dann lassen Sie uns gehen, Herr Lehmann.«

Bevor beide die Wohnung im Erdgeschoss betraten, sagte der Beamte Niklas noch einmal, dass sie ihn auf gar keinen Fall sehen sollte.

Ein kurzer Blick genügte und Nik wusste, dass das Irina war, die apathisch in einem der Sessel saß.

Er drehte sich zu dem Polizisten um. »Ja, das ist Irina!«, flüsterte er sichtlich bewegt.

Ohne eine Antwort abzuwarten, verließ er mit wackligen Beinen die Wohnung und ging hinauf zu seiner Frau.

»Ist sie es, Nik? Nun sag es schon! Ist es unsere Irina gewesen?«

»Schlimm sieht sie aus ...! Mein Gott, Yve, was hat das Schwein bloß mit ihr gemacht? Ja, es ist Irina.«

Als Yve sah, dass in den Augen ihres Mannes Tränen standen, wusste sie, dass er geschockt war. Gleichzeitig war sie unendlich erleichtert, dass er ihr diesen schweren Weg abgenommen hatte. Und noch während sie das dachte, schämte sie sich erneut, weil sie schon wieder gekniffen hatte ...

Als wenn Nik wüsste, was sie dachte, kam er auf sie zu und strich ihr übers Haar. »Yve, wenn es Irina besser geht, dann besuchen wir sie. Jetzt wird alles gut. Komm, Mausi, ich koche für uns einen Tee. Wir müssen etwas zur Ruhe kommen.«

Polizeihauptkommissar Mühlemann, der Irinas geschundenen Körper längst mit einer Decke zugedeckt hatte, wartete zusammen mit POM Kunze auf den Rettungswagen und den Notarzt.

Endlich klingelte es.

Nachdem der Notarzt das Zimmer betreten hatte und langsam auf Irina zuging, schlug sie ihre Hände vors Gesicht und stammelte: »Nein ..., nein ..., bitte nicht ...«

»Sie sind in Sicherheit. Wir sind alle hier, weil wir Ihnen helfen wollen. Bitte glauben Sie mir. Ich bin Arzt und möchte Sie jetzt ins Krankenhaus bringen.«

Als er sie behutsam am Arm berühren wollte, geriet sie in Panik und sah ihn mit angsterfüllten Augen an.

»Nein! Nein! Ich will nicht. Nicht anfassen! Nein, bitte nicht! Nicht wegbringen ..., nicht ins Krankenhaus!« Dann krümmte sie sich im Sessel zusammen und verbarg ihr Gesicht in den Händen.

Als der Arzt sah, dass sie am ganzen Körper zu zittern begann, wusste er, dass er weibliche Hilfe benötigte. Der Notarzt drehte sich zu der Rettungsassistentin um, die hinter ihm stand, und redete kurz mit ihr.

»Herr Doktor, ich versuche mein Glück. Aber wäre es nicht ratsam, dass ich allein mit ihr spreche?«

»Sie könnten recht haben. Vielleicht fasst sie Vertrauen zu einer Frau, zu Ihnen. Wir gehen raus.« Er sah die Beamten an. »Bitte kommen Sie, wir warten auf dem Flur.«

Die Rettungsassistentin ging zu dem Sessel, in dem Irina saß, kniete sich vor sie hin, legte ihre Hand auf ihre und wartete ab.

Nach einer gefühlten Ewigkeit gab Irina ihre Embryo-Schutzhaltung auf und setzte sich aufrechter hin.

»Guten Tag. Ich bin Anni und wer sind Sie?«

Irina zuckte mit den Schultern.

»Sie wissen nicht, wie Sie heißen?«

Nun schüttelte sie den Kopf.

»Wissen Sie denn, wo Sie sind, oder kennen Sie den Mann, der Ihnen das angetan hat?«

Sie zögerte, dann sagte sie leise: »Das weiß ich nicht!«

»Darf ich Sie denn zur Untersuchung ins Krankenhaus begleiten? Ihre Wunden müssen versorgt werden und ich möchte Ihnen gern hilfreich zur Seite stehen.«

Verängstigt schaute Irina sie an.

»Ich bleibe auch bei Ihnen, wenn Sie das möchten. Kann ich den Arzt reinholen? Wir würden zusammen mit ihm ins Krankenhaus fahren.«

Furchtsam griff Irina nach ihrer Hand. »Und Sie bleiben wirklich bei mir?«

»Versprochen!«

Nachdem sie noch einige belanglose Sätze gewechselt hatten und Irina viel ruhiger geworden war, holte sie den Notarzt.

»Herr Doktor, Irina fährt mit uns ins Krankenhaus. Haben Sie etwas dagegen, wenn ich während der Fahrt und auch anschließend bei ihr bleibe?«

»Das bekommen wir hin!« Er nickte, während er Irina anlächelte. »Es freut mich, dass Sie sich von uns helfen lassen. Dann wollen wir mal!«

Kurz darauf lag Irina auf einer Liege im Rettungswagen. Obwohl sie ihre Augen geschlossen hatte, die von Hämatomen gezeichnet waren, liefen unaufhörlich Tränen über ihr Gesicht. Nur die Hand der Rettungsassistentin ließ sie nicht ein einziges Mal los. Irina hielt sie während der Fahrt ins Krankenhaus fest umklammert.

Als Yve und Niklas am Fenster stehend gesehen hatten, dass Irina auf einer Trage in den Rettungswagen geschoben wurde, konnten beide nur schwer ihre aufkommenden Tränen unterdrücken. Es tat ihnen in der Seele weh, zu wissen, dass es ihre Schreie gewesen waren, die sie gehört hatten. Gleichzeitig waren sie überglücklich, dass sie jetzt in Sicherheit war.

Plötzlich klopfte es an der Wohnungstür.

Niklas blickte durch den Türspion. Als er sah, wer geklopft hatte, öffnete er die Tür.

»Herr Lehmann, ich möchte Ihnen und Ihrer Frau nur noch sagen, dass die vermisst gemeldete Frau gerade ins Krankenhaus gefahren wird. Wenn wir noch Fragen haben, werden wir uns bei Ihnen melden. Wiedersehen, grüßen Sie Ihre Frau und danke für die wichtigen Hinweise. Ach so, und wundern Sie sich nicht, nachher werden noch Leute von der Spurensicherung kommen. Es kann sein, dass die Wohnung versiegelt wird.«

»Danke, dann wissen wir Bescheid ..., auf Wiedersehen, Herr Kunze!«

Er schloss die Tür und als er sich umdrehte, stand Yve in der Wohnzimmertür. »Du brauchst nichts sagen, ich habe alles gehört. Mir geht es erst besser, wenn ich Irina gesehen und mit ihr gesprochen habe!«

»Wir müssen ihr Zeit geben, Mausi! Bald gehen wir zu ihr, bald!«

»Und wer sagt Tanja und Steffen Bescheid?«

»Das wird die Polizei machen. Yve, das ist nicht unsere Aufgabe!«

»Stimmt, Nik, ich bin so nervös, dass ich nicht mehr klar denken kann.«

»Du legst dich jetzt hin und ich rufe Thorsten an. Er muss schließlich wissen, an was für eine zwielichtige Gestalt er seine Wohnung vermietet hat. Und sein Bruder wird auch froh sein, dass dieser Albtraum ein Ende hat.«

Weil von Yve keine Antwort kam, drehte er sich um. Er musste lächeln. Da lag sie nun auf dem Sofa, hatte sich das Wollplaid über den Kopf gezogen und schlief. *Endlich,* dachte Nik, *endlich kommt sie etwas zur Ruhe.*

# KAPITEL NEUNZEHN

## DER LETZTE AUSWEG

Völlig neben der Spur saß Tanja auf ihrem Stuhl im Bauwagen, nachdem sie und Steffen von der Polizei wieder zurück waren. Denn das, was heute alles auf sie eingestürmt war, war zu viel für sie. Die Briefe, das Gespräch mit der schwarzhaarigen Frau, der Besuch bei der Polizei und dann waren da auch noch die Lehmanns.

»Über was denkst du denn nach?«, wollte Steffen wissen, als er von draußen hereinkam.

»Über alles.«

»Über alles, das ist ein weiter Begriff. Also, was meinst du mit alles?

»Na, wir vermissen hier Irina und bei den Lehmanns passieren merkwürdige Dinge. Allein der Name! Dann die Adresse, die sie uns bei unserem Treffen vor der Polizei genannt haben, alles ist identisch. Hoffentlich geht die Polizei sofort den ganzen Hinweisen nach! Mir ist schlecht, Steffen, ich muss hier raus!«

»Warte, Tanja, ich komme mit. Wollen wir denn zu Doktor Fuchs gehen und ihm Bescheid sagen? Wir wollten uns doch sowieso noch bei ihm bedanken.«

Sie überlegte. Dann schüttelte sie den Kopf.

»Und warum nicht?«, wollte Steffen wissen.

»Wir sollten abwarten. Spätestens morgen Mittag gehen wir ja nochmal zur Polizei und fragen nach, ob es was Neues gibt. Dann wissen wir bestimmt mehr. Ich möchte den hilfsbereiten Mann nicht unnötig in Unruhe versetzen oder ihm womöglich Hoffnung machen. Das hat er nicht verdient. Es reicht, wenn wir beide nicht abschalten können, meinst du nicht auch?«

»Stimmt. Wir sollten es lassen. Dann lass uns jetzt an die frische Luft gehen. Ich bin fertig.«

Kurz darauf gingen sie lustlos durch die Stadt. Weder Steffen noch Tanja war nach Reden zumute.

Erst als sie an Irinas Stammplatz vorbeikamen, blieben sie stehen. Dass Irina nicht da sein konnte, das wussten sie ja. Aber dass Willi heute wieder nicht hier saß, darüber wunderte sich Tanja doch. Und weil Tanja sich das nicht erklären konnte, knuffte sie Steffen an und meinte: »Willi fehlt im Stadtbild, findest du nicht?«

»Ihm ging es letztens nicht so gut, das weißt du doch. Bestimmt liegt es daran, dass er sich etwas rarmacht.«

»Wenn du meinst. Ach, Steffen, ich will wieder nach Hause. Ich bin nicht gut drauf.«

»Mir geht es nicht anders. Lass uns noch schnell zum Bäcker gehen und zwei Brötchen holen. Ich koche nachher auch Kaffee, versprochen.«

»Okay!«

Es fing schon an zu dämmern, als es an die kleine Tür vom Bauwagen klopfte.

Erschrocken sah Tanja ihren Freund an. »Wer kann das denn jetzt noch sein? Sei vorsichtig, Steffen!«

Statt zu öffnen, rief er: »Hallo, kommen Sie mal zum Fenster, damit ich Sie sehen kann.«

Sekunden später sah Steffen, wer vor dem Fenster ihres

Wagens stand, ihm zuwinkte und rief: »Guten Abend, ich bin`s, POM Kunze von der Polizei. Ihre Vorsicht kann ich nachvollziehen. Würden Sie mich zu Ihnen reinlassen, ich muss Ihnen was sagen.«

»Okay! Warten Sie ..., einen Moment noch.«

Nachdem Steffen die kleine Tür geöffnet hatte, reichte er dem Beamten die Hand. »Kommen Sie rein, bitte setzen Sie sich.« Er zeigte auf einen Stuhl. »Bequemeres können wir Ihnen nicht anbieten. Und Tanja kennen Sie ja.«

»Guten Abend, Tanja.«

Guten Abend, Herr Kunze.« Sie reichte ihm zur Begrüßung die Hand. »Und was führt Sie zu uns?«

»Ich wollte Sie nicht länger im Ungewissen lassen. Denn Dank Ihres Besuches und den Briefen haben wir Ihre Mitbewohnerin gefunden! Aber auch ein Ehepaar konnte uns mit wichtigen Hinweisen weiterhelfen.«

Tanja und Steffen sahen sich an.

»Meinen Sie die Lehmanns?«, wollte Steffen wissen.

»Genau die. Sie kennen das Ehepaar?«

Nun erzählten Tanja und Steffen dem Polizisten, wie und wo sie sich das erste Mal begegnet waren. Und im Gegenzug berichtete POM Kunze, was sich seitdem ereignet hatte und wie und wo man die Vermisste gefunden hatte.

»Hast du das gehört, Steffen? Irina lebt! Sie haben sie gefunden.« Tanja fing an zu weinen. »Gott sei Dank, jetzt ist sie im Krankenhaus. Und wann ..., Herr Kunze, und wann können wir zu ihr?«

»Da gibt es noch etwas, was ich Ihnen sagen muss.«

Mit großen Augen blickte Tanja den Beamten an.

»Und was?«, fragte Steffen. »Herr Kunze, bitte spannen Sie uns nicht auf die Folter.«

»Ihre Mitbewohnerin ist schwer traumatisiert und kann sich an nichts erinnern. Laut Aussage der Ärzte leidet sie an Gedächtnisverlust, einer Amnesie. Inwieweit und ob sie Sie überhaupt erkennen wird, bleibt abzuwarten. Es tut mir leid, Ihnen das sagen zu müssen. Aber darauf sollten Sie sich einstellen, wenn Sie Irina besuchen. Es sei denn, es geschieht in den nächsten Stunden ein Wunder.«

Was folgte, war ein langes und sehr emotionales Gespräch. Bevor der Beamte sich nach einer Stunde von ihnen verabschiedete, bat er darum, dass sie in den nächsten Tagen noch einmal zu ihm kommen sollten.

»Und warum?«, wollte Steffen wissen.

»Ich möchte Ihnen den an Irina persönlich adressierten Brief und einige andere Dinge aushändigen. Allerdings werde ich das zuvor noch mit meinem Vorgesetzten besprechen und von ihm absegnen lassen müssen.«

»Vielen Dank, Herr Kunze. Wir kommen zu Ihnen, wenn wir bei Irina waren. Eine Frage hätte ich noch: Weiß Familie Lehmann denn Bescheid?«

»Ja, sie wurden von uns informiert, bevor wir das Haus verlassen haben. Dann sehen wir uns also in den nächsten Tagen, auf Wiedersehen.«

»Wiedersehen. Danke, dass Sie gekommen sind.«

Nachdem sie wieder allein waren, fiel Tanja Steffen um den Hals, schmiegte sich an ihn und flüsterte mit besorgter Stimme: »Sie wird doch wieder gesund, oder? Steffen, sie muss wieder gesund werden! Sie muss!«

»Das wird sie! Ganz bestimmt! Aber morgen früh gehen wir zuallererst zu Doktor Fuchs!«

»Ja, das machen wir, das sind wir ihm schuldig.«

Am nächsten Morgen waren Tanja und Steffen schon früh auf den Beinen. Die Nacht hatte sich wie Gummi in die Länge gezogen und hatte einfach nicht enden wollen.

Am Frühstückstisch schaute Steffen seine Freundin an,

die ihm heute wortlos gegenüber saß. Weil er das von ihr nicht kannte, stellte er ihr eine Frage. »Und, konntest du in der Nacht wenigstens mal ein Auge zumachen?«

Tanja zwang sich ein Grienen ab, als sie erwiderte: »Das ein oder andere Auge habe ich zwar zugemacht, aber geschlafen habe ich kaum. Mir ging zu viel im Kopf herum. Ich konnte einfach nicht abschalten.«

»Gut gekontert!« Steffen musste lachen. »Das ein oder andere Auge! Auf jeden Fall hast du deinen Humor noch nicht ganz verloren. Und wann wollen wir los?«

»Du meinst, zu Wolfgang Fuchs?«

Er nickte.

Sie schaute auf ihre Armbanduhr. »Eben ist es noch zu früh. Was hältst du davon, wenn wir so losgehen, dass wir um halb zehn bei ihm sind?«

»Einverstanden!«

Schon kurz vor neun Uhr standen sie vor dem großen Grundstück des Tierarztes. Die Rollläden an allen Fenstern waren hochgezogen und zwei Fenster standen offen.

»Er ist wach«, stellte Tanja fest.

»Dann drücke ich jetzt auf den Klingelknopf.«

»Mach das, Steffen. Ich weiß gar nicht, was ich ihm sagen soll und wie ich beginnen kann. Boah, mein Herz klopft so heftig, als ob es gleich herausspringen will.«

Als er die Klingel betätigt hatte, sagte er: »Dann lass mich zuerst mit ihm reden. Ist das okay für dich?«

Gerade als Tanja ihm eine Antwort geben wollte, ertönte aus der Gegensprechanlage die Frage: »Morgen, wer sind Sie?«

»Guten Morgen, Herr Fuchs. Wir sind es, Tanja und Steffen! Wir möchten Ihnen was sagen.«

»Moment!« Es ertönte der Türsummer. »Bitte kommen Sie rein! Den Weg kennen Sie ja.«

Nachdem sie den Weg bis zum Haus zurückgelegt hatten, sahen sie, dass Herr Fuchs sie bereits an der geöffneten Haustür erwartete. »Hallo Tanja, hallo Steffen, Sie besuchen mich schon so früh am Morgen? Ist etwas passiert?«

Tanja blickte ihn an und sagte leise: »Morgen, Herr Fuchs, wir sind hier, weil …«

Er unterbrach sie. »Kommt rein. Entschuldigt, dass ich Sie einfach geduzt habe, das passiert mir öfter. Ich bin halt ein alter Mann.«

Als beide bei ihm am Küchentisch saßen, lächelte er seine Besucher an und meinte: »Bevor Sie mir sagen, was los ist, koche ich für uns Kaffee. Ihr beide seht so aus, als wenn ihr einen gebrauchen könntet.«

»Oh ja, das ist sehr nett.« Fragend sah Tanja Herrn Fuchs an. »Darf ich Ihnen zur Hand gehen?«

»Nichts da! Mache ich allein.«

Als die Tassen mit dem Kaffee auf dem Tisch standen und der Tierarzt sich auf seinen Küchenstuhl gesetzt hatte, ergriff Steffen das Wort. »Herr Fuchs, wir sind gekommen, weil es Neuigkeiten von Irina gibt. Aber bevor ich Ihnen alles erzähle, wollten wir uns bei Ihnen bedanken.«

»Wofür wollen Sie sich denn bedanken?«

»Dafür, dass Sie eine Firma beauftragt haben, die unseren Bauwagen gereinigt hat.«

»Ach das! Papperlapapp! Aber schön, dass das geklappt hat. Ist aber unwichtig. Doch was ist mit Irina? Ich muss sehr oft an Sie denken.«

»Herr Fuchs, was wir Ihnen jetzt sagen, ist nicht schön. Aber Irina lebt, das sollten Sie wissen.«

»Bitte erzählen Sie, Steffen!«

Aufmerksam und immer wieder mit dem Kopf schüttelnd hörte Wolfgang Fuchs zu, was Steffen ihm berichtete.

Obwohl dieser merkte, dass es dem alten Mann an die

Nieren ging, ließ er dennoch nichts aus.

Als Steffen schwieg, erhob sich der Tierarzt a. D. von seinem Stuhl, ging zum Küchenfenster und blickte hinaus. Er wollte es nicht zulassen, dass Tanja und Steffen sahen, wie er mit den Tränen kämpfen musste. Nie in seinem Leben hätte er es für möglich gehalten, dass das Schicksal dieser jungen Frau ihm derart naheging.

Erst als er wieder Herr seiner Emotionen war, drehte er sich zu den beiden um, die schweigend am Tisch saßen und ihn anblickten.

»Sie hat also eine Amnesie?« Er setzte sich wieder hin. »Mich wundert es nicht, nach all dem, was sie womöglich mit ansehen musste und anscheinend erlebt hat. Ein Gedächtnisverlust kann gottlob aber auch nur vorübergehend sein. Und davon sollten wir ausgehen. Nein, daran müssen wir glauben! Habt ihr euch denn schon überlegt, wann ihr sie besuchen wollt?« Energisch schüttelte er den Kopf. »Ich bin wirklich ein Depp. Mal sieze ich euch, dann verfalle ich schon wieder ins Du. Also«, ein sachtes Grienen umspielte seine Augen, »ich bin Wolfgang und ihr seid Tanja und Steffen. Und ab jetzt duzen wir uns. Seid ihr einverstanden? Kommt ihr damit klar? Wenn ja, dann sollten wir mit unserem Kaffee jetzt darauf anstoßen.«

Nachdem lächelnd das Angebot mit einem Schluck Kaffee besiegelt war, wollte der Tierarzt von ihnen wissen, was sie heute noch vorhatten.

»Von hier aus gehen wir gleich zur Polizei. Herr Kunze will uns einige Sachen geben, die Irina gehören. Und am Nachmittag wollen wir ins Krankenhaus gehen. Morgens werden da doch bestimmt die meisten Untersuchungen gemacht, oder was meinen Sie?«

»Was meinst DU!« Wolfgang Fuchs lachte Tanja an. »Das denke ich auch. Aber wenn ihr zurück seid, sagt ihr mir dann kurz Bescheid, wie es Irina geht?«

»Kommst du nicht mit?« Fragend sah Tanja ihn an.

»Auf gar keinen Fall! Das wäre zu viel für sie. Euch braucht sie jetzt. Denn wenn sie jemanden erkennen sollte, dann euch. Mich bestimmt nicht!«

Nachdem sie sich eine halbe Stunde später voneinander verabschiedet hatten und Steffen und Tanja auf dem Weg zur Polizei waren, hing Wolfgang Fuchs seinen Gedanken nach. Er machte sich große Sorgen um Irina.

Als die jungen Leute das Polizeigebäude betraten, konnten sie nicht wissen, dass dort am frühen Morgen schon das Telefon geklingelt hatte.

»Guten Morgen, Polizei. Sie sprechen mit Herrn Klinker, was kann ich für Sie tun?«

»Morgen. Sie ..., sie müssen schnell zur Pension Rittersporn kommen. Ich ..., ich ...«

»Versuchen Sie sich zu beruhigen. Ich kann sie kaum verstehen. Mit wem spreche ich und was ist passiert?«

»Vogel, Roswitha Vogel. Mir gehört die Pension. Die nette Frau, die gestern wieder bei mir eingecheckt hat, sie hat sich ..., mein Gott, sie hat sich die Pulsadern aufgeschnitten. Ich habe sie eben tot in der Dusche vorgefunden, als ich ihr Zimmer reinigen wollte.«

»Frau Vogel, ich brauche jetzt Ihre genaue Anschrift. Ich schicke sofort jemanden zu Ihnen! Nichts anfassen und bitte betreten Sie das Zimmer nicht mehr.«

Genau über das Telefonat mit dem tragischen Ausgang musste POM Kunze nachdenken, als Steffen und Tanja ihm schließlich gegenübersaßen. Deshalb war es auch nicht verwunderlich, dass er auf beide einen angespannten Eindruck machte.

Nachdem sie zuvor einige belanglose Sätze gewechselt hatten, kam Polizeiobermeister Kunze zum Kern der Sache. »Danke, dass Sie gekommen sind. Ich habe mit meinem Vorgesetzten gesprochen, und es ist so, dass ich Ihnen einige Dinge von Ihrer Freundin mitgeben werde. Ich gebe ihnen diese zu treuen Händen mit. Sie müssten mir das allerdings quittieren. Das machen wir nachher. Natürlich erwarte ich von Ihnen, dass Sie Ihrer Mitbewohnerin alles aushändigen, wenn es ihr wieder besser geht. Waren Sie denn schon bei ihr?«

»Heute Nachmittag wollen wir sie besuchen«, erwiderte Tanja.

»Eins kann ich Ihnen im Vorfeld sagen. Der Zustand Ihrer Freundin ist unverändert. Das haben wir von den behandelnden Ärzten erfahren, weil wir die Patientin noch verhören müssen. Das ist jedoch nicht möglich. Das sage ich Ihnen nur, damit Sie nicht ganz unvorbereitet dort hingehen. Wollen wir hoffen, dass sie sich erholt und dass ihr Gedächtnis bald zurückkehrt. Aber was ich Ihnen jetzt noch zu sagen habe, ist unerfreulich.«

»Oh nein! Gibt es noch was von Irina?«

»Nein, von Ihrer Freundin habe ich Ihnen alles gesagt, was mir zum gegenwärtigen Zeitpunkt bekannt ist. Es geht um die junge Frau, die Sie aufgesucht hat und Ihnen die Briefe gegeben hat. Ich muss Ihnen sagen, dass sie heute früh tot aufgefunden wurde.«

Entsetzt und mit aufgerissenen Augen schauten beide den Polizeiobermeister Kunze an.

Tanja suchte mit zittrigen und feuchten Händen Halt bei Steffen, als sie Polizeiobermeister Kunze fragte: »Sie ist wirklich tot?«

»Ja, leider. Es ist tragisch, aber sie hat ihren angekündigten Suizid sehr schnell in die Tat umgesetzt. Machen

Sie sich bitte keine Vorwürfe, denn damit konnte niemand rechnen. Weder Sie noch wir.«

Nachdem Steffen Tanjas Hand fest in seine genommen hatte, sagte er: »Sie hat das zwar geschrieben, aber dass sie das wirklich macht … nein, daran haben wir nicht geglaubt. Auf keinen Fall.«

Tanja schüttelte den Kopf. »Obwohl, Steffen, sie war schon sehr verzweifelt, als sie bei uns war. Und sie hatte solch fürchterliche Angst. Aber trotzdem, sich umzubringen? Herr Kunze, was hat sie denn …?«

Der Beamte unterbrach sie an dieser Stelle, weil er wusste, welche Frage ihr unter den Nägeln brannte. »Näheres darf ich Ihnen nicht sagen. Außerdem wissen wir nichts Genaueres. Die Ermittlungen laufen bereits auf Hochtouren. Dennoch könnten Sie uns womöglich bei unseren weiteren Recherchen helfen.«

»Wir? Helfen?« Fragend blickte Steffen ihn an. »Wir kennen sie doch gar nicht. Außer dass sie Karina heißt.«

»Insoweit stimme ich Ihnen zu. Aber es wurde bei der Frau ein weiterer Brief gefunden. Adressiert an uns, aber mit der Bitte, diesen an Sie weiterzuleiten.« Er nahm einen Umschlag von seinem Schreibtisch und legte ihn vor Tanja und Steffen hin. »Hier ist er. Wir haben ihn nicht geöffnet, aber es würde uns schon interessieren, was darin steht.«

Ungläubig nahm Tanja den Umschlag an sich. Mit vibrierenden Fingern drehte sie ihn hin und her.

Schließlich drückte sie ihn Steffen in die Hand. »Du musst ihn aufmachen. Und vorlesen musst du den Brief auch. Ich? Nein, ich kann das nicht!«

»Bitte«, Herr Kunze reichte ihm einen Brieföffner, »falls Sie den nehmen möchten.«

»Danke«, murmelte Steffen, während er den Brieföffner in seiner Hand hielt. Noch nie zuvor hatte er sich beim Öffnen eines Briefes so unwohl gefühlt.

Wenig später war der dicke Umschlag geöffnet. Das, was er zusammen mit dem Brief aus dem Umschlag herausholte, waren etliche Geldscheine.

Ohne dass sie es wollte, entfuhr Tanja: »Wow, so viel Geld! Wo kommt das denn her? Steffen, lies den Brief!«

Nachdem Steffen das weiße Blatt Papier vorsichtig auseinandergefaltet hatte, las er zaudernd vor:

*Hallo Tanja und Steffen,*

*weil ich eure Anschrift nicht weiß, habe ich diesen Weg gewählt, damit ihr das bekommt, was ihr bekommen sollt. Denn dass die Polizei eingeschaltet wird, davon gehe ich aus. Ich kann nur hoffen, dass man Irina inzwischen gefunden hat, dass sie lebt und dass es ihr gut geht.*

*Weil ich aber nicht weiß, ob Noël Reberg, oder wie er auch immer heißen mag, dingfest gemacht werden kann, blieb mir nur dieser letzte Ausweg. Das könnt ihr nicht verstehen, aber er ist ein Mörder und hat viel Dreck am Stecken. Und wenn er mich findet …, nein, diesen Tod will ich nicht sterben. Dann lieber allein und auf meine Art. Auch wenn es feige ist.*

*Das Geld gehört mir! Mir ganz allein. Daran befindet sich kein Blut, ich habe es verdient – mit meinem Körper. Er hat mich dazu gezwungen!*

*Einen Teil meines Geldes konnte ich vor ihm verstecken. Nun will ich, dass ihr es bekommt. Es ist kein Vermögen, aber es hilft euch vielleicht einige Zeit über die Runden. Ihr seid mir gegenüber mehr als fair gewesen, so etwas vergesse ich nicht.*

*Danke.*

*Lebt wohl*
*Karina*

Für einen Augenblick herrschte in dem Büro von POM Kunze betroffene Stille. Die Scheine, die vor ihnen auf dem Schreibtisch lagen, konnten weder Steffen noch Tanja berühren. Und so etwas wie Freude? Nein, die kam in ihnen auch nicht auf. Schließlich hatte Karina ihrem Leben ein Ende gesetzt.

Tanja stieß Steffen an. »Das ist zu viel für mich. Und wie sollen wir das denn alles Irina sagen und erklären?«

Ehe er jedoch etwas antworten konnte, wandte Herr Kunze sich an Tanja: »Das hat noch Zeit. Sie muss erst gesund werden. Und bis dahin sollten Sie für sie da sein! Zwar hat uns das, was die Tote Ihnen geschrieben hat, nicht weitergeholfen, aber das bestätigt, was wir bereits wissen. Nehmen Sie das Geld, es gehört Ihnen! Aber jetzt gebe ich Ihnen noch Irinas Ausweis, ihre Versicherungskarte, die persönlichen Dokumente, den Brief und das Geld mit, das sie von ihrer Mutter und ihrem Stiefvater geerbt hat.« POM Kunze schob Tanja und Steffen alles rüber. »Bitte unterschreiben Sie hier, dass ich Ihnen diese aufgezählten Sachen ausgehändigt habe. Dann wären wir für heute auch fertig. Wir bleiben in Verbindung. Sollte ich Fragen haben, melde ich mich.«

Nachdem sie sich voneinander verabschiedet hatten, standen beide wenig später vor dem riesigen Polizeigebäude.

Während Steffen den Umschlag mit dem Brief und dem Geld in seiner Hand hielt, sah er Tanja an. »Und nun? Was machen wir jetzt? Was machen wir damit? So viel Geld! Ich kann es nicht glauben. Du?«

»Nein. Ich will nach Hause. Ich muss überlegen. So durcheinander kann ich nachher nicht zu Irina gehen. Ich muss das erst verdauen. Komm bitte.«

Als sie zurück im Bauwagen waren, suchten sie nach

einem Ort, wo sie alles einigermaßen sicher verstecken konnten. Viele Möglichkeiten boten sich nicht an, aber letztendlich hatten sie eine geeignete Stelle gefunden. Lediglich zwanzig Euro steckte Steffen in seine Hosentasche. Dabei hatte er das Gefühl, als wäre er unendlich reich!

Gegen fünfzehn Uhr betraten Tanja und Steffen das Krankenhaus. Nachdem sie wussten, auf welcher Station sich Irina befand und in welchem Zimmer sie lag, standen sie wenig später vor der Tür.

Dass die nette Krankenschwester zuvor noch zu ihnen gesagt hatte, dass sie nicht so lange bleiben sollten und dass sich die Patientin auf keinen Fall aufregen dürfte, machte den ersten Besuch für die beiden nicht einfacher.

Mit klopfendem Herzen drückte Tanja die Türklinke herunter, dann griff sie nach Steffens` Hand und sie gingen ins Krankenzimmer. Es war ein Einzelzimmer. In dem Bett, das am Fenster stand, lag ihre Freundin und schaute hinaus. Erst als sie Schritte hörte, drehte sie ihren Kopf um. Tanja konnte nur schwer einen Schrei des Entsetzens unterdrücken, als sie ihr Gesicht sah. Geschwollen, blaue Augen, und ihre Lippen waren trocken und rissig. Aufgewühlt gingen beide zu ihr.

Als sie direkt an ihrem Bett standen und Tanja versuchte ihre Hand zu ergreifen, zuckte Irina heftig zusammen. In diesem Augenblick wussten beide, dass ihre Freundin sie nicht erkannte. Und als Steffen bemerkte, dass sie Angst vor ihm hatte, ging er schnell einige Schritte zurück.

Tanja, die mit schlotternden Beinen an ihrem Bett stehen geblieben war, rang sich ein freundliches Lächeln ab, während sie sagte: »Hallo, Irina, ich bin es, Tanja. Kennst du mich?«

Sie schüttelte den Kopf.

»Wir sind Freundinnen und wohnen alle zusammen in dem Bauwagen am Waldesrand. Und das ist Steffen, mein Freund und auch deiner. Erinnerst du dich?«

Statt zu antworten, sah sie Tanja nur verstört an.

»Hast du denn Schmerzen? Sind hier alle lieb zu dir?«

Plötzlich sah Tanja, dass aus ihrem Gesicht die Angst wich und sie leise sagte: »Alle sind sehr nett. Und Schmerzen habe ich nicht mehr. Aber Sie habe ich hier noch nicht gesehen. Sind Sie neu?«

Als Tanja spürte, dass ihre Augen feucht wurden, drehte sie sich für einen Moment weg.

»Müssen Sie schon wieder gehen?«, hörte sie Irina auf einmal fragen.

»Nein, Irina, ich arbeite nicht hier. Wir sind gekommen, weil Steffen und ich dich besuchen möchten. Freust du dich darüber?«

Ein heftiges Nicken war die Antwort.

»Dürfen wir denn wiederkommen?«

»Ja! Bitte, kommen Sie wieder ...« Vor lauter Anstrengung und Erschöpfung fielen ihre Augen zu. Irina war eingeschlafen.

Vorsichtig strich Tanja über ihre kurzen Haare und flüsterte kaum hörbar: »Schlaf dich gesund. Wir kommen wieder. Und dann bringen wir Wolfgang Fuchs mit. Ich habe dich lieb, Irina.«

Auf leisen Sohlen verließen beide das Zimmer.

Draußen auf dem Flur fiel Tanja ihrem Steffen weinend um den Hals und schluchzte: »Das verdammte Schwein! Was hat dieses Scheusal bloß mit ihr gemacht? Ich könnte ihn umbringen!«

»Du willst dir doch an so einem Dreckskerl nicht noch die Hände schmutzig machen! Komm, Tanja, lass uns frische Luft schnuppern. Weißt du, wir sollten auf jeden Fall noch einen Abstecher zu Herrn Fuchs machen, bevor wir nach Hause gehen. Er möchte bestimmt wissen, was Irina gesagt hat und wie es ihr geht.«

»Stimmt! Auf geht`s.«

Gerade als beide weitergehen wollten, sah Tanja, dass sich ein Sonnenstrahl durch den wolkenverhangenen Himmel schob. Nur ganz kurz! Und in diesem Augenblick dachte sie: *Wenn das kein Wink des Himmels ist …*

# KAPITEL ZWANZIG

## DIE NOTLÜGE

Nachdem sie den Tierarzt über den Besuch bei Irina im Krankenhaus informiert hatten, blieben sie noch einige Zeit bei ihm. Beide sahen dem alten Mann an, dass ihm das Schicksal ihrer Mitbewohnerin nicht egal war.

Als er sie fragte, wie es weitergehen solle, wenn Irina aus dem Krankenhaus entlassen werden würde, und sie ihm darauf keine Antwort geben konnten, meinte er: »Ich lasse mir was einfallen. Wir finden eine Lösung!«

Nun nahm Tanja ihr Herz in beide Hände, blickte Wolfgang Fuchs an und sagte leise: »Darf ich Sie …, dich mal was fragen?«

»Was hast du denn auf dem Herzen?«

Dann erzählte sie ihm, dass Herr Kunze, der Polizeiobermeister, ihnen etliche wichtige und persönliche Unterlagen von Irina mitgegeben hatte. Unter anderem auch eine größere Summe Bargeld.

Aufmerksam hatte er ihren Worten gelauscht und während er sich noch freute, dass Irina ihre Besitztümer wiederbekommen würde, erzählte Tanja weiter. Doch dann, mitten im Satz, hörte sie plötzlich zu reden auf.

Sie holte Luft, bevor sie sagte: »Wolfgang, wir haben alles provisorisch im Bauwagen versteckt. Aber uns ist nicht wohl dabei. Können wir dir das bringen und du bewahrst es auf, bis es Irina wieder besser geht?«

Er schaute Steffen und dann Tanja an. »Hm, das ist von euch zwar ein Vertrauensbeweis, zugleich aber auch eine große Verantwortung. Und ich weiß nicht, ob es ihr recht wäre. Machen würde ich das schon, aber ohne Irinas Zustimmung?«

»Bitte! Sie hätte nichts dagegen. Wir wissen, dass sie dich mag und sehr schätzt. Du hast ihrem Hugo geholfen, das hat dich in ihren Augen zu einem ganz besonderen Menschen werden lassen.«

Er zögerte. Dann nickte er. »Hier im Haus lasse ich es nicht. Ich habe ein Schließfach bei der Bank, da hinein lege ich es. Natürlich muss der Umschlag von euch zugeklebt und mit Irinas Namen versehen sein. Einverstanden?«

»Das ist prima! Danke, Wolfgang. Wenn wir sie morgen zusammen besuchen, dann geben wir dir den Umschlag gleich mit, ja?«

»Wollen wir uns am Eingang des Krankenhauses treffen? Sagen wir …«, er überlegte, dann sah er sie fragend an, »so gegen fünfzehn Uhr?«

»Wir sind pünktlich da!«, erwiderte Steffen.

Das erste Mal, als Wolfgang Fuchs Irina besuchte und in ihr geschundenes Gesicht blickte, versetzte es ihm einen Stich ins Herz.

Er empfand grenzenlose Wut und konnte nur mit allergrößter Mühe sein Entsetzen vor Irina verbergen. Gleichzeitig war er froh, dass sie nicht in Panik ausbrach, als er sie begrüßte. Das deutete er als gutes Zeichen.

Die folgenden vierzehn Tage vergingen für Tanja, Steffen und Wolfgang Fuchs wie im Flug.

Zunächst wechselten sie sich bei ihren Besuchen ab. Allerdings besuchten die beiden Männer Irina in den ersten acht Tagen nicht allein. Denn immer, wenn sie sich ihr näherten, konnte man sehen, dass sie distanziert reagierte. Also besuchten entweder Tanja und Steffen sie oder Tanja ging mit Wolfgang zu ihr.

Erst als Irina den Männern ihre Hand zur Begrüßung reichen konnte und sie sie dabei sogar schüchtern anlächelte, wussten alle, dass es bergauf ging.

Von nun an besuchten Steffen und Herr Fuchs sie allein, wenn zunächst auch nur für wenige Minuten. Die Freude war dem Tierarzt anzusehen, als sie ihm bei einem seiner Besuche zuerst ihre Hand zur Begrüßung entgegenstreckte. Erfreulich war, dass sie Tanja, Steffen und Wolfgang erkannte und sie stets mit ihrem Namen ansprach, wenn sie zu ihr kamen.

Doch woher sie kam, was geschehen war, daran konnte sie sich nicht erinnern. Inzwischen wusste sie zwar, dass ihr richtiger Name Irene Neuschaus war, sie aber von allen Irina genannt wurde. Obwohl sie darüber unglücklich war, sich das Hirn zermarterte, die Vergangenheit wollte einfach nicht zurückkehren.

Als der behandelnde Neurologe eines Tages zu ihr ins Krankenzimmer kam und ihr freudig mitteilte, dass sie am nächsten Tag entlassen werden sollte, sah sie ihn verzweifelt und mit großen Augen an. »Und…, und wo soll ich hin? Ich weiß ja gar nichts, wo wohne ich überhaupt?«

»Bitte regen Sie sich nicht auf, Frau Neuschaus. Ich habe gestern mit Ihren Freunden gesprochen. Sie holen Sie morgen ab und dann nehmen sie Sie mit zu sich.«

»Wirklich?«

»Ja! Das können Sie sie heute aber noch selbst fragen,

wenn Ihre Freunde Sie wieder besuchen kommen.«

»Danke, das mache ich, Herr Doktor.«

Derweil hatten sich Tanja, Steffen und Wolfgang Fuchs schon am Tag zuvor ernsthaft damit auseinandergesetzt, was für Irina das Beste wäre, wenn sie sie am nächsten Tag aus dem Krankenhaus holten. Sie hatten sehr, sehr lange darüber debattiert und wägten wohlüberlegt dabei jedes Für und Wider ab.

Letztendlich war es Herr Fuchs, der einen Vorschlag machte. »Was haltet ihr denn davon, wenn Irina vorübergehend bei mir wohnt? Das Haus ist groß und die ganze erste Etage nutze ich eh nicht. Dort könnte Irina wohnen. Das würde nur klappen, wenn ihr bei ihr bleibt. Also mit ihr einzieht. Keine Angst, das soll ja nicht auf Dauer sein, nur für den Übergang. Hier könnten sich Irina und Steffen noch aus dem Weg gehen. Ihr wisst selbst, dass das bei euch im Bauwagen nicht möglich wäre. Versteht das nicht falsch!« Er blickte Tanja und Steffen an. »Ich wollte euch nicht auf die Füße treten, ich hoffe, ihr glaubt mir das.«

»Ist das dein Ernst?« Tanja sah ihn ungläubig an.

»Natürlich. Zumal ich auch davon profitiere. Dann bin ich nicht mehr so allein. Überlegt es euch.«

Lachend stieß Steffen seine Freundin an und fragte sie: »Was meinst du, müssen wir uns das überlegen?«

»Nö, ich nicht! Und für Irina wäre das ...« Tanja suchte nach einem passenden Vergleich. »Genau, es wäre für sie wie ein Sechser im Lotto. Und für uns auch. Danke, Wolfgang, vielen Dank!«

»Gut, dann holen wir sie morgen früh gemeinsam ab.« Verschmitzt blickte er sie an und fügte grienend hinzu: »Endlich kommt wieder Leben in meine Bude!«

Am nächsten Vormittag waren Tanja und Steffen schon

zeitig zu ihrer Freundin ins Krankenhaus gegangen.

Herr Fuchs wollte jedoch nicht mit. Stattdessen sah er in seinem Haus zum x-ten Mal nach dem Rechten. Ganz besonders lag ihm am Herzen, dass die Räume oben in der ersten Etage auch wirklich in Ordnung waren.

Gegen 10:45 Uhr kam die Krankenschwester ins Zimmer und überreichte Irina ihre Entlassungspapiere. Nachdem sie sich von ihr verabschiedet hatte und Steffen ihre wenigen Habseligkeiten in einer Tasche verstaut hatte, verließen alle das Zimmer.

»Und was machen wir jetzt?«, wollte Irina wissen.

Tanja hakte sie unter und sagte: »Wir fahren jetzt zu Wolfgang Fuchs. Bei ihm können wir einige Tage bleiben. Er hat uns eingeladen, damit du dich noch etwas erholen kannst, bevor wir wieder zu uns gehen.«

»Sei mir nicht böse, aber ...«, Irina sah sie fragend an, »bevor wir wieder wohin gehen?«

»In unseren Bauwagen. Aber das ist nicht so wichtig. Komm, da vorne wartet schon das Taxi auf uns.«

Abrupt blieb sie stehen. »Taxi? Wir fahren mit einem Taxi? Können wir uns das denn überhaupt leisten?«

Steffen gab Tanja einen Knuff in die Seite und flüsterte: »Komisch, dass sie das fragt, oder?«

Jetzt dachte Tanja auch darüber nach und wunderte sich, dass Irina sich anscheinend daran erinnerte, dass sie für eine Taxifahrt eigentlich gar kein Geld hatten.

Laut sagte sie jedoch: »Die Taxifahrt hat Wolfgang bezahlt. Er wollte auf keinen Fall, dass du den Weg laufen musst. Weißt du, Irina, er sorgt sich wirklich sehr um dich. Und er möchte, dass du dich noch schonst.«

»Und woher kennt er mich und euch?«

»Das wird er dir bestimmt noch selbst erzählen.«

Als kurz darauf das Taxi vor dem Grundstück von dem Tierarzt angehalten hatte und Tanja, Steffen und Irina ausgestiegen waren, kam Wolfgang Fuchs ihnen schon mit den Worten entgegen: »Da seid ihr ja endlich! Guten Tag, ich freue mich. Kommt mit, der Kaffee wartet schon.«

Dann eilte er voraus und hielt die Haustür auf. Und als Irina ihn beim Betreten des Hauses schüchtern anlächelte, da wusste er, dass er das Richtige getan hatte.

»Gebt mir eure Jacken und dann geht schon mal in die Küche und setzt euch hin. Ich komme sofort nach.«

Während Tanja nach Irinas Hand griff und beide hinter Steffen in die Küche gegangen waren, hing derweil Wolfgang Fuchs ihre Jacken an die Flurgarderobenhaken.

Als er Irinas Jacke in seiner Hand hielt, dachte er: *Dass ausgerechnet ich einmal Obdachlose bei mir aufnehme! Wenn das jemand zu mir gesagt hätte, ich hätte ihn gefragt, ob er noch alle Latten am Zaun hat. Und dass ich alle auch noch gern hab, die Kleine sogar lieb gewonnen habe, ich versteh mich selbst nicht mehr. Ich Narr! Da muss ich erst so alt werden, um mein Herz auch für Menschen zu öffnen. Ja, für die Tiere, da ist es mir immer leichtgefallen. Reiß dich zusammen, du alter sentimentaler Mann! Geh zu ihnen, sie warten auf dich.*

Als er innerlich aufgewühlt seine gemütliche Küche betrat, zwinkerte er Tanja zu: »Du hast ja noch gar keinen Kaffee eingeschenkt. Auf was wartet ihr denn?«

»Auf dich! Denn ohne dich schmeckt uns der nicht!«, erwiderte sie und griff nach der Kaffeekanne.

»Geht doch!« Er lachte. »So, und nun lasst ihn euch schmecken. Ach so, da sind die Kekse, greift zu!«

Nachdem alle noch ein wenig geplaudert hatten, erhob sich Wolfgang Fuchs. »Was haltet ihr davon, wenn wir jetzt in die erste Etage gehen? Ich würde euch gern zeigen, wo ihr die nächsten Tage verbringen könnt. Sogar ein eigenes kleines Badezimmer und eine Küche stehen euch zur Verfügung. Mit anderen Worten, wenn ihr mich nicht sehen wollt, müsst ihr nur da oben bleiben. Nun kommt, folgt mir.«

»Wir werden dir bestimmt gewaltig auf den Wecker gehen«, erwiderte Tanja und lachte dabei. »Du wirst drei Kreuze machen, wenn wir wieder verschwinden.«

»Papperlapapp! Kann sein, kann passieren, aber noch freue ich mich!«

Im Gänsemarsch folgten sie ihm.

Als sie den langen Flur entlanggingen, der zu der Wohnung in der ersten Etage führte, blieb Irina plötzlich stehen. Sie starrte auf ein großes Foto, das an der Wand hing. Ihr Gesicht wurde schneeweiß. Während sie davorstand, das Farbfoto fixierte, waren auch Tanja, Steffen und der Tierarzt stehen geblieben.

Auf einmal zeigte sie mit zittrigem Zeigefinger auf das Bild und stammelte: »Ist …, ist das nicht …? Ist das nicht Brunhilde?« Ihr Kopf schnellte in die Richtung, wo Wolfgang Fuchs stand. »Das ist doch …, das ist doch Ihr Hund, oder irre ich mich? Ihre Brunhilde! Ja! Ich erinnere mich!«

Mit schnellen Schritten ging er zu ihr.

Als er neben ihr stand und äußerst behutsam ihre Hand in seine genommen hatte, sagte er leise: »Du irrst dich nicht, Irina, das war meine Brunhilde.«

»Und wo …, wo …, wo ist …? Wo ist mein Hugo?« Dann sank sie weinend auf die Knie und sagte immer und immer wieder: »Hugo! Ich möchte zu Hugo. Er ist doch krank. Bitte, Herr Fuchs, bringen Sie mich zu ihm! Zu meinem Hugo.«

Jetzt eilte Tanja zu ihr und kniete sich neben sie. Dann geschah etwas, womit alle nicht gerechnet hatten.

Irina schlang ihre Arme um Tanjas Hals und flüsterte

unter Tränen: »Wir können hier nicht bleiben. Ich kann Hugo doch nicht allein im Bauwagen lassen. Wir müssen zu ihm. Jetzt! Sofort!«

In Windeseile stand sie von den Fliesen auf, ging zu Wolfgang Fuchs und reichte ihm wie selbstverständlich die Hand. »Herr Fuchs, ich kann nicht hierbleiben, nicht ohne meinen Hugo. Sie wissen doch, dass er mich braucht. Aber danke für Ihre Hilfe und dass Sie uns hier wohnen lassen wollten.«

Darauf ergriff sie Steffens Hand. »Auf was warten wir denn noch? Lasst uns gehen!«

Tanja, Steffen und der Tierarzt blickten einander an. Einer sah es dem anderen an, dass sie das Gleiche dachten. Auch wenn es so schien, als würde sich Irina wieder an alles erinnern, so wussten sie genau, dass all die schrecklichen Ereignisse noch im Dunklen lagen.

Weil Wolfgang Fuchs als Erster seine Fassung wiedererlangt hatte, ging er auf Irina zu und legte seine Hand auf ihren Arm. »Bevor du gehst, möchte ich dir noch etwas sagen. Sei so gut und komm mit mir mit. Und ihr auch.« Er nickte Steffen und Tanja zu. »Wir gehen jetzt ins Wohnzimmer, im Sitzen redet es sich leichter. Und anschließend, Irina, gehen wir zu deinem Hugo, das verspreche ich dir.«

Als Wolfgang Fuchs merkte, dass Tanja und Steffen ihn irritiert und mit großen Augen anschauten, zeigte er mit dem Daumen nach oben und meinte: »Alles gut, lasst mich nur machen.«

Zu gern hätte er in diesem Moment seinen eigenen Worten mehr Glauben geschenkt! Aber wenn er in sich hineinhorchte, dann musste er sich eingestehen, dass er sich vor dem Gespräch etwas fürchtete. Dass er Irina gleich wehtun musste, nagte mächtig an ihm.

Nachdem sie zusammen ins Wohnzimmer gegangen

waren, die drei sich aufs Sofa gesetzt hatten und Wolfgang Fuchs sich in seinen Sessel plumpsen ließ, schimpfte er sich selbst aus: *Und, du alter Mann, was gedenkst du jetzt zu tun? Mit dem Mund warst du mal wieder verdammt schnell! Willst du ihr etwa sagen: Ach, deinen Hugo hat man erstochen? Vorher überlegen und dann handeln! Aber nein! Du plapperst munter drauflos! Du wirst eine Notlüge benutzen müssen. Sie weiß ja wieder, dass er krank war, das hat sie gerade selber gesagt. Von daher …*

Jäh wurde er aus seinen Gedanken gerissen, als Irina ihn fragte: »Was möchten Sie mir sagen, Herr Fuchs?« Als er herumdruckste und nicht gleich mit der Sprache rausrückte, bohrte sie nach: »Ist was mit Hugo?«

»Ja.« Er schluckte kurz und seine faltige Stirn bekam noch mehr Falten, als er jetzt von einer Notlüge Gebrauch machte. »Mein liebes Kind, während du sehr krank warst, musste ich deinen Hugo von seinen Schmerzen erlösen. Die Tabletten haben ihm nicht mehr helfen können. Es tut mir leid, aber er war krank. Unheilbar krank. Aber jetzt ist er im Land hinter der Regenbogenbrücke. Er ist da, wo auch meine Brunhilde ist. Dein Hugo …, er hat nun keine Schmerzen mehr.«

Wie versteinert saß Irina auf dem Sofa. Sie weinte nicht, sie jammerte nicht, sie saß nur da und hatte die Hände gefaltet, so als ob sie betete.

Nach einer Weile der absoluten Stille, fragte sie leise: »Und wo ist mein Hugo jetzt? Im Regenbogenland ist doch nur seine Seele. Aber wo? Wo ist sein Körper?«

»Bei mir im Garten, neben meiner Brunhilde.«

»Ich möchte zu ihm! Bitte.«

Wenig später standen alle vor Hugos Grab.

»Wie schön! Das haben Sie ja so schön gemacht.« Dann überwand Irina ihre Ängste, ging zu ihm hin und umarmte ihn. »Nun sind beide nicht allein. Danke, Herr Fuchs!«

»Wolfgang! Hast du etwa vergessen, dass wir schon längst beim Du waren?« Der Tierarzt zwinkerte ihr zu. »So, aber jetzt lasse ich euch allein. Kommt ihr dann wieder zu mir rein?«

Irina konnte nur nicken. Denn nun rollten all die vielen aufgestauten Tränen über ihre Wangen. Und mit jeder Träne, die dabei auf Hugos Grab tropfte, fiel eine große Last von ihr ab.

Einige Zeit später kamen sie zurück ins Haus.

Es kostete den Tierarzt einige Überredungskünste, Irina, Tanja und Steffen davon zu überzeugen, sein Angebot anzunehmen. Mit Engelszungen musste er auf sie einreden, ehe sie sich die Wohnung in der ersten Etage seines Hauses überhaupt ansahen.

»Und? Gefällt's euch hier oben, was meint ihr?« Erwartungsvoll schaute er die drei an. »Wäre das nicht eine gute Übergangslösung?«

»Die Wohnung ist ein Traum!«, platzte es aus Tanja heraus. »Viel zu schön für uns!«

»Papperlapapp! Also, was ist? Bleibt ihr?«

Zu guter Letzt einigten sie sich darauf, dass sie die nächsten vierzehn Tage bleiben wollten. Zumal es für Irina sicherlich gut wäre, weil sie jeden Tag zu Hugo gehen könnte. Und wenn es der liebe Gott gut mit ihr meinen würde, dann kämen so peu à peu womöglich die ganzen Erinnerungen zurück.

Das, was sich an diesem Tag alle von Herzen gewünscht hatten, trat auch ein. Mit jedem Tag, der verging, erinnerte sich Irina an weitere Einzelheiten.

# KAPITEL EINUNDZWANZIG
## DIE MUNDHARMONIKA

Wie oft sie in den letzten Tagen die Bummelallee abgeklappert hatten, wussten Yve und Nik nicht mehr. Oftmals waren sie mit ihrem Krümel an der Leine sogar zweimal am Tag die Fußgängerzone hoch- und wieder runtergelaufen. Immer in der Hoffnung, dass sie Tanja, Steffen oder Willi irgendwo sehen würden. Doch sie blieben verschwunden. So war es auch heute wieder.

Als Yve und Niklas mit ihrem Hund zurück in ihrer Wohnung waren, zusammen auf dem Sofa saßen und ihren heißen Cappuccino tranken, stieß Yve ihren Mann an. »Ob wir in der Umgebung einfach mal die Krankenhäuser aufsuchen?«

»Hm, und was versprichst du dir davon? Nee, wir können da nicht auflaufen und fragen, ob eine Frau namens Irina eingeliefert wurde. Datenschutz! Zumal wir noch nicht mal wissen, wie sie mit Nachnamen heißt. Mausi, wir können nur abwarten. Außerdem haben Tanja und Steffen meine Visitenkarte. Sie wissen also, wo sie uns finden.«

»Und wenn sie nicht kommen? Nik, es kann doch sein, dass sie sich nicht trauen.«

»Dann gehen wir eben weiter in die Stadt! Pass auf, wir werden einen von ihnen schon wiedersehen.«

»Hast du denn schon was von Thorsten gehört? Hat er dir eine Mail geschrieben?«, wollte Yve jetzt wissen.

»Upps! Das habe ich doch glatt vergessen. Ja, er hat mir gestern mitgeteilt, dass die Wohnung leer bleibt. Er will sie nicht noch mal befristet vermieten. Thorsten hofft, dass er schon etwas früher aus Amerika zurückkommen kann. Und bis dahin kommt ab und zu sein Bruder, um nach dem Rechten zu sehen. Und wenn etwas am Haus sein sollte, sollen wir uns mit ihm in Verbindung setzen. Von daher, der Albtraum hat ein für alle Mal ein Ende.«

»Gott sei Dank. Ach, Nik, wenn ich doch nur wissen würde, wie es Irina geht. Die Ungewissheit ist Mist.«

»Wir werden es bestimmt bald erfahren. Aber jetzt lass uns die Glotze anschalten. Ich bin gespannt, was in der Welt passiert ist. Momentan überschlagen sich die Ereignisse: Russland …, Ukraine …, Israel …, Krieg! Es ist alles so furchtbar, grausam!«

In den ersten Tagen fiel es Irina, Tanja und Steffen verdammt schwer, die Gastfreundschaft von Wolfgang Fuchs anzunehmen. Sie fühlten sich wie Eindringlinge. Und das, obwohl der alte Mann sie schalten und walten ließ.

Er machte jeden Tag das, was er immer tat, und freute sich darüber, wenn es jetzt hin und wieder an seine Tür klopfte und ein freundliches *Guten Morgen und wie geht es dir* ertönte.

Als nach einigen Tagen Irina allein vor seiner Tür stand und ihm einen schönen Tag wünschte, packte er die Gelegenheit beim Schopf und bat sie zu sich hinein.

Zögerlich betrat sie den Flur und folgte ihm.

»Bitte, mein Kind, setz dich.« Er zeigte auf einen der Küchenstühle und schob sofort hinterher: »Mein Gott, ich sage ja schon wieder mein Kind zu dir, entschuldige. Das kommt daher, weil ich dein Großvater sein könnte. Dennoch ..., das gehört sich nicht! Möchtest du was trinken? Einen Cappuccino oder lieber eine Cola?«

»Oh ja, eine Cola!« Irinas Augen fingen an zu strahlen. »Die habe ich schon so lange nicht mehr getrunken. Früher«, sie zögerte, »Ma hat immer zu mir gesagt, wenn ich zu viel von dem Zeug trinke, bekomme ich ganz dunkle Fingernägel!« Kaum hatte sie den Satz ausgesprochen, musste sie lachen.

Es war das allererste Mal, dass Wolfgang Fuchs sie lachen hörte. Und ihr herzerfrischendes Lachen hörte sich für ihn so an, als würde sie endlich einen Neubeginn wagen. Gern hätte er gewusst, ob er mit seiner Vermutung recht hatte, aber er stellte ihr diese Frage nicht. Stattdessen sah er sie spitzbübisch an und fragte: »Und? Sind deine Fingernägel jemals dunkler geworden?«

Nun kicherte sie. »Ja, aber nur unter den Fingernägeln! Da waren sie früher immer dreckig. Ich habe nämlich mit meiner besten Freundin viel Blödsinn gemacht. Wir sind immer schmutzig vom Spielen nach Hause gekommen. Aber das ist lange her. Das war, nachdem Ma mit mir bei Jacek eingezogen ist.«

»Ich finde es großartig, dass du dich an so vieles schon wieder erinnerst! Und wenn meine Mutter bei mir die schmutzigen Fingernägel gesehen hat«, er zwinkerte ihr zu, »dann hat sie mir eine kleine Scheuerbürste und Kernseife in die Hand gedrückt und gesagt: Los, ab! Die Trauerränder weg, vorher gibt es nichts zu essen.«

Der alte Mann erhob sich von seinem Stuhl. Gerade als er das Glas und die Flasche Cola auf den Küchentisch gestellt hatte, und er wieder auf dem Stuhl saß, klopfte es an die Tür.

»Kommt ruhig rein!«, rief er. »Wir sind hier!« Er wusste ja, dass das nur Tanja und Steffen sein konnten.

Schon wurde die Klinke heruntergedrückt und kurz darauf stand das junge Pärchen im Türrahmen.

»Guten Morgen, Wolfgang, stören wir?«, fragte Steffen.

»Auch einen schönen guten Morgen. Nein, ihr stört nicht. Setzt euch zu uns. Möchtet ihr auch 'ne Cola?«

»Gerne«, erwiderte Tanja. »Wir haben Irina vermisst. Sie wollte nur kurz zu Hugo und Brunhilde gehen. Und weil sie nicht wiedergekommen ist …«

Irina senkte verlegen den Kopf. »Ich habe mich nett mit Wolfgang unterhalten. Über früher! Dabei habe ich euch und alles andere um mich herum total vergessen.«

»Das ist doch prima!« Steffen griente sie an. »Und? Haben wir was versäumt?«

Auf diese Frage reagierte der Tierarzt sofort. »Das will ich wohl meinen. Irina hat mir gerade von ihrer besten Freundin und aus ihrer Kinderzeit erzählt.«

Während er das sagte, stieß er unterm Tisch Tanja mit seinem Fuß an. Sie stutzte. Doch als er ihr zunickte, hatte sie schnell kapiert, was er ihr damit sagen wollte.

»Und weißt du denn noch, wer deine beste Freundin war und wie die hieß?«, wollte Wolfgang Fuchs wissen.

»Klar!« Über Irinas Gesicht huschte ein Lächeln. »Sie heißt Karina! Zu gern würde ich sie wieder …«

Urplötzlich hörte sie auf zu sprechen. Und statt ihres Lächelns spiegelte sich in ihren Gesichtszügen jetzt großer Schmerz wider.

Wolfgang Fuchs, Tanja und Steffen tat es im Herzen weh, dass sie Irina nicht helfen konnten. Aber gleichzeitig waren sie dankbar, dass damit ein weiteres Mosaikstück dem Ganzen hinzugefügt wurde.

Dass allerdings die nächste Hürde noch schwerer werden würde, das wussten alle. Da war der persönliche Abschiedsbrief, die Ausweise, die Dokumente und die nicht unerhebliche Summe Bargeld! All das, was ihr gehörte und was Karina wiederbeschafft hatte, bevor sie aus dem Leben gegangen war. Und das wollten und mussten sie ihr jetzt sagen.

Während Wolfgang Fuchs mit dem Taxi zur Bank gefahren wurde, um aus dem Schließfach den Umschlag zu holen, erzählten Tanja und Steffen ihrer Freundin das, was sie wissen sollte. Doch das, was im Bauwagen mit Hugo geschehen war und was man ihr hinterher in der Wohnung angetan hatte, ließen sie aus.

Als der Tierarzt zurück war, strich er Irina zärtlich über ihre kurzen braunen Haare. Und als er dabei in ihre feuchten stahlblauen Augen blickte, legte er wortlos den Umschlag in ihre Hände.

Der Vormittag endete tränenreich, weil sich das dunkle Loch ihrer Gedächtnisstörung mehr und mehr erhellte und mit Erinnerungen füllte. Und wenn Weinkrämpfe sie zu übermannen drohten, waren Wolfgang Fuchs, Tanja und Steffen an ihrer Seite, um sie aufzufangen.

Gegen Mittag, nachdem sie sich von ihm verabschiedet hatten, er allein war und aus dem Fenster blickte, führte er ein Gespräch des Dankes. *Ich danke dir, dass du ihr ihre Erinnerungen zurückgegeben hast. Und danke, Gott, dass du noch einige unter Verschluss behalten hast. Wenn ich ihr helfen kann, bitte lass es mich wissen.*

Am nächsten Morgen, nachdem Yve und Niklas ausgiebig gefrühstückt hatten, wollten sie erneut in die Stadt gehen. Genau genommen gab Nik nur widerwillig dem Quengeln seiner Frau nach. Nachdem er Krümelchen das Halsband umgelegt und ihn an die Leine genommen hatte, verließen alle die Wohnung.

Kaum standen sie vor dem Haus auf dem Gehweg, machte Niklas seiner Frau eine deutliche Ansage. »Nur damit du Bescheid weißt, heute latsche ich aber nicht wieder dreimal die Bummelallee hoch und runter. Mir reicht es noch von gestern. Und der Fußhupe macht das bei dem Wetter auch keine Freude.«

»Meckerheini! Ist ja gut. Ich hab`s verstanden!«

Dann gingen sie los.

Zur gleichen Zeit stand Irina zusammen mit ihren Freunden vor Hugos Holzkreuz. Irina legte eine Hand auf das Kreuz und sagte leise: »Er fehlt mir so. Aber dass Wolfgang meinen Hugo neben seiner Brunhilde beerdigt hat, das vergesse ich ihm nie.«

Nach einer Weile des Schweigens wandte sie sich Tanja und Steffen zu. »Ich würde jetzt gern in die Stadt gehen. Zu Willi. Er geht mir seit gestern einfach nicht mehr aus dem Kopf. Er war immer für mich da. Willi hat mich so oft getröstet und mir mit guten Ratschlägen geholfen. Ich möchte ihm einige Euros schenken, er kann etwas Geld bestimmt gebrauchen.«

»Moment, ich sage Wolfgang nur Bescheid, dass wir weg sind!« Schon eilte Steffen los und war kurz darauf wieder da. »Ich habe es ihm gesagt. Wir können los.«

Zwanzig Minuten später hatten die drei die Stadtmitte erreicht. Am Vormittag waren nicht viele Menschen unterwegs. Von daher war alles gut überschaubar. Doch dort, wo die Bummelallee begann, blieb Irina auf einmal stehen.

Als sie bemerkte, dass ihre Freunde sie besorgt ansahen, sagte sie: »Es ist alles in Ordnung. Mein Herz schlägt mir nur bis zum Hals. Mein Hugo war sonst immer an meiner Seite. Und jetzt …, so ohne ihn, es tut weh. Ich werde mich erst daran gewöhnen müssen. Aber es geht schon wieder. Lasst uns weitergehen.«

Während sie zusammen die Fußgängerzone hochliefen, ertappte sich Irina dabei, dass ihre Hand mehrmals ins Leere griff, weil sie Hugo streicheln wollte.

Schließlich waren sie an dem Platz angelangt, den sich Irina und Willi geteilt hatten. Doch heute saß da ein Mann mittleren Alters.

»Kennst du ihn?«, wollte Tanja von Steffen wissen.

»Nee, ich glaub nicht.«

Weil sich Irina nicht sicher war, ging sie einige Schritte näher auf ihn zu. Und dann dämmerte es ihr!

Sie winkte Tanja und Steffen zu sich heran.

Als alle direkt vor ihm standen, lächelte Irina den Mann an. »Kurt? Du bist doch Kurtchen, nicht wahr?«

»Logo! Und du …? Nix sagen. Lass mich überlegen.« Er grinste. »Klar, du bist Irina, richtig?«

Sie reichte ihm die Hand. »Stimmt! Aber ich suche eigentlich Willi. Kommt er heute noch in die Stadt?«

»Willi?« Der Gesichtsausdruck von Kurt nahm ernste Züge an, als er aufstand. »Dann weißt du's nicht?«

»Was weiß ich nicht?«

Er bückte sich. Dann nahm er eine seiner Tüten vom Straßenpflaster hoch und kramte darin herum. Schließlich zog er etwas daraus hervor, was in völlig zerknülltes Zeitungspapier eingewickelt war.

Sachte fasste Kurt nach Irinas Hand und übergab ihr das Teil. »Hier, das ist für dich. Da hat er deinen Namen draufgeschrieben. Es hat …, es hat ...« Kurt räusperte sich. »Das hat neben unserem Willi gelegen, als wir ihn tot aufgefunden haben.«

Mit aufgerissenen Augen und zittrigen Händen nahm sie ganz vorsichtig das Teil an sich, während sie unter Tränen stotterte: »Willi? Willi, tot? Er …, er ist tot? Wirklich? Wann …, Kurt, wann ist er denn gestorben?«

»Willi hat das neue Jahr nur kurz erlebt. Das genaue Datum weiß ich gar nicht mehr. Tut mir leid, Irina.«

»Und wo hat man ihn beigesetzt?«

»Hier auf dem Friedhof, da gibt es eine Stele. Da hat man sogar ein Schild mit seinem Namen angebracht. Aber ich und noch zwei seiner alten Kumpels haben ihn auf seinem letzten Weg begleitet.«

Wie lange Irina vor ihm stand und ihn nur fassungslos ansehen konnte, wusste sie nicht. Es war eine gefühlte Ewigkeit.

Schließlich reichte sie ihm ihre Hand. »Danke, Kurt, dass er nicht allein gehen musste. Ich …, ich konnte nicht. Bye, ich komme bald wieder.« Dann drehte sie sich sichtlich aufgewühlt um und ging weg.

»Mach es gut, Irina«, rief er noch schnell.

»Tschau, pass auf dich auf,«, erwiderten Tanja und Steffen bewegt, bevor sie Irina folgten.

»Und ihr auf euch! Tschüss.«

Während Irina das Teil, das Kurtchen ihr gegeben hatte, fest umklammert in ihrer Hand hielt, fragte sie sich, was sich wohl darin befand. Sie musste es wissen.

Hier! Sofort!

Irina blieb stehen.

Als sie auf dem Zeitungspapier ihren Namen las und zu schluchzen begann, nahm Tanja sie in ihre Arme. Sie sagte nichts. Denn ihr fielen die richtigen Worte nicht ein. Wie hätte sie sie auch trösten können?

Tanja wusste nur allzu gut, dass Willi Irina unter seine Fittiche genommen hatte, seitdem sie hier in der Stadt aufgetaucht war. Steffen und ihr war auch nicht entgangen, dass er für sie zum Vaterersatz geworden war. Er hatte mit ihr sogar seinen geliebten Stammplatz in der Bummelallee geteilt. Selbst wenn sie – mit ihrem Hugo – ohne einen einzigen Euro aus der Stadt zur Obdachlosenunterkunft zurückgekommen war, dann hatte er ihr von seinen kläglichen Spenden immer was abgegeben. Umgekehrt war das auch der Fall gewesen. Nie hätte Irina ihn alleingelassen. Und wenn Willi ihr damals nicht so gut zugeredet hätte, als sie sie mit ihrem Hund bei sich im Bauwagen hatten aufnehmen wollen …

»An was denkst du?« Irina schaute Tanja mit verweinten Augen an. »Auch an Willi?«

»Ja, er war der beste …«

»Ich möchte das jetzt aufmachen.« Und als sie dabei auf das eingewickelte Teil blickte, fragte sie Steffen und Tanja leise: »Bleibt ihr bitte bei mir?«

Beide nickten. Nachdem Steffen seinen Arm um ihre Schultern gelegt hatte, entfernte sie das verknüllte Zeitungspapier. So, als sei es etwas ganz besonders Kostbares. Als Irina es behutsam abgemacht hatte, kam ein weiteres vergilbtes Blatt Papier zum Vorschein, auf das mit krakeliger Handschrift zu lesen war:

*Für mein Irinchen!*

*Du weißt, dass ich dich sehr lieb habe. Sei nicht traurig, dass ich nicht mehr da bin. Ich habe mein Leben gelebt und bin steinalt geworden. Aber du, Irina, du bist noch so jung und hübsch. Und du hast deinen Hugo. Er passt auf dich auf, das weiß ich.*

*Ich habe nichts, was ich dir hinterlassen kann. Aber meine Mundharmonika, die ist für dich! Für dich allein. Und wenn du sie in den Händen hältst, dann spiele ich nur für dich das Lied:*

*Hör', wie sie tickt – die Uhr der Ewigkeit.*
*Und niemand weiß – wie viel Zeit uns noch bleibt …*

*Künstler/in: Judith & Mel*

*So, Irnichen, meine Zeit ist nun abgelaufen. Bitte, mein liebes Kind, nutze deine Zeit, die dir bleibt! Alles Liebe für dich und deinen Hugo.*

*Lass dich umarmen von deinem väterlichen Freund,*
*dem alten Willi*

Als Irina Willis alte Mundharmonika in ihrer Hand hielt und in Gedanken sah, wie er auf ihr das Lied spielte, faltete sie ihre Hände und schloss die Augen. Dann sprach sie nur für ihn und sich hörbar das Vaterunser. Anschließend steckte sie Willis` Mundharmonika in ihre Jackentasche.

Und nachdem sie sein Schreiben und das Zeitungspapier sorgfältig zusammengefaltet und auch eingesteckt hatte, lächelte sie unter Tränen ihre Freunde an. »Mir geht es gut. Ihr braucht euch keine Sorgen zu machen. Ich bin mir sicher, dass es Willi jetzt auch gut geht. Er und mein Hugo,« ihre Augen fingen an zu strahlen, »sie sind jetzt zusammen. Das weiß ich! Oh ja, das weiß ich. Die beiden, die passen nun auf uns auf.«

Tanja und Steffen dachten noch über Irinas letzte Worte nach, als sie sie fragte: »Wollen wir uns mal einen Cappu gönnen, in der kleinen Bäckerei? Das haben wir noch nie gemacht. Willi würde das sicherlich gefallen. Ich habe sogar etwas Geld mitgenommen.«

»Das machen wir!« Tanja freute sich und fügte hinzu: »Und auf dem Rückweg nehmen wir für Kurtchen einen *Caffee-to-go-Becher* mit.«

»Genau!«, erwiderte Steffen. »Der wird sich über etwas Warmes bestimmt freuen.«

»Es ist schon merkwürdig, dass wir uns heute sogar einen Cappuccino leisten können. Mir kommt das alles noch so unwirklich vor. Könnt ihr mich mal feste kneifen, damit ich spüre, dass ich das alles nicht nur träume?«

»Wenn es weiter nichts ist!« Und schon hatten Steffen und Tanja zugekniffen.

Als sie die Bummelallee verlassen hatten und geradewegs auf den Bäckerladen zusteuerten, rief Steffen plötzlich: »Du, Tanja, siehst du das, was ich sehe?«

»Nö, was soll ich denn sehen?«

»Mensch! Sieh mal, wer da vor dem Bäckerladen steht.«

Jetzt erkannte sie auch den Mann, der mit einem kleinen Hund vor der Tür ausharrte und anscheinend auf jemanden wartete.

»Das ist doch, mein Gott, wie hieß er nur? Genau, das ist Niklas!« Schon rannte Tanja auf ihn zu.

»Warte gefälligst auf uns!«, rief Steffen ihr noch hinterher. Weil sie darauf jedoch nicht reagierte, griff er nach Irinas Hand und dann liefen sie ebenfalls los.

Fast zeitgleich standen sie vor Niklas, der zunächst gar nicht wusste, wen er zuerst ansehen und begrüßen sollte.

Doch das nahm ihm schließlich Tanja ab. »Hallo, ich bin ja so froh, dass wir dich hier treffen. Aber wo ist denn deine Frau?«

»Hier! Hier ist sie!«, ertönte von hinten ihre Stimme. »Wo kommt ihr denn alle her? Wir haben schon so lange nach euch gesucht!« Dann fiel ihr Blick auf Irina.

Yve reichte ihr die Hand und hielt sie für Sekunden in ihrer, bevor sie sie fragte: »Wie geht es Ihnen denn? Wir haben uns ja solche Sorgen gemacht. Jeden Tag sind wir in der Stadt gewesen, seit man Sie ins Krankenhaus gebracht hat. Aber weder Steffen noch Tanja haben wir dort gesehen. Nur den alten Willi. Aber der konnte uns auch nichts sagen. Er ist nur immer sehr traurig geworden, wenn Ihr Name fiel. Aber jetzt, Irina, geht es Ihnen wieder besser?«

Weil Steffen Irina ansah, dass sie vollkommen überfordert war, antwortete er: »Wir sollten hineingehen und bei einer Tasse Kaffee weiterreden. Ihr müsst wissen, dass Irina an einer Gedächtnisstörung leidet. Zwar kann sie sich schon wieder an vieles erinnern, aber nicht an alles.«

Dankbar sah sie Steffen an, bevor sie sagte: »Aber an Sie beide und an Ihren Krümel, da erinnere ich mich genau! Und an die Decke, die Sie Hugo geschenkt haben. Er hat sie …« Irina konnte nicht weiterreden.

Daraufhin wiederholte Steffen seine Frage: »Sollten wir uns nicht drinnen weiter unterhalten?«

»Gern!« Niklas nickte. »Aber ich sollte besser zuerst fragen, ob wir die Fußhupe überhaupt mit reinnehmen dürfen. Wenn nicht, dann müssen wir uns für heute von euch verabschieden.«

Wenig später saßen alle an einem Tisch.

Prüfend blickte Irina Yve und Nik an. Sie überlegte, wann sie sich zuletzt begegnet waren und wo. Dann fiel es ihr ein. Es war an Silvester! Aber so sehr sie sich auch bemühte, an mehr konnte sie sich nicht erinnern.

Yve schaute Irina an und fragte sie: »Aber jetzt immer allein unterwegs, ohne Ihren Hugo. Hoffentlich fehlt er ihnen nicht so.«

»Meinem Hugo geht es gut. Er ist bei seinen Freunden. Im Land hinterm Regenbogen! «

»Wenn ich daran denke, was er durchgemacht hat. Es muss schlimm für Sie gewesen sein.«

Kaum dass Yve diesen verhängnisvollen Satz ausgesprochen hatte, stieß Niklas seine Frau an und dann sagte er schnell zu Irina: »Entschuldigung, dass meine Frau Sie an ihren Hugo erinnert hat.«

Es folgte ein betretenes Schweigen.

Man konnte Yve ansehen, dass es ihr peinlich war, Irina nach Hugo gefragt zu haben. Noch während sie überlegte, wie sie den Fauxpas wieder gutmachen könnte, lächelte Irina alle an und sagte: »Schon gut. Aber woher kennt ihr euch denn? Habe ich wieder was vergessen, oder spielt mir mein Gedächtnis erneut einen Streich? Klärt mich mal auf. Ich bin echt neugierig! Und seit wann duzt ihr euch?«

Was folgte, war ein sehr intensives und gefühlsbetontes Gespräch. Mehrmals musste Irina nachhaken, weil sie den Zusammenhang nicht verstehen konnte, oder weil er ihr entfallen war. Besonders freute sie sich, dass Yve, Nik und sie sich ebenfalls mit du anreden wollten.

»Dann habt ihr euch also da kennengelernt, wo ich oder Willi sonst immer gesessen sind, richtig?« Nachdem Nik das bejaht hatte, wollte sie wissen, woher sie wussten, dass sie im Krankenhaus lag.

Ohne zu überlegen, was Yves Antwort bei Irina auslösen könnte, platzte es schon aus ihr heraus: »Nachdem du SOS an die Heizungsrohre geklopft hast, hat dich die Polizei gefunden und dann wurdest du doch sofort mit dem Krankenwagen ins ...«

Als Yve sah, dass Irinas Gesicht plötzlich die Farbe einer weiß gekalkten Wand angenommen hatte, schlug sie sich selbst mit der Hand auf den Mund.

»Yve!« Niklas stieß sie abermals an. Diesmal jedoch weitaus kräftiger. »Mensch, Yve, was ist denn in dich gefahren? Wie kannst du nur? Ich fasse es nicht.«

Während Irina ihre Hände vors Gesicht schlug, sahen sich alle erschrocken an. Denn dass genau das nicht hätte passieren dürfen, wurde ihnen in diesem Moment klar.

Nun hockten sie auf ihren Stühlen und wagten kaum zu atmen, geschweige denn Irina anzusprechen.

Die Minuten des Schweigens wurden zu Stunden.

Dann, auf einmal, nahm Irina ihre Hände vorm Gesicht weg und sagte mit leiser, erregter Stimme: »Ich, ich erinnere mich, an alles! Bei mir lief gerade ein Film ab. Ein Horrorfilm. Das Messer ..., Hugo! Er hat mir zum zweiten Mal das Leben gerettet! Und das viele Blut, auf dem Boden ...!« Sie fing an zu weinen. »Ich weiß, dass ich noch zu ihm gekrochen bin, aber da war Hugo schon tot! Was hinterher mit Hugo passiert ist, weiß ich nicht. Und wo der mich hingebracht hat, das weiß ich auch nicht. Er ..., er hat mir aber immer so wehgetan! Und der andere Mann auch. Bis die Polizei kam!« Jetzt versagte Irinas Stimme.

Als aus ihrem Weinen ein leises Schluchzen wurde, legte Tanja beschützend ihre Hand auf ihre, bevor sie sagte: »Er ..., er hat dich hier in eine Wohnung gebracht. Und in dem Haus, nur eine Etage höher, da wohnen Yve und Niklas. Sie haben sofort die Polizei informiert, als sie deine Klopfzeichen gehört haben. Nun weißt du alles. Es tut mir unsagbar leid, dass du es so erfahren musstest.«

Irina wischte sich die Tränen ab und drückte die Hand ihrer Freundin. Dann schaute sie Yve an, die wie ein geprügelter Hund auf ihrem Stuhl saß. »Es sollte so sein. Gräme dich nicht. Ich bin erleichtert, dass ich mein Gedächtnis wiederhabe. Und nun weiß ich auch, was mir Karina alles sagen wollte. Das habe ich bislang nicht verstanden. Ich konnte mit ihrem Brief nichts anfangen. Nun ist mein Puzzle fertig.«

Nachdem Tanja, Steffen, Yve und Niklas ihr noch all die Fragen beantwortet hatten, die sie ihnen gestellt hatte, machte sich Krümel unterm Tisch bemerkbar.

»Er muss mal!«, sagte Nik. »Ich gehe mit ihm raus.«

»Bleib gleich draußen«, erwiderte Yve, »ich bezahle nur noch, dann komme ich auch.«

Wenig später standen alle vor dem Bäckerlädchen.

Nachdem sie sich voneinander verabschiedet hatten und schon im Weggehen waren, rief Niklas: »Wollen wir uns übermorgen wieder hier treffen? Elf Uhr, gleiche Stelle, gleicher Ort?«

Als Steffen mit beiden Daumen nach oben gezeigt hatte, stand der Verabredung nichts mehr im Weg.

»Los!«, Tanja stupste ihn leicht an. »Lasst uns Kurt den *Caffee-to-go-Becher* bringen und dann nix wie nach Hause.«

»Nach Hause!« Steffen musste laut lachen. »Wie sich das anhört – nach Hause. Obwohl …, ich könnte mich glatt daran gewöhnen!«

»Aber bevor wir zu Wolfgang gehen«, Irina lächelte, »möchte ich noch zwei Blumen kaufen. Eine will ich ihm geben und die andere bringe ich morgen zu Willi!«

Während sie anschließend zurück zum Haus von Wolfgang Fuchs gingen, schwieg Irina. Sie hatte sich bei Tanja untergehakt und trug in einer Hand zwei in Papier eingewickelte Blumen, aber nach Reden stand ihr nicht der Sinn.

Denn seitdem sie den Bäckerladen verlassen hatte, lief vor ihrem geistigen Auge immer und immer wieder der gleiche Film ab. Und das war ein Film des Grauens! Einer, der ihre Gedächtnislücken zwar wieder mit Leben gefüllt hatte, aber die tiefen Wunden, die ihr zugefügt worden waren, die würde sie noch lange spüren.

Selbst dann, wenn der Film im Laufe der Zeit an Klarheit verblassen und an Schärfe verlieren würde.

## KAPITEL ZWEIUNDZWANZIG

### DER NEUBEGINN

Er konnte es selbst kaum glauben, aber seitdem Irina, Tanja und Steffen in die Stadt gegangen waren, wollte die Zeit nicht vergehen. Zwar hatte er genug zu tun, aber zwischendurch ging der Tierarzt immer wieder zum Fenster und schaute hinaus. So, als wollte er sie herbeisehen. Endlich sah er sie aufs Haus zukommen. Schnellen Schrittes ging er zur Haustür.

Wolfgang Fuchs hatte ihnen kaum die Tür aufgemacht, schon entfernte Irina das Papier von einer der beiden Blumen und überreichte sie ihm.

»Für mich?« Ungläubig blickte er Irina an. Dann betrachtete er die weiße Rose und murmelte: »Und womit habe ich die verdient?«

»Für deine Notlüge!«

»Wieso …? Woher weißt du das?« Entsetzt starrte er Tanja und Steffen an. »Habt ihr es ihr gesagt?«

Beide schüttelten den Kopf.

Irina griff sofort ein. »Nein, sie haben nichts gesagt. Aber ich erinnere mich wieder an alles. An alles, Wolfgang. Nur dass du meinen toten Hugo allein zu dir geholt und hier beerdigt hast, das haben sie mir erzählt.«

Abrupt drehte der alte Mann seinen Kopf zur Seite.

Dann wischte er sich schnell mit seinem Ärmel über die

Augen. Und als er die drei wieder ansah, polterte er los: »Nun aber ganz schnell rein mit euch, hier drin wird es ja sonst kalt. Und wenn ihr so weit seid, dann könnt ihr mir ja erzählen, was passiert ist.«

Lächelnd blickte Irina ihm hinterher.

Sie wusste, dass sein barscher Ton nur gespielt war. Und als sie sah, dass er eine Vase aus dem Schrank holte und seine Augen feucht wurden, als er an der Rose roch, wäre sie am liebsten zu ihm gegangen und hätte ihn gern umarmt. Statt es zu tun, wandte sie sich ab und entledigte sich ihrer Schuhe und der Jacke.

Irina, Tanja und Steffen hatten ihre Jacken gerade an die Haken der Flurgarderobe gehängt, da hörte sie den Tierarzt rufen: »Wo bleibt ihr denn? Ich sitze schon im Sessel und warte auf euch.«

Als sie zusammen das Wohnzimmer betraten, fiel Irina sofort auf, dass die Vase mit der Rose mitten auf dem Tisch stand. Dass sie sich darüber freute, ließ sie sich allerdings nicht anmerken.

»Was steht ihr da rum? Setzt euch, ihr seid doch hier zu Hause! Ach so, möchtet ihr was trinken? Vielleicht Cola?« Wolfgang Fuchs griente seine Untermieter an. »Ich würde dann auch mal was von dem Zeug probieren.«

Tanja fing herzhaft an zu lachen. »Na dann! Wolfgang, darf ich denn diesmal die Gläser und eine Flasche Cola aus der Küche holen?«

»Ich bitte darum.«

Die Stimmung im Wohnzimmer war sehr gelöst, und als vor allen die gefüllten Gläser auf dem Tisch standen, berichtete Irina Wolfgang Fuchs, was beim Bäcker geschehen war. Sie ließ nichts aus. Gar nichts. Auch nicht, dass Willi gestorben war und dass er ihr seine heißgeliebte Mundharmonika hinterlassen hatte.

Irina holte sie aus ihrer Hosentasche hervor, und als sie sie neben ihr Glas legte, sagte sie leise: »Morgen gehe ich zum Friedhof und bringe ihm die andere weiße Rose. Ich lege sie bei der Stele ab.«

Wolfgang Fuchs musterte sie aufmerksam. Und als er bemerkte, dass sie mit den Tränen kämpfte, lächelte er sie an und nickte ihr wohlgesonnen zu. »Ja, mach das, mein Kind! Dein Willi wird es von oben sehen und sich darüber freuen. Da bin ich mir sicher!«

Nachdem das ernste Gespräch beendet war und sie ihn über alles informiert hatten, stand Steffen auf. »Ich glaube, wir sollten Wolfgang jetzt wieder allein lassen. Bestimmt muss er sich von uns erholen.«

»Papperlapapp!«

Der Tierarzt benutzte das Wort immer, wenn er überlegte, was er als Nächstes sagen wollte. Und was das war, folgte kurz darauf. »Erholen? Von euch? Nein, bleibt bitte. Ihr könnt noch nicht hochgehen. Bevor ihr das tut, muss ich was loswerden. Blödsinn! Ich will euch etwas fragen. Quatsch! Eher was vorschlagen.«

So durcheinander hatten sie ihn zuvor noch nie erlebt. Jetzt saß er, der weise alte Mann, ihnen gegenüber und sie konnten ihm ansehen, dass er nervös war und anscheinend nach den richtigen Worten suchte. Bislang hatte er stets frei weg von der Leber geäußert, was ihm auf der Seele lag. Und dabei war es ihm auch egal, ob er ins Fettnäpfchen treten könnte. Er war ein Mann, der mit offenen Karten spielte. Aber diesmal?

Nachdem er noch einen Schluck Cola getrunken hatte, blickte er sie der Reihe nach an. »Da könnt ihr mal sehen, was ihr mit mir angestellt habt! Ich alter Griesgram, weiß nicht, wie ich sagen soll, dass ich mir wünsche, dass ihr hierbleibt. Bei mir, oben in der Wohnung! So, nun wisst ihr es! Endlich ist es raus. Und was sagt ihr jetzt?«

Irina, Tanja und Steffen sahen ihn ungläubig und mit großen Augen an.

»Wie …? Und wie stellst du dir das vor?«, stammelte Irina. »Wir können doch nicht so einfach bei dir einziehen, das geht nicht. Die Wohnung ist viel zu groß für uns und die Miete bestimmt zu teuer.«

Wolfgang Fuchs holte tief Luft.

Dann griente er sie an und meinte: »Nee, zu groß ist sie für euch drei nicht. Und zu teuer? Habe ich etwa das Wort Miete erwähnt? Papperlapapp! Ihr sollt ja nicht umsonst hier wohnen. Ich dachte mir, dass ihr den Garten in Ordnung halten könntet und für mich den Einkauf erledigt. Aber um meine Wohnung und die Wäsche kümmere ich mich selbst! Das ist Privatsache. Nur die Gartenarbeit, die schaffe ich kaum noch. Ihr seht ja, wie riesig mein Grundstück ist. Und dann das ewige Rumlatschen in den Geschäften! Das ist auch nichts mehr für mich. Aber für euch Jungvolk wäre das doch wirklich zu schaffen, meint ihr nicht auch? Ach so, und wenn wir uns hin und wieder auf eine Cola oder einen Cappuccino bei mir hier unten treffen, dann wäre der Mietzins getilgt. Und du, mein Kind, kannst dann jeden Tag deinen Hugo besuchen! Überlegt es euch. Ich gehe kurz an die frische Luft.« Ohne eine Antwort abzuwarten, erhob er sich aus seinem Sessel und verließ das Wohnzimmer.

Als Irina, Tanja und Steffen allein waren, wussten sie nicht, ob sie das nur geträumt hatten oder ob sich das wirklich abgespielt hatte.

»Ist das sein Ernst gewesen?« Tanja stieß Steffen an. »Hast du vorhin nicht noch gesagt, du könntest dich daran gewöhnen, hier zu wohnen?«

»Hab ich! Aber dass Wolfgang uns das vorschlägt! Es

ist für mich unbegreiflich. Wir, hier?«

Er gab seiner Freundin einen sachten Knuff in die Seite, dann sah er Irina an und fragte sie: »Und was sagst du dazu? Du allein musst das entscheiden.«

»Ich bin überfordert! Der Tag heute …, es wächst mir gerade alles über den Kopf. Wir haben noch vor Kurzem auf der Straße gesessen, Hunger und Durst hat uns gequält, gefroren haben wir und wie oft wurden wir beschimpft! Und jetzt? Plötzlich ist alles ganz anders. Wir könnten sogar ein richtiges Dach über dem Kopf haben, ein Zuhause bekommen!«

Irina musste weinen, während sie nachdachte. Doch je mehr sie ins Grübeln geriet, umso heftiger wirbelten ihre Gedanken alles durcheinander! *Oh ja, ich würde so gern sein Angebot annehmen! Aber ich kann es nicht. Meine Selbstzweifel verbieten es. Niemals könnte ich seine Großzügigkeit ausnutzen! Ich mag den bärbeißigen Mann einfach zu sehr! Dabei würde ich so gern bei ihm bleiben. Oben in der Wohnung wohnen, in Hugos und Wolfgangs Nähe sein …*

»Was denkst du?«, wollte Tanja wissen. »Denke doch mal laut, damit wir uns daran beteiligen können.«

»Was richtig und was falsch ist!«

»Und? Was ist richtig, oder was ist deiner Meinung nach falsch?«

Sie zuckte mit den Schultern. »Tanja, ich kann es dir nicht sagen.«

Daraufhin äußerte sich Steffen. »Und was sagen wir Wolfgang, wenn er uns fragt?«

In diesem Moment hatte Wolfgang Fuchs das Wohnzimmer betreten und sagte nur: »Gute Frage!«

Nachdem er wieder in seinem Sessel Platz genommen hatte, meinte er augenzwinkernd: »Auf die Antwort bin ich wirklich sehr gespannt! Also?« Aber weil sich alle in

Schweigen hüllten, wiederholte er grinsend seine Frage. »Na, was ist? Warum zögert ihr? Raus mit der Sprache. Ich beiße nicht!«

Steffen stupste Tanja an. »Sagst du es?«

»Nö, das muss schon Irina machen!«

»Ich?«

»Ja!« Wolfgang Fuchs zeigte mit dem Finger auf Irina. »Genau, dich meinen sie.«

Nach einer kurzen Pause und nachdem sie ihren ganzen Mut in beide Hände genommen hatte, sagte sie: »Das, was du uns angeboten hast, klingt sehr verlockend. Und wir fühlen uns hier auch wohl, aber …«

»Aber was?«

»Aber wir möchten dir nicht zur Last fallen. Und deine Hilfsbereitschaft wollen wir erst recht nicht missbrauchen. Wolfgang, du hast schon so viel für mich, nein, für uns alle und meinen Hugo getan. Wir können nicht bleiben, auch wenn ich dich vermissen werde! Aber dafür kommen wir dich besuchen. Jeden Tag, versprochen. Und deinen Garten und die Einkäufe – darum kümmern wir uns auch.«

»So einen Blödsinn habe ich ja schon lange nicht mehr gehört. Ausreden sind das! Nur Ausreden. Wenn ihr hier wohnen möchtet, warum bleibt ihr dann nicht? Mal ganz abgesehen davon, dass ihr dann einen festen Wohnsitz nachweisen könntet. Wenn ich weiter darüber nachdenke, dann, meine Lieben, wäre es bestimmt leichter eine Arbeit zu finden. Oder seid ihr anderer Meinung? Aber stattdessen denkt ihr eben nur von zwölf bis Mittag. Ich fasse es nicht. Zu stolz, was?« Er haute sich mit der flachen Hand auf den Oberschenkel. »Und, mein Kind, was würde wohl dein Willi dazu sagen, wenn du diese Chance nicht nutzt? Er würde dir ins Gewissen reden, dir den Marsch blasen, nicht wahr?« Dann sah er Tanja und Steffen mit todernster

Miene an und fügte hinzu: »Ja, und euch beiden auch!«

Nach dieser Standpauke saßen die drei wie begossene Pudel auf dem Sofa und schauten ihn errötend an.

»Nun guckt mich nicht so bedröppelt an, sonst bekomme ich womöglich noch ein schlechtes Gewissen! Sagt lieber, dass ihr hier einziehen werdet. Ich höre!«

Tanja konnte sich ein Kichern nicht verkneifen, als sie sagte: »Mein Gott, wir wussten ja gar nicht, dass du so ein Temperament hast! Und das in deinem Alter!«

»Willst du mir gerade sagen, dass ich zum Meckern zu alt bin? Dann verrate ich dir jetzt, dass das nur eine Kostprobe meines Temperamentes gewesen ist.«

Nachdem sich alle für eine Weile ein nettes Wortgefecht geliefert hatten, schwieg der alte Mann auf einmal. Weil sie ihm ansehen konnten, dass er ihnen noch etwas sagen wollte, verstummten sie ebenfalls.

»Ich habe nochmal überlegt.« Wolfgang Fuchs stützte seinen Kopf mit der Hand ab. »Ich mache euch einen weiteren Vorschlag. Ihr wohnt nur so lange bei mir, bis ihr eine Arbeit gefunden habt! Wer eine hat, den schmeiße ich wieder raus! Nun liegt es einzig und allein an euch, wie lange ihr mir auf den Nerv geht.«

»Du gibst wohl nicht so schnell auf?«, fragte Steffen und grinste ihn dabei an.

»Kommt immer drauf an, um was es geht. Und wer mir wirklich wichtig ist.« Er nippte an seiner abgestandenen Cola. »Zum Donnerwetter nochmal, ihr seid es!«

Nach diesem schroffen Gefühlsausbruch, der sich für Irina wie eine Wertschätzung angehört hatte, stand sie auf und ging zu ihm hin. Als sie vor seinem Sessel stand beugte sie sich zu ihm hinunter.

Wolfgang Fuchs blickte sie fragend an, ehe er mürrisch meinte: »Ist was?«

Als Irina ihm daraufhin mit seinem Lieblingswort *Papperlapapp* antwortete, strahlte er sie an.

»Du hast mich durchschaut. Und was willst du mir damit zu verstehen geben?«

Sie lachte. »Du willst es ja nicht anders. Also, wenn das so ist, dass du mich wieder rausschmeißt, wenn ich eine Arbeit gefunden habe, dann …! Dann möchte ich gern bei dir bleiben. Nicht für immer, aber so lange! Darf ich dich mal drücken?«

»Frag nicht, mach es einfach!«

Nachdem Irina wieder auf dem Sofa saß, sprach der Tierarzt Tanja und Steffen erneut an. »Ja, und was ist mit euch? Einziehen oder ausziehen? Ihr seid wahrlich harte Brocken. Womit habe ich das bloß verdient? Nun gebt euch endlich einen Ruck!«

Verlegen blickten sie ihn an, bevor Tanja leise sagte: »Wir freuen uns, dass du uns aufnimmst. Wirklich. Und wir werden uns schnellstens eine Arbeit suchen und nach einer Wohnung umsehen. Danke, Wolfgang!«

»Vielen Dank! Ich möchte mich Tanjas Worten gern anschließen!« Und dann fügte Steffen noch hinzu: »Wir werden dich nicht enttäuschen, Ehrenwort!«

»Auf diese schwere Geburt brauche ich jetzt einen extra starken Kaffee. Ihr auch?«

Nachdem zu viert das befristete Mietverhältnis mit einem Kaffee besiegelt worden war, zogen sich Irina, Tanja und Steffen in ihre Wohnung zurück. Und als sie jetzt in ihrer neuen Unterkunft standen, wurde ihnen erst bewusst, dass der Neubeginn ihres Lebens begonnen hatte.

An diesem Tag waren zwei Menschen besonders glücklich: Irina und Wolfgang Fuchs!

# KAPITEL DREIUNDZWANZIG

## RESÜMEE

Monate später.

Inzwischen hatten Tanja und Steffen eine Arbeit gefunden. Tanja arbeitete jetzt zwanzig Stunden in der Woche und Steffen wurde in Vollzeit eingestellt.

Nachdem beide die Arbeitsverträge unterschrieben hatten, fanden sie recht schnell eine nette Zwei-Zimmer-Wohnung. Weil diese nicht sehr weit von Wolfgang Fuchs` Haus entfernt war, trafen sich Irina, Wolfgang, Tanja und Steffen in regelmäßigen Abständen.

Auch der Kontakt zu Yve und Niklas Lehmann wurde mit der Zeit immer intensiver. Alle verstanden sich, und Irina und Wolfgang waren froh, wenn Yve und Nik ihnen ab und zu ihren kleinen Krümel anvertrauten.

Nur das Haus, indem die beiden wohnten, das wollte und konnte Irina nicht betreten. Denn die Angst, dass all das Entsetzliche – was sie in dem Haus erlebt hatte – in ihr wieder wachgerüttelt werden könnte, lähmte sie. Diesen Schritt konnte sie nicht gehen.

Irina hatte auch eine Arbeit gefunden. Nur viel zu schnell, wie Wolfgang Fuchs fand. Natürlich freute er sich mit ihr. Aber dass sie nun ausziehen könnte, darüber mochte und wollte er nicht nachdenken. Dennoch tat er es:

*Dabei müsste ich sie doch laut der Vereinbarung sogar eigenhändig aus der Wohnung rausschmeißen! Ich muss echt bekloppt gewesen sein, als ich das gesagt habe! Und nun? Ja, nun ist es zu spät! Und wer hat Schuld? Ich! Ich ganz allein.*

Allerdings konnte der alte Griesgram Irina davon überzeugen, dass seine Wohnung die beste für sie war. Und als er sie darauf hinwies, dass Hugo sie nicht weggehen lassen wollte – damit hatte er ihre verwundbarste Stelle getroffen.

Aber als sie ihn fragte, ob er sie denn auch ein klein wenig vermissen würde, wenn sie ausziehen würde, und er auf diese Frage wieder nur mit *Papperlapapp* antwortete, da wusste sie, dass sie ihn nicht alleinlassen konnte.

Also blieb sie und er nahm es stillschweigend hin. Er lebte unten, sie wohnte oben. Und wenn ihnen danach war, dann trafen sie sich spontan. Entweder im Haus oder im Garten.

Es gab aber auch Tage, da steckte Irina die alte Mundharmonika in ihre Hosentasche und ging zum Friedhof.

Wenn sie an der Stele angekommen war, auf der auf einem kleinen Schild Willis Namen zu lesen war, dann zog sie seine Mundharmonika hervor. Sie setzte sie an ihre Lippen und spielte ihm darauf einige schiefe Töne vor. Und als sie die Mundharmonika wieder eingesteckt hatte, da hörte sie ihren väterlichen Freund in Gedanken ganz laut lachen. Aber es war ein Lachen, dass von Herzen kam und ihr Herz erwärmte. Ihren Willi, sie hatte ihn lieb! Ihn und den alten Griesgram!

Bevor sie den Friedhof wieder verließ, führten sie ihre Schritte zuvor noch zu einer anderen Stelle. Dorthin, wo ein großes Kreuz auf einer Rasenfläche stand.

Unter dem ‚Grünen Rasen', irgendwo hier, war Karina beigesetzt worden. Und immer, wenn sie vor dem Kreuz stand und mit ihr ein Zwiegespräch führte, dann hätte Irina gern gewusst, wo genau ihre Urne war.

Sehr, sehr lange hatte sie mit sich gehadert, ehe sie sie hatte besuchen können. Als sie sich jedoch überwunden hatte und das erste Mal vor dem Kreuz verharrte, konnte sie Karina endlich verzeihen. Obwohl ihr das Vergessen nicht gelingen wollte, war sie dennoch mit sich im Reinen. Denn wenn Irina tief in sich hineinhorchte, war sie Karina dankbar, dass sie durch ihr Handeln ihre persönlichen Unterlagen wiederbekommen hatte. Und daran musste sie jedes Mal denken, wenn sie sie hier besuchte.

Später, wenn sie vom Friedhof zurückkam und das Haus betrat, dann wusste Wolfgang Fuchs, dass sie sich erst einmal zurückziehen musste. Dafür hatte er volles Verständnis. Denn es zeigte ihm, dass Irina ihre alten Freunde nicht vergessen hatte. Selbst dann nicht, wenn sie von ihrer früheren Freundin aufs Bitterste enttäuscht und verraten worden war.

Nur der Name Noël Reberg, alias Leon Greber, wurde in ihrer Gegenwart nicht mehr erwähnt.

Bis zu dem Tag, als sie damit konfrontiert wurde. Das war, als sie die Vorladung erhielt, dass sie als Zeugin vor Gericht aussagen musste. Irina konnte sich nur schwer damit abfinden. Denn dass sie ihrem Peiniger und dem Mörder ihres Hugos noch einmal begegnen musste, bereitete ihr von nun an schlaflose Nächte.

Und wenn Wolfgang Fuchs, Tanja und Steffen, Yve und Niklas ihr nicht immer wieder Mut zugesprochen und die Kraft gegeben hätten, die sie so bitter nötig gehabt hatte, dann wäre sie wohl weggelaufen.

Doch ihre mutige Aussage, die sie vor Gericht machte, untermauerten all das, was zu diesem Zeitpunkt bereits aktenkundig war. Hinzu kamen die erdrückenden Beweismittel, die dem Gericht vorlagen, und die, die ihnen Karina noch vor ihrem Suizid zukommen lassen hatte.

Als von der Staatsanwaltschaft allerdings vorgelesen wurde, was Noël Reberg für schwerwiegende Straftaten begangen hatte, und dass der Vorbestrafte unter andern wegen Mordes an einer Prostituierten auf der Fahndungsliste gestanden hatte, wurde ihr übel.

Weinend und mit kreidebleichem Gesicht rannte Irina aus dem Gerichtssaal. Denn in diesem Augenblick begriff sie erst, dass es an ein Wunder grenzen musste, dass sie ihr Martyrium überhaupt überlebt hatte.

Zur Urteilsverkündung war sie wieder zugegen. Als das Urteil *Lebenslange Haft mit anschließender Sicherheitsverwahrung* ausgesprochen wurde, brach sie abermals in Tränen aus. Doch diesmal waren es Tränen der Erleichterung! Nun wusste sie, dass der Albtraum ein Ende gefunden hatte und dass dieser Unmensch nie wieder das Gefängnis verlassen würde.

Als sie nach Stunden der Abwesenheit wieder die Wohnung von Wolfgang betrat, fiel sie ihm in die Arme. »Ohne dich …,« Tränen kullerten über ihre Wangen. »Ohne dich hätte ich das nicht durchgestanden. Niemals! Du hast mein Leben erst wieder lebenswert gemacht. Du hast mich von der Straße geholt – mich und meinen Hugo. Ich hab dich ja so lieb, du alter Griesgram!«

»Papperlapapp!« Er lenkte ab, weil es ihm sehr nahe ging, was sie gerade zu ihm gesagt hatte. »Weißt du eigentlich, dass du eine bildhübsche Frau bist? Und wie lang deine Haare schon geworden sind …, ich bin verdammt stolz auf dich, mein Kind!«

Irina legte ihre Hand in seine. »Willst du mich morgen

nicht mal begleiten? Ich möchte dich jemanden vorstellen. Einem Menschen, der mir sehr, sehr viel bedeutet hat und den du bestimmt auch gemocht hättest.«

»Wohin soll ich dich denn begleiten? Und wer will mich schon kennenlernen?«

»Willi! Ich würde ihm so gern meinem neuen väterlichen Freund vorstellen! Komm mit, tu mir den Gefallen.«

Als er wieder nur mit ‚Papperlapapp' antwortete, da stand für sie fest, dass er sich freute.

Doch besonders nah waren sich Irina und Wolfgang Fuchs immer dann, wenn sie gemeinsam in den Garten gingen.

Und wenn sie vor den handgefertigten Holzkreuzen standen, auf denen der ergraute Tierarzt Hugos und Brunhildes Namen eingebrannt hatte, dann zeigte er zum Himmel hoch. »Siehst du, da oben im Land hinter der Regenbogenbrücke, da toben sie jetzt zusammen und lachen uns aus, weil wir immer noch um sie trauern.«

»Sag das nicht, Wolfgang! Mein Hugo und deine Brunhilde, sie freuen sich bestimmt darüber, dass wir uns gefunden haben!«

»Da könntest du natürlich recht haben. Nein, du hast natürlich recht! Komm, lass uns wieder reingehen. Ich habe für uns beide extra eine große Flasche Cola besorgt und in den Kühlschrank gestellt.«

»Dass du auf einmal das Zeug so gerne trinkst!«

»Ihr seid schuld daran! Du, Tanja und Steffen!« Wolfgang Fuchs konnte sich ein Lachen nicht verkneifen. »Ihr ganz allein!«

Irina schaute ihn spitzbübisch an, als sie ihn kichernd fragte: »Und? Ist das schlimm?«

Er schüttelte den Kopf. Dann sah er sie mit feuchten Augen an und erwiderte mürrisch: »Papperlapapp!«

In diesem Augenblick wurde ihr unbeschreiblich warm ums Herz. Gleichzeitig spürte sie eine unendliche Dankbarkeit in sich aufsteigen. Denn für Irina sagte das eine Wort: 'Papperlapapp' mehr als 1000 Worte.

# ÜBER MICH

Ich bin in Bad Harzburg geboren und hier lebe ich auch. Sehr gerne schreibe ich Geschichten und Gedichte.

Wenn ich jedoch Romane schreibe, tauche ich ab in eine andere Welt. Eine Welt der Fantasie. Wo Liebe und Hingabe, Macht und Gewalt die Protagonisten sein können. Für mich gibt kein festes Genre. Ich schreibe das, wonach mir der Sinn steht. Und weil das so ist, wird mein nächster Roman sicherlich ein völlig anderer sein.

Erwähnenswert wäre noch, dass von mir bereits einige Bücher erschienen sind. Verschiedene Verlage haben außerdem in ihren Anthologien Texte von mir veröffentlicht, worüber ich mich gefreut habe.

# DANKSAGUNG

Recht herzlich bedanken möchte ich mich bei den Autorinnen **Monika, Eva** und **Antje** fürs Korrekturlesen meines Manuskriptes.

Bei **Florin Sayer-Gabor** bedanke ich mich für die gute Zusammenarbeit. Ihr wundervolles Cover hat dem Inhalt meines Buches den passenden Rahmen gegeben.

Herzlichst
Barbara Acksteiner

# BUCHTIPP

Während seines Reha-Aufenthaltes auf Borkum lernt Alexander Johanna kennen und lieben. Obwohl er vor den Trümmern seiner Ehe steht fährt er zurück nach Wiesbaden zu seiner Tochter.

Johanna bleibt nur die Hoffnung, dass Alexander, in den sie sich ebenfalls Hals über Kopf verliebt hat, sein Versprechen hält und zurück zu ihr und Benny – ihrem vierbeinigen Weggefährten – auf die Insel kommt. Ob das allerdings passiert und ob Alexander in Wiesbaden alles aufgibt, das wird die Zukunft zeigen. Zumal dort seine Frau und Tochter auf ihn warten.

Roman, 360 Seiten, ISBN-978-3755738596
Books on Demand, 1. Edition (19. November 2021)